알 수도 있는 사람

전민식

답

우리 인생의 진정한 감독은 우연이다 *

* 파스칼 메르시어의 소설 (리스본행 야간열차)중 116쪽에서.

차 례

1

안개? 젠장, 이건 계산에 없던 변수다. 용주는 떼 지어 밀려오는 안개를 노려보았다. 그는 브레이크 페달 위에 올려놓은 다리를 덜덜 떨었다. 속도 계기판에서 파리 한 마리가 기어 나왔다. 용주는 파리를 쳐다보지 않기 위해 눈에 힘을 주고 전방을 주시했다. 파리는 유유히 제 맘대로 실내를 날아다녔다. 용주는 제 목을 쓰다듬었다. 내가 지금 무슨 짓을 하고 있는 거지….

안개는 슬쩍 강둑을 넘어 빠른 속도로 철조망을 뚫고 올라왔다. 뿌연 실루엣은 수로변의 빽빽한 갈대를 순식간에 집어삼켰다. 처음엔 차선 하나를 지우더니 삽시간에 왕복 8차선 도로를 뒤덮었다. 흰 그물은 어둠조차 어쩌지 못했던 산의 능선들을 차례차례 지운 후 강마저 먹어버렸다. 인간 하나쯤은 쉽게 잡아먹을 이빨이 저 안에 숨겨져 있을 터였다. 안개는 점차 거대한 괴물로 변해갔다. 가까운 곳에 있는 가로등 불빛들은 빛과 어둠의 경계를 잃고 흩어졌다. 95.1 MHz

"…오십칠 분 기상 정보를 알려드리겠습니다. 현재 서해상에서 밀려온 고온 다습한 공기가 동북쪽에서 내려온 차가운 기온과 부딪히면서 한강과 가까운 경기 북부 일대가 짙은 안개로 뒤덮여 차량 운행에…."

뒷좌석 쪽에서 맴돌고 있는 줄 알았던 파리가 이번엔 라디오 주변을 맴돌며 방정맞게 돌아다니기 시작했다. 도로 위엔 모두 여덟 대의 차가 2열 횡대로 서서 그르렁거렸다. 빨간 차폭등이 물 입자에 젖어 춤을 추었다. 1차선 앞쪽에 세워져 있던 까만색의 아반떼가 헤드라이트의 불을 밝혔다. 불빛이 물 입자들을 헤치고 나갔지만 맥없이 흩어져버리고 말았다. 나머지 일곱 대의 차도 일제히 헤드라이트를 켰다. 불빛들은 촘촘하게 얽힌 물의 그물을 확인했다. 그래도 차들은 출발선에 선 말들처럼 콧김을 쏟아내며 씩씩댔다.

'…레이싱에 참가할 차량의 조건에 대해서는 매달 초에 공지하는 조건에 따른다. 어떤 레이싱이든 배기량 2000cc 아래의 차만 참가 가능하며 장소는 참가할 의사가 분명한 회원에게만 개별로 통보한다. 참가비는 어떠한 경우에도 반환하지 않는다. 레이싱 중 일어나는 사고에 대해서는 어느 누구에게도 책임을 묻지 않는다. 95.1Hz에서 자정을 알리는 시보가 터지면 스타트다. 어떠한 기상 상황에서도 출발한다….'

용주는 운전자들의 얼굴을 플래시로 훑던 수인의 눈을 떠올렸다. 불빛 뒤편에 숨어있던 그녀의 눈빛은 짐승처럼 이글거렸다. 그 눈빛, 안개를 만났을 때의 누이의 눈빛이었다. 용주는 침을 삼켰다.

그녀는 정체를 알 수 없는, 까만색의 외제차와 함께 나타났다. 차에서 내린 그녀는 스포츠형의 짧은 머리 스타일에 검정색 가죽점퍼와 가죽 치마 차림이었다. 그녀는 어둠과 안개를휘저으며 참가자들을 향해 또박또박 걸어왔다. 그녀가 바로 용주를 한 달 내내 들뜨게 만들었던 SR(Street Racing) 동호회의 주인이었다. 참가자들은 긴장했다.

그녀가 타고 온 차는 한 번도 본 적이 없는 모델의 차였다. 차는 금방이라도 튀어나가려는 듯 뒤가 들리고 앞이 내려앉은 자세였다. 차의 외관 어디에도 차량 모델명은 물론 제작사의 로고도 없었다. 2인승 쿠페였으며 빠르고 일정한 간격으로 북을 두드리는 듯한 엔진 소리가 났다. 폭이 넓고 꽤 두꺼워 보이는 타이어. 타이어는 스테인리스 질감의 휠을 물고 있었다. 제가 홍수인이에요.

그녀는 참가자들에게 가볍게 인사를 했다. 이어 종이 한 장을 내밀고 운전자들에게 돈과 사인을 받았다. 몇 가지 세부적인 사항들이 더 있었지만 생각나지 않았다. 어둠 속에서도 빛나던 그녀의 눈만 자꾸 떠올랐다. 용주는 끝없이 그녀의 눈을 훔쳐봤다. 그녀는 서약서와 돈을 챙겼다. 그동안 그녀의 차는 쉬지 않고 흰 배기가스와 북소리를 토해냈다. 그녀는 잠시 후에 만나자는 말을 남기고 사라졌다.

스타트 1분 전, 1차선 뒤편에 서있던 검정색 티뷸런스의 조수석 창문이 열렸다. 차의 실내등이 켜지자 운전자의 모습이 보였다. 빨간 헬멧이 눈에 들어왔다. 여덟 명의 참가자 중에 유일하게 헬멧을 준비한 사람이었고 유일한 여자 한영미. 그녀는 차창을 내려달라는 듯 손을 팔랑거렸다. 정신없이 날갯짓하던 파리가 창밖으로 날아갔다. 운전에 집중할 땐 나타나지 말아야 할 텐데.

"이렇게 안개가 짙게 끼었는데도 레이싱을 할 건가요?"

그녀가 물었다.

"나도 잘 모릅니다."

용주는 앞에 선 네 대의 차를 눈으로 더듬으며 대답했다. 차들은 지붕을 적신 안개를 털어버리려 몸을 떨었다.

"그 여자한테 전화를 해봐야 하는 거 아닌가요?"

그녀가 또 물었다.

"나도 잘 몰라요."

용주는 다른 차들의 차창을 살폈다. 차창을 연 차는 한 대도 없었다.

"이런 안개라면 비행기도 못 뜰 거예요. 누군가 나서서 레이싱을 미뤄야 해요. 그 여자가 그냥 돈만 챙겨서 도망가 버린 건지도 몰라요. 이 안개에서 운전하는 건 미친 짓이라고요."

그녀는 쉬지 않고 말했다. 발바닥에 고인 긴장이 하나둘 풀어져버렸다. 그 사이… 너 내 치마 속에 뭐가 있는 지 궁금하지? 보여줄까? 남자들은 내가 치마만 들추면 다 좋아해. 남자들은 총도 주고 국밥도 줘, 넌 뭘 줄래? 총과 국밥, 도무지 이해가 가질 않았다. 마을에 총을 가진 남자는 없었다. 그래도 소문은 자랐다. 남자들이 누이를 탐낸다는 말. 그게 사실인지 거짓인지 아무도 몰랐다.

'너무 책을 많이 읽어서 미쳤다, 군인들한테 고문 받아 죽다 살아났다, 총부리로 쑤셨을 텐데 살아난 게 용하다, 여잔 그저 시집이나 잘 가는 게 장땡이다.'

서울로 올라올 때까지 지겹도록 들었던 문장들. 엄마는 어떤 이야기에도 대응하지 않았다. 사실이든 진실이든 아님 변명이든 어떤 이야기도 해주지 않았다. 누이가 사라진 후 누이의 문장들도 사라졌다. 강을 품은 오른편의 어둠이 안개 때문에 더 걸죽해졌다. 뚫고 나갈 수 없는 침묵이 눈앞을 서서히 가로막았다.

"…자정을 알려드리겠습니다."

자정을 알리는 시보가 터지는 것과 동시에 배기가스를 한 움큼씩 토해낸 여섯 대의 차가 일제히 출발했다.

아, 젠장!

용주도 엑셀 발판을 힘주어 밟았다. 물의 그물을 뚫고 들어간 차들의 형체는 순식간에 사라지고 빨간 차폭등만 남겼다. 전방에 흩어져있던 차폭등도 뿌연 안개 속으로 빨려 들어갔다.

용주의 차는 빨리 출발하지 못했다. 엑셀을 밟자 rpm이 급격하게 올라갔다. 엔진은 헛돌았다. 차는 출발하지도 못하면서

요동쳤다. 공회전이 멈추자 엔진에 힘이 실리며 변속 충격이 온 후에 조금씩 속도가 붙었다. 순간 용주에게 질문을 쏟아부었던 영미의 차가 안개를 헤치며 쏜살같이 곁을 스쳐 지나갔다. 출발은 꼴찌였다. 영미의 차도 안개 속으로 사라졌다. 용주의 머릿속을 안개가 하얗게 채웠다.

'1등으로 달리는 차의 꽁무니를 따른다. 안개 속에선 그게 안전하다. 적어도 목적지를 5km 정도 남겨두었을 때 추월해야 한다. 추월이라면 자신 있다. 지금껏 내 차를 추월한 놈은 별로 없다.'

출발하기 전 세워두었던 나름의 계획은 무용지물이었다. 용주는 엑셀을 밟았다. 안개는 흩어지지 않고 차에 달라붙었다. 불과 몇 초 사이, 전방 어디에도 빨간 차폭등은 보이지 않았다. 그는 엑셀을 더 깊이 밟았다. 시야는 짧았다. 지금 속도는 시속 100km를 넘었다. 앞차를 발견하고 브레이크를 밟는다 해도 추돌을 피할 수는 없었다. 전문 레이서들조차도 속도를 줄일 정도로 짙은 안개였다. 게다가 도로는 전문 경기장이 아니라 다른 차들이 언제 튀어나올지도 몰랐다. 속도를 줄여야했지만 용주는 속도를 줄이지 못했다. 심하게 떠는 핸들과 실내를 메운 엔진의 굉음이 풀어졌던 흥분을 다시 뭉쳐 날뛰게 만들었다. 누이의 이글거리던 눈빛도 그녀의 치마도 안개 속으로 사라져버렸다.

용주는 운전대를 힘주어 잡고 엑셀을 더 깊이 밟았다. 오른편에 '안개상습지역'이라는 안내판이 홱 지나갔다. 속도계 바늘이 120km를 넘자마자 갑자기 아래로 뚝 떨어졌다. 그러더니 바늘은 제멋대로 속도 표지판을 오르내렸다. 속도 계기판을 두드렸다. 바늘은 고정되지 않았다. 얼마의 속도로 안개 속을 달리고 있는지 가늠할 수 없었다.

용주는 두 손으로 운전대를 내려쳤다. 문득 카센터를 하는 기성의 말이 불쑥 생각났다. 20년도 더 된 똥차로 레이싱에 나간다고? 그것도 그거지만 일반 도로에서 레이싱을 하는게 더 미친 짓이야. 왜들 다들 못 미쳐서 안달인지 모르겠다.

용주는 바짝 신경을 곤두세웠다. 다리의 감각이 사라졌다. 사타구니에 땀이 찼다. 금방이라도 시큼한 냄새가 피어오를 것만 같았다. 운전대를 잡은 손에 힘을 빼어보지만 팔뚝은 금방 굳어버렸다. 안개 속에서 누이가 남색 치마를 훌렁 뒤집고 튀어나올 것만 같았다. 오랫동안 기억에서 떠나있던 누이. 무엇이 누이를 기억의 창고로 초대한 건지 알 수가 없었다. 속도 계기판의 바늘이 여전히 춤을 추었다. 용주는 계기판에서 눈을 뗐다. 헤어나올 수 없는 늪으로 뛰어드는 기분에 사로잡혔다. 그래도 먼저 출발한 참가자들을 따라잡을 수 있을 것이라는 희망은 사라지지 않았다.

헤드라이트의 빛이 안개의 입자들에 산란되어 10m 앞도 제대로 구분할 수 없었다. 레이싱에 참가한 다른 차들은 좌우 어디에도 보이지 않았다.

오른발에 힘을 주었다. 순간 커다란 두 개의 차폭등이 누이의 흰 허벅지 속살처럼 안개 속에서 튀어나왔다. 15도쯤 왼편으로 가까스로 핸들을 꺾었다. 대형 화물 트럭이었다. 차는 아슬아슬하게 트럭을 비켜지나갔지만 적재함의 모서리에 오른쪽 사이드미러가 작살났다. 머리털이 곤두서고 팔뚝에 소름이 돋았다. 눈은 미친듯 손을 흔들며 유리창을 닦는 와이퍼를 좇아다녔다. 목을 지나 관자놀이로 올라가는 동맥이 격렬하게 뛰었다. 그래도 다리는 무감각해져 엑셀에서 발을 뗄 수 없었다. 용주는 입안의 살을 깨물었다. 비릿한 맛이 번지자 운전에만 집중할 수 있었다. 그렇다고 안개까지 걷힌 건 아니었다.

도로 위에는 가로수나 가로등은 물론 아스팔트 위의 도로 구분선마저 사라졌다. 도로 위를 달리는 차량은 보이지 않았고 안개를 먹은 바람마저 길을 잃고 흩어져버렸다. 속도계 바늘은 시속 0km에서 220km까지 널을 뛰었다. 엔진의 열기와 굉음이 차 실내를 가득 채웠다. 살갗의 잔털들이 일어났다. 박살나고 말 거라는 불안한 속도감이 서서히 용주의 몸을 휘어 감았다.

'그만 포기할까? 다른 차들도 포기하지 않았을까? 참가비는? 그 여자 돈만 챙겨서 튄 거 아냐?'

불안한 생각들이 소름처럼 돋아났다. 용주는 직감적으로 레이싱에 참가한 차들을 따라잡을 수 없다는 걸 깨달았다.

차는 어느새 월드컵경기장을 앞둔 마지막 곡선 도로로 접어들었다. 바깥 차선 쪽으로 5도쯤 위로 올라간 도로였다. 바깥쪽 차선에서 곡선을 그리며 안쪽 차선으로 미끄러져 들어가면서 속도를 높이자 차가 아스팔트에 착 가라앉았다. 차의 무게는 물론 노면의 질까지 한순간에 느껴졌다. 하지만 지금은 그 기분 좋은 중력을 즐길 여유가 없었다.

2차선에 빨간색의 차 한 대가 느닷없이 출현했다. 용주는 속도를 줄이는 대신 엑셀을 더 깊이 밟았다. 빨간색의 차를 너무 늦게 발견하는 바람에 바깥 차선 쪽으로 핸들을 틀 수도 브레이크를 밟을 수도 없었다. 그의 차가 빨간색의 차를 거의 닿을 듯 곁을 스쳐 지나갔다. 빨간색의 차가 급브레이크를 밟았다. 도로가 비명을 질렀다. 비명은 흩어지지 못한 채 안개에 묻혀 제자리를 맴돌았다. 용주의 입에서 저절로 낮은 비명이 흘러나왔다. 빨간색의 차는 이내 룸미러에서 사라졌다.

월드컵경기장 이정표가 나타났지만 먼저 출발한 차들은 보이지 않았다. 차가 서울로 접어들면서 안개의 밀도가 낮아졌다. 용주는 속도를 더 높였다.

'용미가 살아있을까?'

용주는 혼잣말을 중얼거렸다. 용주는 입안의 침을 모아 창 밖으로 내뱉었다. 피를 먹은 침 덩어리가 빠르게 뒤로 사라졌다. 요즘 들어 용미가 꿈에 나타났다. 파란 치마에 치마 밖으로 꺼내 입은 흰 블라우스 차림이었다. 용주는 한동안 그녀의 등에 업혀 자랐다. 그 무렵엔 그녀를 엄마로 알았었다. 학교 수업 끝나고 집으로 돌아와 마루에 앉아 있으면 용미가 슬그머니 다가와 앉았다. 어떤 남잔 내 머리만 하염없이 쓰다듬다가 가, 어떤 남자들은 하루 종일 말만 하다 가고, 어떤 예쁜 여자들도 찾아와, 여자들은 울다가 가, 난 나를 안고 등을 두드려 주는게 좋아.

용미의 말이 사실일 수도 거짓일 수도 있었다. 진실을 거짓처럼 능청스럽게 말할 줄 알았고 거짓을 진실로 위장할 줄도 알았다. 하지만 용미는 의도하지 않았다. 그냥 그렇게 말이 흘러나왔고 다들 그렇게 믿었다. 아버지와 어머닌 용미를 감추지 않았다. 감춘다고 감추어지지도 않았다. 좁은 곳과 어두운 곳을 견디지 못했다. 방에 앉아 있었던가 싶으면 어느새 들판에 나가 바닷바람 맞으며 하루 종일 수평선을 응시하는 날도 있었다.

용주의 차가 경기장 진입 램프로 들어선 후 경기장 앞 대로로 빠져나왔을 때 몇 대의 차가 경기장 정문으로 달려가는 게 보였다. 먼저 도착한 차도 있었다. 거짓말처럼 안개가 열어졌다. 용주가 도착했을 때 수인이 우승자인 영미와 마주 서있는 게 보였다. 용주는 맥없이 웃었다. 영미 주변에 선 남자들이 가볍게 박수를 쳤다. 잠시 후 웃지 못할 광경이 벌어졌다. 영미가 돈뭉치를 들고 있는 수인의 빰을 후려쳤다. 술렁거리던 남자들이 한순간 얼어붙었다. 용주는 차에 앉은 채 영미와 수인을 구경했다.

"누가 죽기라도 했으면 당신이 책임질 거야? 전화쯤은 받아 줄 수도 있었잖아!"

"호 대단한데, 운전하면서 전화한 게 너였어?"

수인은 빈정거리듯 말했다. 그녀의 말에 영미는 돈을 받아 점퍼 주머니에 찔러 넣었다.

"무서우면 거리에 나오지 마."

수인의 얼굴이 전광판의 푸른 네온 빛을 받아 차갑게 빛났다. 영미는 그녀를 외면한 후 차를 타고 사라졌다. 수인과 남자들은 영미의 차가 옅은 안개와 어둠 속에 사라질 때까지 오랫동안 바라보았다. 영미의 차가 시야에서 완전히 사라진 후 수인은 어깨를 으쓱거렸다. 그녀는 남자들과 몇 마디 말을 주고받은 후 용주의 차가 세워진 곳까지 걸어왔다. 수인이 다가온다는 사실 때문에 용주는 허둥대다가 사이드 브레이크를 힘주어 잡았다.

"이봐요, 스쿠프. 안개등도 나갔던데 빨리 왔네요. SR, 처음이죠?"

그녀는 차 지붕에 손을 얹고 허리를 굽힌 채 운전석에 앉아 있는 용주를 들여다보았다. 안개등? 용주는 힐끔 중앙 계기판을 살폈다. 안개등이 켜져 있다는 표시가 감귤빛으로 발광하고 있었다. 외부의 전구가 나간 모양이었다. 용주는 입을 일자로 다물고 어깨를 조금 들썩였다. 고장 난 안개등 때문에 시야를 확보할 수 없었다는 생각이 꼴찌로 도착한 그를 위로했다.

"일상이 SR 아닌가."

용주는 헤드라이트가 닿지 않는 곳의 어둠을 바라보며 말했다. 수인이 히죽 미소를 지었다. 용주에게 세상의 가장 큰 미스터리는 여자들이었다. 엄마, 누이, 이모, 연인이었던 여자들….

'그딴 게 뭐가 중요해, 누나 망령에서 얼른 벗어나라고. 형이나 똑바로 살란 말이야.'

번듯한 직장을 가진 집안의 유일한 남자. 한동안 용희는 비교 대상이었다. 인간의 표본이었고 별 같은 존재였다. 그래서 더더욱 타인보다 더 멀게 느껴지는 존재였다.

"우승자가 한잔 사는 건데. 술 한잔 하러 가겠어요?"

그녀는 용주를 적당히 부추기며 유혹했다. 그녀는 뒤에서 서성거리는 남자들에게 잠깐 눈길을 주었다. 용주는 일렬로 늘어서 있는 차들을 바라보았다. 안개는 제 역할이 끝난 듯 거짓말처럼 물러갔다. 감귤색의 가로등 불빛 아래 차들이 선명하게 빛났다. 용주는 수인의 유혹을 거절했다. 그게 처음 출전한 사람이 보이는 예의라는 생각이 들었다.

"할 일도 좀 밀렸고……. 아직 댁들도 잘 모르고……."

용주는 사이드 브레이크를 풀었다. 수인이 한 발 물러났다.

"처음치고 실력이 좋았어요. 번트로즈마이어 못지않았으니까."

수인은 알아들을 수 없는 단어를 지껄인 후 엄지손가락을 들어보였다.

"다들 겁이 없네요."

용주는 기어를 1단에 놓았다. 엔진이 몸을 떨었다. 용주의 얼굴은 빨갛게 달아올랐다.

"그럼, 앞으로 종종 봐요."

수인은 남자들이 있는 쪽으로 걸어가며 힐끔힐끔 용주를 쳐다보았다. 낯선 사람들과 만나 가볍게 인사 하고 각서에 사인하고 돈을 건넨 후 레이싱이 끝나는 데까지 걸린 시간 20여 분, 잠깐 느닷없이 용미가 떠올랐지만 그 시간 동안 용주는 질이 다른 인생을 경험했다.

"어이, 스쿠프 다음에 또 봅시다."

남자들이 손을 들거나 허리를 가볍게 숙이며 용주에게 말을 건넸다. 그들은 웃고 있었다. 그들의 웃음소리가 용주에겐 조롱처럼 들렸다.

'아빠 못 봤니? 치마 새로 사준다고 그랬는데.'

용미는 돈만 생기면 치마를 샀다. 그것도 파란색만. 용주는 차를 거칠게 유턴시켰다. 타이어가 비명을 질렀다. 수인과 남자들의 환호성이 뒤를 이었다.

2

기성은 사무실 쪽엔 신경 쓰지 않으려 했다. 하지만 노트북 모니터에 코를 박고 있는 용주의 중얼거림이 열린 문틈으로 줄줄 흘러나왔다.

"……안개의 왕자, 번트로즈마이어. 아우디의 전신인 아우토유니온의 레이서다 이거지. 시야 10m를 확보할 수 없을 정도로 안개가 짙게 낀 날, 독일 정부에서 주최한 레이싱에 나섰다. 자유로의 안개에 비할까. 폭이 좁고 노면이 미끄러워 브레이크를 잡아도 쉽게 밀리고 커브길 또한 심하게 꺾인 도로가 많아 험난하기로 유명한 에펠 그랑프리? 칠흑 같은 안개를 뚫고 질주해 우승을 차지. 안개의 왕자라는 호칭은 이때 생긴 거겠네……."

1930년대 후반 많은 레이싱에서 우승을 하던 번트로즈마이어는 1938년 봄 독일 정부가 후원하는 세계기록 단축 레이싱에 참가해 아우토유니온에서 개발한 신유선형 차를 몰고 시속 400km로 질주한다. 속도 무제한의 아우토반에서의 레이싱이었다.

70도를 오르내리는 운전석의 한증막 같은 온도 속에서 운전자는 쉴새없이 브레이크와 엑셀 페달을 밟으며 기어 조작을 해야 한다. 경주용 자동차에는 에어컨이나 브레이크를 밟았을 때 미끄러짐을 방지하는 ABS 같은 편의 장치가 없다. 브레이크를 밟을 때 오로지 다리의 힘에 의존해야만 한다는 말이다. 달리는 속도와 차량의 무게 때문에 브레이크를 밟는 힘은 100kg에 육박하는 거구를 들어 올리는 힘과 맞먹는다. 커브 길을 돌 때면 자신의 몸무게에 몇 배에 이르는 원심력을 감당해야만 한다. 시속 400km라면 몸의 뼈만 남기고 살이 탈수되어 버리는 듯한 충격을 받는다. 400km/h, 용주는 머리털이 곤두서는 기분이었다. 긴장을 놓으면 순식간에 정신을 잃을 수도 있다. 운전자는 운전석 안에 앉아 있지만 경기 내내 100m 달리기를 전속력으로 달리고 있는 듯한 체력 소모와 심장 압박을 느끼게 된다. 그러나 현대와 달리 1930년대 경주용 차에는 안전벨트나 헬멧 등 운전자를 보호하는 장치들이 전무했다. 번트로즈마이어는 물론 당시의 모든 레이서들이 무방비 상태에서 어마어마한 속도를 내는 차를 몰았다.[1)]

번트로즈마이어가 속도 경쟁을 위해 아우토반 출발점에서 출발한지 불과 몇 십 초만에 느닷없이 발생한 돌풍을 만난다. 돌풍을 견뎌내지 못한 그의 차는 도로에서 튕겨져 나가는 사

1) 아우디와 번트로즈마이어에 관한 내용들은 개인블로그, 자동차 칼럼 등의 인터넷 검색을 통해 찾게 된 여러 정보들을 바탕으로 재각색하였음.

고를 당한다. 이 사고로 번트로즈마이어 역시 차에서 튕겨져 나가 주변 가로수 가지에 걸린 채 죽음을 맞이한다.

용주는 거기까지 읽은 후 몸서리를 쳤다.

기성은 박살난 스쿠프의 백미러를 가는 동안 용주를 계속해서 힐끔거렸다. 부품실이며 기성의 숙소이기도 한 사무실은 한가했다. 기성은 안개등에 쓸 전구를 가지러 사무실로 들어 왔다가 웹 서핑에 몰두하고 있는 용주의 등 뒤에 섰다. 용주는 번트로즈마이어의 이야기를 다 읽은 후 방금 위험한 커브 길을 돌고 난 레이서처럼 안도의 한숨을 내쉬었다.

시속 400km라….

"번트로즈마이어? 레이서 하게?"

용주는 마우스를 놓고 몸을 뒤로 젖혔다. 천정과 붙은 벽 모서리를 따라 빽빽하게 걸려있는 액자들이 눈에 들어왔다. 기성이 엔진 튜닝을 해 준 차들과 세계적으로 유명한 스포츠 카들의 사진이었다. 수인이 타고 나타났던 차는 없었다.

"레이서는 돈 없으면 꿈도 못 꿔."

"레이서가 운전만 잘하면 되지 별 거 있어?"

용주는 시큰둥하게 말했다. 기성은 코웃음을 쳤다.

"돈 있어? 연습하는 데만 매달 수천만 원씩 들어. 알바족이 무슨 수로 감당해. 게다가 그 세계는 일찍 시작했어야 그나마 이름이라도 알릴 수 있어."

"스폰서들 있잖아."

"그건 유명한 선수가 된 다음의 이야기지. 독일 F3 대회에서 우승한 우리나라 선수가 있었는데 연습할 돈이 없어서 레이서를 그만두는 게 현실이야. 레이싱 실력 좋다고 해서 성공한다는 건 그 세계에선 허무맹랑한 얘기란 말이야. F1이라도 나가야 제대로 대접을 받는 데 F1에서 뛸 수 있는 선수가 몇 명이나 될 것 같아? 세계적으로 22명밖에 없어. 쉽게 말해서 그 수준에 들어간다는 건 운전 하나만큼은 신의 경지에 이르러 있어야 그나마 꿈이라도 꿀 수 있는 거야. 도로에서 추월하는 거랑 달라."

"랠리 같은 건?"

기성은 견적서 철을 들다 굳어버린 듯 멈추었다.

"우리나라에도 몇 개 있지. 그래도 돈 많이 들어. 우리가 쳐다볼 수 있는 세상이 아냐."

"그런 거 말고 사막 같은 데 막 달리는 거 있잖아."

"꿈도 야무지네! 그건 돈도 어마어마하게 들지만 죽을 각오를 하고 출전하는 거야. 거리에 한번 나갔다 오더니 너 가지가지 한다. 낼 모레가 서른인데, 철들려면 멀었다."

"철들면 학교 때려치우고 카센타를 하는 거냐?"

기성은 용주의 말은 귀담아 듣지 않은 채 작업장으로 나갔다. 그는 안개등 커버를 떼어낸 후 전구를 갈았다. 그리곤 기름때에 전 장갑을 벗어 잘 포개어 공구함 위에 올려놓은 후 카센터 곳곳에 걸려있는 사진들을 게슴츠레한 시선으로 둘러보았다. 세계적으로 유명한 레이서들이 레이싱 걸들에 둘러싸여 행복한 미소를 짓고 있는 사진들, 레이싱 장면들, 스포츠카들…. 그리고 끝없이 펼쳐진 사막 위를 달리는 포드 익스플로러. 먼지가 돌풍처럼 자동차의 뒤에서 피어올랐고 사막 저 너머에는 푸른 하늘만 펼쳐져 있었다. 기성은 오랫동안 그 사진을 들여다보았다. 용주는 컴퓨터 전원을 끈 후 작업장으로 나와 담배를 꺼내 물었다.

"용미만 아니었어도……."

용주는 얼결에 누이의 이름을 중얼거리며 입맛을 다셨다.

"누나?"

용주는 대답 대신 담배 연기를 길게 내뿜었다.

"누나가 왜?"

용주는 거리를 지나가는 여자들에게 눈길을 주었다. 엄마와 용희가 한동안 미친듯 찾아다녔다. 용미는 마을에게 가장 똑똑한 여자라는, 마을의 자랑이라는 여자였다. 한 계절 전단지를 만들어 돌렸다. 차가 많이 다니는 곳이면 어김없이 플래카드를 걸었다. 아버지는 허구한 날 제보한 사람을 만나러 다녔다. 하지만 용주는 찾지도 화를 내지도 않았다.

'비밀 말해줄까? 내가 가장 좋아하는 노래가 실은 비틀즈의 「헤이 쥬드」야. 슬픈 노래일지라도 즐겁게 불러보세요. 내가 이 노래 좋아한다는 거 아무도 모를 거야. 고통을 느낄 때, 쥬드여, 무리하지 말아요 세계를 짊어져서는 안 돼요. 슬픈 노래일지라도 즐겁게 불러보세요.'

15년은 지난 일인데, 잊혀진 줄 알았는데, 안개를 만나도 떠오르지 않았는데, 지난밤에는 안개 곳곳에 누이가 숨어 있었다.

"용미가 뭐냐, 용미가. 너 업어 키웠잖아."

누이가 사라진 게 언제지? 용주는 길 건너편에 서서 깜빡거리는 가로등을 바라보았다. 서울에서 학교를 다니던 용미는 세 달 정도 사라졌다가 빈 머리로 고향에 나타났다. 바다 안개 속을 헤매고 다니다 어느 날 사라졌다. 안개처럼, 의문만 가득 남긴 채. 살아 있을까. 너무 많은 걸 담고 있는 머리와 깨질 것만 같았던 몸을 가진 여자가 15년의 세월을 견뎌냈을 가능성은 희박했다. 그럼에도 용주는 그녀가 살아 있을 것만 같았고 기이한 건 요즘 들어 그녀가 몹시 보고 싶었다.

기성은 용주의 얼굴을 힐끔 쳐다본 후 가게 앞으로 걸어 나갔다. 오후로 접어들면서 도로는 차로 채워졌다. 신호에 걸려 앞으로 나가지 못하고 있는 차들의 지붕 위로 은행나무의 그늘이 내려앉았다. 바람은 따뜻했고 햇살도 부드러웠다. 겨울 동안 앙상한 팔을 내민 채 떨던 은행나무 가지에도 푸른 싹이 돋고 있었다. 신호가 바뀌기를 기다리는 운전자들의 얼굴은 무표정했다.

인도는 삼삼오오 짝을 이룬 젊은 사람들로 붐볐다. 여자들은 주로 짧은 치마를 입었고 남자들은 대부분 청바지 차림이었다. 게 중에는 요란한 복장의 사람들과 외국인들도 더러 눈에 띄었다. 대부분 건너편 술집 거리로 향하는 발걸음이었다. 대로 건너편 술집 거리에선 금요일마다 카니발이 열렸다. 술집들이 마주보고 있는 거리 공원에선 퍼포먼스가 열렸고 술집들은 일찍부터 문을 열고 손님을 받았다. 금요일엔 술값도 저렴했고 밤새 춤을 출 수 있는 곳들도 널려 있었다.

"작년까지만 해도 우리도 저 속에 있었는데…."

어느새 용주가 기성의 곁으로 다가오며 헛튼소리를 해댔다. 용주는 담배꽁초를 바닥에 떨어트린 후 발로 비벼 껐다.

"1등은 누가 했냐?"

"나도 몰라. 여자라는 거 밖에."

"차는?"

"SR이 미친 짓이라며?"

용주는 가로등 불빛에 반짝이던 영미의 빨간 헬멧이 떠올랐다.

"2002년식 티뷸런스."

기성은 용주의 대답에 호응하지 않았다. 그의 눈길은 멀리서부터 빠르게 차선을 바꿔가며 앞차를 추월해 나오고 있는 까만색의 스포츠카에 박혔다. 차의 옆면 가득 깃발이 바람에 나부끼고 있는 듯한 문양이 수놓아져 있었다. 헤드라이트 사이에는 주광색의 불빛이 반짝거렸고 전면 유리창 밑에는 스티커로 붙여 고정시키는 장식품들이 빽빽이 세워져 있었다. 운전자의 얼굴은 보이지 않았다.

"최소 한 달에 두 번 정도는 SR을 하는 거 같아. 매번 SR의 조건이 달라. 생각 있으면 다음에 한번 같이 가. 그나저나 이거 튜닝은 제대로 된 거지?"

용주는 스쿠프의 앞바퀴를 발로 찼다.

"넌 튜닝하면 스피드나 올리는 걸로 알고 있는데 튜닝은 적극적인 안전 수단이라고 몇 번을 말해야 알아듣겠냐?"

"어쨌든 제대로 튜닝이 됐으면 2등이 아니라 1등이었다는 거지."

용주는 자신을 쳐다보는 기성의 눈길을 피한 후 다시 담배를 꺼내 물었다.

"안개 속에서 레이스를 하는 놈들이 미친놈들이지. 너 그러다 끝장나는 수가 있어. 그것도 도박이야."

용주의 귀에는 필사적이었다던 수인의 말이 뱅뱅 돌아 기성의 말이 들어오는 걸 막았다. 기성이 작업복 주머니에 들어 있던 스쿠프의 차 키를 꺼내들었다.

"어차피 이래도 저래도 끝장이잖아. 다른 거보다 세상이 날 알아줄 거라는 환상에 젖어 살았다는 게 미친 짓이지."

용주는 담배꽁초 끝을 잘근잘근 씹었다.

"그래도 어디 아무데라도 들어가야 하지 않을까."

용주는 담배꽁초를 발로 비벼 껐다. 그 아래 침도 뱉었다.

"알면서 헛소리 하냐. 요즘 대학 나와서 갈 데가 어딨냐. 알바 자리도 구하기 힘들어. 다른 거 다 포기해도 꿈은 포기 안 될 줄 알았는데……. 꿈이고 나발이고 진즉 포기하고 그냥 하루하루 산다."

"그래서 미친놈처럼 도로를 달려?"

"그런 짓이라도 안 하면 돌아버리겠는데 그렇게라도 안 하면 미쳐버리겠는데!"

용주는 기성을 노려보며 악을 쓰듯 말했다. 가게 앞을 지나던 남녀가 두 사람을 힐금거리며 지나갔다.

"그만하자. 안개등값하고 계기판 수리 비용은 안 받을 테니까 지난번에 빌려간 돈하고 타이어, 점화플러그, 백미러값이나 내."

용주는 기성의 손에 들린 차 키를 잽싸게 낚아챘다. 기성의 손이 허공에서 떨어졌다.

"우승 한 번은 해봐야 하잖아!"

용주는 날름 운전석에 올라탔다. 그는 시동을 건 후 엑셀을 강하게 밟았다. 소리는 요란하면서도 부드러웠다. 머플러에서 그동안 참고 있었던 방귀를 뽑아내듯 검은 배기가스가 쏟아져 나왔다. 카센터 앞을 지나가는 여자들이 코와 입을 막았다.

"딱 한 번이면 돼."

기성이 운전석 창틀을 손으로 짚고 서서 허리를 숙였다.

"너 그 짓 계속할 거야?"

"이제 맘 졸이며 사는 데 지쳤어. 나도 이젠 하고 싶은 일 하면서 살 거야. 얼른 놔, 빨리 가야 돼. 잡지사에서 급하게 들어와 달라고 연락 왔어."

"언제까지 그렇게 간당간당 살래?"

"그럼? 지난주에만 거의 예순 곳이나 이력서 넣었어. 그런데 연락해 주는 놈 한 놈 없더라."

"눈높이 좀 낮춰봐. 다들 그냥 저냥 살잖아."

"눈높이 바닥이더라도 아무 데라도 가고 싶지. 이력서 넣었더니 면접에서 오래 버틸 수 있겠냐고 묻더라. 열심히 하겠다고 그랬지. 그런데 연락이 없어. 쎈 데는 스펙 딸려서 안되고 작은 데는 오래 못 있을 거 같다고 안되고. 나도 뭐가 뭔지 모르겠다. 나도 답답하다고."

용주는 도로에 가득 메운 차들을 보았다. 차 안에 앉아 있는 운전자들이 모두 자신을 쳐다보고 있는 것만 같았다. 사막을 횡단하는 낙타들처럼 큰 눈을 더 크게 뜬 채 어서 한 방향으로 달리는 이 대열에 합류해 그냥저냥 흘러가라고 묵언의 시위를 보내는 것만 같았다. 아버지는 무언가에 끌려가듯 사는 걸 견디지 못했다. 고향으로 내려온 누이가 사라진 뒤 반년 후에 아버지가 죽었다. 누구보다 누이의 실종을 애달파 했던 아버지. 서울에서 내려온 누이는 한동안 아버지와 어머니를 알아보지 못했다. 며칠 앓듯 잠자리 보전하고 누웠다가 일어난 후에야 어머니를 찾고 아버지를 찾았다. 아버지를 아는 모든 사람들이 부러워했던 딸은 반푼이가 되어 돌아왔다. 아버지는 그 사실을 견디지 못해 날마다 술을 마셨다.

"이제 우리 서른이다."

용주는 운전석 창문을 닫으려고 윈도우 버튼을 올렸다. 기성이 강제로 창문을 잡았다.

"서른이 뭐 대수냐?"

용주는 도로로 차를 진입시킨 후 중앙선을 넘어 거칠게 유턴을 했다. 하얗다 못해 시린 스쿠프의 지붕이 늘어지는 햇살을 받아 반짝거렸다.

road tuning

—

스쿠프로 채워져 있던 작업장이 휑했다. 1990년 2월식. 최초의 스쿠프였다. 129마력짜리 차로 우리나라 최초의 스포츠카였다. 진즉 폐차 되었어야할 차를 어디선가 끌고 왔다. 용주를 서울에서 다시 만나게 된 것도 스쿠프 때문이었다. 2년 전 여름 기성은 카센타 앞 도로에 앉은 빨간색의 스쿠프를 발견했다. 스포츠카였고 26년 전에 생산된 차여서 눈여겨보다 운전석에 앉은 용주를 발견했다. 용주는 만남이 필연적이라 너스레를 떨었지만 기성은 우연이라 생각했다. 기성은 파스칼 메르시어의 소설 '리스본행 야간열차'에서 '삶의 진정한 감독은 우연이다'라는 말에 전율을 느꼈다. 모든 게 우연으로 다가왔다. 가족도, 카트를 몰다 만난 사람들도, 현재의 자리도, 용주를 다시 만난 것도.

스쿠프가 빈 자리를 각종 오일 냄새가 채웠다. 기성은 눈을 감았다. 오일 냄새를 맡았다. 엔진 오일, 파워 스트리팅 오일, 미션 오일, 브레이크 오일, 기어 오일…. 바닥에 배어 은은하게 올라오는 냄새들. 기성은 그 냄새들이 좋았다. 달콤하면서도 신

듯한 냄새. 그 냄새가 폐부 깊이 들어오면 오만 가지 걱정이 사라져 기분이 좋았다. 그게 언제부터였는지는 기억나지 않았다. 뛰어넘을 수 없는 세상이 있다는 걸 알았고 어느 순간 철이 들어 돌아보니 기름밥 먹었고 기름 냄새 맡으며 살아왔던 시간들이 전부였다. 그런 삶이 언제 어떻게 결정이 된 건지 알 수 없었다. 아니 뭔가를 결정하고 의도한 대로 밀고 나간적이 있었던가. 그렇다고 시간이 제대로 굴러가고 있는 것 같지도 않았다. 정비소 차리고 행복했어야 공식이 완성되는데 그런 감상을 떠올려 본 적이 없었다. 3년째 정비소를 운영하면서 단 하루도 쉬어 본 적이 없었다. 주변 장사꾼들이 워커홀릭이라고 불러대지만 정비소 이외의 머물 곳이 없었다. 정비소에서 밥 먹고 잠도 자고 자위도 했다. 책임져야 할 아내나 자식도 없고 시골에 부모가 있지만 찾지 않은 지 오래였다. 서로의 생활도 간섭하지 않았다. 그리고 딱히 그립지도 않았다. 그럼 홀가분해야 할 텐데 답답하고 숨이 막혔다. 손님이 한 명도 찾아오지 않는 날이면 소파에 몸을 묻고 하루 종일 어울리지 않게 '삶의 격'이나 '리스본행 야간열차', '인공호흡', '빌라 아말리아', '적절한 균형'같은 이해되지 않으면서도 이해될 것 같은 책들을 읽거나 거리 지나가는 사람들을 구경했다. 길 건너 사람들로 가득한 카페를 보고 있노라면 마음이 아팠다. 다른 건 꿈에도 꿀 수 없는 자신에게 미안했다. 포르쉐를 몰고 다니는 카페의 젊은 사장은 매사 자신감 넘쳐 보였다. 한때 내게도 있던 자신감과 비슷한 자신감일까? 기성은 생각을 접고 빗자루를 들었다. 상념이 많아지면 자꾸만 몸에서 긴장이 빠져나가는 것 같아 두

려웠다. 그를 유지하는 단 하나의 힘이 있다면 긴장이었다. 긴장조차도 우연일까?

기성은 용주의 스쿠프에서 떼어낸 백미러 잔해들을 쓸어 모아 쓰레기통에 쏟아 부었다. 쓰레기통 옆에 엔진 오일이 흥건하게 담긴 대야가 보였다. 대야를 들고 폐유 통에 오일을 부었다. 무지개색을 띤 오일이 폐유 통 속으로 돌돌돌 흘러들어 갔다. 대야를 세면장에 던져놓고 작업장으로 돌아와 보니 회색 치마 정장 차림의 여자가 등지고 서서 도로를 내다보며 있었다.

"여기가 로드 튜닝 맞죠?"

인기척을 느끼고 돌아선 여자가 물었다. 기성이 카센터 왼편 벽에 손바닥만 한 크기로 매달려있는 간판을 가리켰다. 간판엔 흰 바탕에 빨간 글자로 'road tuning'이라고 쓰여 있었다. 여자는 잠깐 간판을 쳐다본 후 기성에게 다시 눈길을 주었다. 빈틈이 없고 단단한 몸을 가진 여자였다. 여자는 특히 치골에서 무릎까지 흘러내린 허벅지의 근육이 잘 발달되어 강한 인상을 풍겼다. 여자는 기성과 스포츠카가 담긴 액자들을 번갈아보았다.

"외제차를 잘 보신다고 들었어요. 족보가 없는 차도 손 보시죠?"

여자가 카센터 앞에 세워진 차를 가리켰다. 기성은 눈을 동그랗게 떴다. 한번도 본 적이 없는 모델의 차였다. 앞이 낮고 뒤가 많이 들린 형태였다. 미세한 차이지만 앞과 뒤의 타이어 크기가 다른 차였다. 주행 중 전방에서 밀려오는 공기의 저항을 최대한으로 줄이기 위한 선택이었다. 일반 차에는 쓰지 않고 주로 고급 외제 스포츠카가 채용하는 방식이었다. 기성은 자석에 이끌리듯 정체불명의 차로 다가갔다. 차는 자수정처럼 은은하고 까맣게 빛났다.

차는 준중형급 크기였다. 앞 유리부터 범퍼까지 매끈하게 흘러내린 프런트의 곡선은 부드러웠다. 두 개의 흡기구와 나비를 연상시키는 헤드램프를 가지고 있었다. 뒷면은 두 개의 머플러가 트렁크 밑에 감추어져 있었고 날카로운 눈매 같은 리어램프가 불을 밝히고 있었다. 기성은 차의 모델명을 찾아보았지만 트렁크 왼편에 옅은 회색으로 HSI라고만 적혀 있었다. HSI? 그런 모델명의 차를 본 적이 없었다. 기성은 기억을 더듬었다. 분명 처음 보는 차였다.

"차 이름이 뭡니까?"

"족보가 없다고 그랬잖아요."

기성은 침을 꿀꺽 삼켰다. 그는 차의 보닛 위에 손을 올렸다. 차의 심장이 따뜻했다. 보닛을 열지 않고도 잘 발달된 근육을 느낄 수 있었다.

"저속 주행 중에 속도를 줄였다가 다시 액셀을 밟으면 아주 가끔 약간씩 뒤로 밀리는 듯한 느낌이 들어요. 고속에서도 아주 가끔 그런 현상이 일어나더라고요. 전문 정비소엘 갔었는데 아무런 이상이 없다고 하더라고요."

시동은 걸려 있었다. 여자가 보닛을 열었다. 차의 심장이 보였다. 심장은 조용히 숨을 쉬고 있었다. 거대한 두 개의 기둥 속에 잘 압축된 폭발물을 담아 축소를 시켜 놓은 듯한 엔진이었다. 엔진 커버를 열어봐야 알겠지만 한눈에 보기에도 8기통이나 10기통 엔진 방식이었다. 세상에 8기통이나 10기통 엔진을 단 차는 그리 많지 않았다. 스포츠카 중에 8기통이나 10 기통을 단 차는 페라리나 람보르기니 정도였다. 엔진의 외형은 람보르기니 차에 쓰는 엔진인 듯했다. 보통 엔진 제작사의 이름이 적혀있어야 할 부분이 깨끗하게 지워져 있었다.

기성은 차의 심장에 귀를 대고 눈을 감았다. 산뜻한 향수 냄새가 코로 스며들었다. 여자가 가까이 다가온 모양이었다. 기성은 눈을 감고 엔진이 깨어나는 순간을 연상했다.

시동을 걸면 짧은 시간 연료통에서 흘러나온 휘발유가 대기 중의 공기와 혼합되어 엔진의 실린더에 전달된다. 그런 후 불꽃이 튀고 점화가 이루어진다. 공기와 혼합되어 압축된 연료는 폭발을 거친 후 배기되어 머플러를 통해 밖으로 나간다. 클러치의 이동에 따라 피스톤의 힘이 플라이휠까지 전달되어 결국 바퀴를 움직이게 만든다. 그 부드러운 흐름이 들렸다.

"독특하게 진단을 하시는군요."

눈을 뜨자 여자의 허벅지가 가까이 보였다. 기성은 얼른 눈길을 거둔 후 허리를 폈다.

"엔진 소리 좀 들어봤습니다."

기성은 보일 듯 말 듯 미소를 지었다. 그는 운전석에 오염방지용 커버를 씌운 후 들어갔다. 속도 계기판은 340km까지 기록되어 있었고 rpm은 1만까지 표시되어 있었다. 분명 스포츠카로 제작된 차라는 말이었다.

기성은 차를 리프트 정렬선에 맞춘 후 공중으로 들어 올렸다. 여자는 기성의 주변을 돌며 그가 하는 양을 지켜보았다. 거리엔 상가들이 네온을 밝히기 시작했다. 도로를 메운 차들도 헤드라이트를 켜거나 차폭등을 밝혔다. 태양은 도시의 능선 뒤로 숨어버렸고 어둠이 서서히 마천루를 덮으며 내려왔다. 기성은 휴대용 램프를 들고 차의 하체를 꼼꼼하게 살폈다. 엔진 하부에서부터 뒷바퀴까지 기관들을 살피고 또 살폈다. 부드럽게 떠는 엔진 배기음이 기성의 귀를 가볍게 두드렸다. 연소된 배기가스의 냄새도 맡아보았다. 맑으면서도 시큼한 냄새가 났다. 완전연소가 이루어지고 있었다. 바퀴와 구동축의 조인트도 점검하고 오일이 지나는 기관들도 일일이 살폈다.

거친 노면을 한 번도 달려보지 않은 듯 하체엔 자잘한 흠집 하나 없었다. 기성의 등이 땀으로 젖기 시작했다. 어느새 어둠이 작업장까지 밀려들고 있었다. 여자가 작업장을 밝히는 전등 스위치를 찾아 불을 켰다. 작업장으로 스며들던 어둠이 물러 가고 대낮처럼 밝아졌다.

기성은 리프트를 내렸다. 엔진 커버를 열었다. 10기통 엔진이었다. 람보르기니에 쓰는 엔진과 똑같은 형태의 엔진이 앉아 있었다. 엔진은 생물처럼 숨을 쉬었다. 일반적인 승용차는 아주 사소한 고장이나 오류에도 무감각하지만 10기통 엔진을 단 스포츠카의 경우 잔고장이 자주 일어나지 않는 대신 잔고장만으로도 심각한 문제가 발생할 수도 있었다. 그건 빛을 따라가려는 속도 때문이었다.

차의 심장에 기성은 조심스럽게 진단 테스터기를 심었다. 10개의 실린더가 한 치의 오차도 없이 피스톤 운동을 하고 있었다. 실린더에 때가 낄 만큼 오래된 엔진도 아니었다. 여자가 말한 증상을 찾으려면 차를 운행해보는 수밖에 없다는 결론을 내렸다. 운전 습관 때문에 차는 몸살을 앓을 수도 있었다.

여자는 대수롭지 않게 고개를 끄덕였다.

"그럼, 어떡하죠?"

여자는 도로에 꽉 찬 차들을 바라보았다.

"아무래도 도로에 차들이 없는 시간에 운행을 해보는 게 낫겠죠. 저속이든 고속이든."

여자는 명함과 밤 늦게 다시 오겠다는 말을 남기고 자동차의 홍수 속으로 들어갔다. 기성은 눈으로 차를 쫓았다. 자동차로 가득한 도로 위에 놈은 튀었다. 다른 소음은 들리지 않았다. 경쾌하지만 열정적인 자신감으로 가득 찬 배기음만이 기성의 귀에 맴돌았다. 차의 검은 지붕은 서편에서부터 흘러온 노을이 깔려 번득였다. 시야에서 차가 완전히 사라진 후 기성은 명함을 들여다보았다. 반야 미술관 큐레이터 홍수인. 홍수인? HSI는 그녀의 이름에서 딴 이니셜인 듯했다.

기성은 늦은 저녁을 라면으로 때웠다. 세 끼 중 한 끼는 늘 라면이었다. 요즘은 라면의 종류도 많고 나름 기능성을 갖춘 라면들이 나와 한 끼 식사로 모자라지 않았다. 언젠가 용주는 라면이 초라하다는 말을 했다. 라면 먹고 있으면 끝없이 초라해지는 거 같아, 난 그래서 빨리 먹어. 기성은 국물까지 남김없이 비웠다. 그릇을 개수대에 던져놓고 일회용 믹스 커피를 탄 잔을 들고 모니터 앞에 앉았다. 작업장에 놓여 있던 차를 연상하며 그에 대한 정보를 찾기 시작했다. 검정색 치타 같았다. 속도에는 당할 자가 없다는 자만심을 코로 내뿜으며 그르렁거리는 치타. 모처럼 신이 났다.

"…치타라. 치타라고 하자."

새로 나온 차는 기성을 늘 들뜨게 만들었다. 스포츠카일수록 그의 관심은 증폭됐다. 어떤 엔진을 쓰는지, 어떤 기능들이 숨어 있는지, 실제 속력은 얼마나 나오고 그 차만의 특징은 무엇인지 등등이 못 견디게 궁금했다. 특히 500마력 가까이 되는 스포츠카 외관의 날렵함과 배기음, 엑셀을 밟았을 때 다리로 전달되는 엔진의 힘에 그는 전율했다. 500마력이란 말 500마리가 끄는 힘을 말한다. 말 500마리가 네 바퀴 달린 철통을 끄는 광경은 장관일 터다. 말 500마리가 발굽으로 땅을 두드려대는 소리와 말들이 내뿜는 콧김 소리는 땅과 하늘을 떨게 만들기에 충분하다. 500마리의 말이 달리면서 일궈낼 뽀얀 먼지는 하늘을 덮고도 남고 그들이 지나간 자리에는 다시는 잡초가 돋아나지 않을 정도로 다져진 후 메말라버린다. 땅 위와 속의 모든 생물들은 말발굽 소리에 귀가 먹고 말발굽에 밟혀 죽어갈 터다. 거대한 먼지를 안고 달려오는 말들은 한 마리의 거대한 괴물처럼 보이리라. 그런 괴물 같은 차들이 존재한다. 그런 괴물의 세계는 우연한 관계들 사이에서 과학적 법칙에 의해야만 움직일 수 있는 명확한 필연의 관계를 보여주어 좋았다.

해외 차량 사이트부터 뒤졌다. 페라리, 람보르기니, 벤츠, 아우디, 푸조, 포드…. 혹시나 싶어 국내 차량의 홈페이지도 뒤졌지만 역시 치타에 대한 단서조차 찾지 못했다. 기성은 마지막으로 각종 레이싱에 참여한 차들을 찾아보기 시작했다. 눈이 뻑뻑했다. 잠깐 작업장 쪽으로 눈을 돌렸는데 작업장이 환했다. 웹 서핑에 몰두하느라 카센터의 간판과 작업장을 소등하는 일을 잊었다. 금성이 서편 하늘을 뚫고 올라오고 달이 등장했지만 웹에선 치타에 대한 정보를 단 한 줄도 찾지 못했다. 기성이 알아낸 건 엔진이 람보르기니에 쓰는 엔진과 비슷하다는 정도였다.

밤이 깊어지면서 건너편 거리는 사람들로 몸살을 앓기 시작했다. 건너편 카페도 사람들로 가득했다. 거리를 밝힌 네온 불빛과 간판 불빛이 현란하게 춤을 추었고 도로 위까지 음악과 사람들이 떠드는 소리로 가득했다. 취한 사람들이 거리를 쓸며 걸었고 조금이라도 으슥한 곳이라면 남녀가 서로를 끌어안고 애무를 하는 모습도 보였다. 반면 도로엔 차량의 흐름이 느슨해지고 있었다.

'족보가 없다면 컨스트럭터가 만들어놓고 양산을 안했다는 건가? 람보르기니의 분위기가 풍기긴 하지만….'

기성은 뻑뻑해진 눈을 비볐다. 인기척이 들려 그는 카센터 입구 쪽을 쳐다봤다. 검정색 일색의 가죽 옷을 입은 사람이 카센터 안으로 들어오는 게 보였다. 눈을 비빈 후라 그런지 여자인지 남자인지 구분이 가질 않았다. 기성은 다 식은 커피 잔을 들고 작업장에 서서 그를 기다리는 사람에게로 걸어갔다. 여자였다. 가죽 옷에 짧은 머리 헤어스타일. 여잔 어깨가 넓었다.

"영업 끝났는데요."

"저녁에 오라고 하시지 않았나요?"

여자가 카센터 앞에 놓인 차를 가리켰다. 치타였다. 그녀는 큐레이터 명함을 주었던 홍수인이였다. 해질 무렵 나타났던 그녀는 끝에 웨이브를 넣은 헤어스타일에 무릎이 훤히 드러나는 치마 차림이었다. 그런데 지금 그녀는 반짝반짝 빛을 내는 검정색 가죽 옷을 입고 있었고, 좌우대칭이 분명한 짧은 헤어스타일이었다. 가죽 옷은 너무 꽉 끼어서 몸매를 여실히 드러냈는데 가슴은 보디빌더의 가슴 근육처럼 넓게 퍼져 보였다.

가는 허리는 휘청거렸으며 엉덩이와 허벅지는 팽팽했다.

"진짜 오실 줄 몰랐습니다."

기성은 식은 커피 잔을 든 채 수인과 차를 번갈아보기만 했다.

"운행해보셔야 문제점을 찾을 수 있다고 하셨잖아요?"

수인의 말을 들은 후에야 기성은 정신을 차렸다.

"잠시만요."

그는 공구통 위에 커피 잔을 올려놓은 채 세면장으로 달려갔다. 손에 설탕을 부은 후 손톱 끝에 낀 때까지 깨끗하게 닦아냈다. 손에 밴 기름때를 빼는 덴 설탕이 최고였다. 사무실로 돌아온 기성은 서둘러 블라인드를 치고 옷장 속에서 깨끗한 청바지와 셔츠를 꺼내 입었다.

speed

–

기성이 작업장으로 나왔을 때 수인은 이미 조수석에 들어가 있었다. 기성은 휴대용 공구 세트를 들고 치타가 세워져 있는 쪽으로 다가갔다. 선뜻 운전석에 올라탈 수 없었다. 운행을 해 봐야 문제를 찾을 수 있을 때 대개의 운전자들은 차를 한적한 도로까지 끌고 간 후에야 운전대를 기성에게 넘겼다. 수억 원대 차의 운전대를 처음부터 넘긴 사람은 수인이 처음이었다.

"타요."

기성은 얼른 운전석에 올라탔다. 먼저 은은하고 부드러운 가죽 냄새가 기성을 맞이했다. 시큼한 냄새가 나는 인조가죽과는 비교가 되지 않았다. 시트는 기성을 안정적으로 감쌌다. 운전석은 길바닥에 너무 달라붙은 듯 보였지만 전방 시야는 물론 후방도 시원하게 볼 수 있을 만큼 충분히 높았다. 기성은 손가락 부분이 없는 스포츠 장갑을 꺼내 끼었다. 수인은 못 본 척했다.

운전대는 묵직했다. 운전대 너머 푸른 계기판이 한 눈에 들어왔다. 차량 모드는 두 종류였다. 평소 운행 모드와 스포츠 모드였다. 단순하면서도 명쾌했다. 편의 사항을 많이 갖춘 차들은 복잡했다. 스포츠카들은 많은 전자장치를 배제했다. 무게 때문이었다. 단 1g의 무게 차이가 속도에는 큰 영향을 미치기 때문이었다.

"어디로 갈까요? 아무래도 최고 속도까지 밟아보려면 서해안 고속도로나 내부순환도로를 밟아야겠죠. 가죠."

수인은 거침없었다. 그녀는 의자 등받이에 몸을 묻은 후 느긋하게 차가 출발하기를 기다렸다. 치타야, 뭐가 문제인지 달려보자. 기성은 운전대를 쓰다듬으며 치타에게 마음으로 말을 걸었다. 답 찾기 어려운 인간들 세상과 기계의 세상은 달랐다. 언젠가 용주가 왜 카센타를 하느냐 물었을 때 그런 명확함을 들여다보는 게 좋았다고 대답한 일이 있었다. 그는 운전대를 부드럽게 잡고 부드럽게 엑셀을 밟았다. 드릴로 부드러운 송판을 뚫는 듯한 배기음이 발바닥을 뚫고 올라와 몸 구석구석까지 퍼졌다. 기성은 달리 부를 말이 없어 치타라고 부르는 차를 끌고 도로로 진입했다. 페달도 묵직했다.

차는 도로에 착 달라붙어서 앞으로 나아갔다. 헤드라이트 시야는 넓었다. 경쾌하면서도 부드러운 소음이 실내를 맴돌았다. 수인은 말이 없었다. 기성은 엑셀을 밟은 발바닥과 운전대를 잡은 손에 신경을 집중했다. 차가 밀리는 도로에서 잠깐 멈춰섰다가 다시 출발할 때 약간의 밀림 현상이 있었다. 브레이크 페달을 너무 얕게 밟은 때문이었다. 수인의 휴대폰이 울렸다.

"지금? 차 테스트 중이야."

수인는 한참 동안 입을 다문 채 전화를 받았다.

"…알았어. 내일 아침에 집으로 와."

서부간선도로로 접어들었다. 차량 흐름이 뜸해 제법 속력을 낼 수 있었다. 차는 페달을 밟는 힘에 빠르게 반응했다. 속도도 빨리 붙었다. 시속 100km까지 금방 올라갔다. 바람이나 노면의 저항을 전혀 느낄 수 없었다. 차는 미끄러지듯 달렸다.

"족보가 없다고 하셨는데 어떤 모델을 기준으로 만들어진 찹니까?"

"페라리하고 람보르기니하고 섞어 놓은 거라고 생각하시면 됩니다."

수인는 시큰둥하게 말했다. 그녀는 이내 고개를 차창 밖으로 향했다. 정비공 따위와는 말을 섞고 싶지 않다는 뜻 같았다. 기성은 그런 부류의 운전자들을 많이 만났다. 수억 원대의 차를 끌고 와 튜닝을 부탁하던 종자들. 그들은 차에 관한 이야기 이외에는 절대로 하지 않았다. 사소한 농담은 물론 일상적이고 의례적인 인사도 없었다. 느긋하고 여유로운 분위기를 풍겼지만 사무적인 말투를 썼고 말을 아꼈다. 대부분 옷차림이나 차 실내가 깔끔했다. 게 중엔 운전대를 넘겨주면서 장갑을 낄 것을 요구하는 치들도 있었다. 그들은 스스로 질이 다른 유전자를 가졌다고 착각했다. 현존하는 사실들이니 비난하지 않았다. 가질 수 없는 것들에 대한 체념을 일찍 배웠다. 그렇다고 미련까지 지워지는 건 아니었다. 그 미련은 자동차를 몰고 있을 때 특히 강렬해졌다. 무엇보다 치타와 같은 스포츠카를 몰 때. 반면 현재의 자신이 분명하게 인식되기도 했다. 한 달 벌어 월세 내고 나면 남는 게 없는 20평 남짓한 정비소에서 영원히 벗어나지 못할 거라는 현실, 결혼 같은 건 이번 생에서 할 수 없을 거라는 것, 죽는 날까지 특별한 순간 같은 건 오지 않을 지도 모른다는 것, 한때 열망했던 레이서의 꿈은 진짜 꿈이었다는 것들. 살다보면 나이를 먹어가면서 스펙터클한 경험들이 쌓일 거라 믿었던 적이 있었다. 그 경험들이 내면 깊이 쌓여 다져지고 다져져 남은 시간들을 살아가게 만들 거라 생각했다. 하지만 스펙터클한 경험 같은 건 일어나지 않았다. 그리고 실은 대다수의 사람들이 그저 평이한 경험의 세상에서 산다는 것도 알게 되었다. 기성은 계속해서 엑셀을 깊이 혹은 얕게 밟아 치타의 반응을 점검했다. 그나마 차의 속도에 몸을 맡기면 미련도 강렬해졌지만 위로도 되었다.

전방에 국산 스포츠카가 한 대 보였다. 국내에서는 가장 빠른 속도를 지닌 스포츠카였다. 기성은 그 차의 곁에 바짝 달라 붙었다. 수인은 기성의 의도를 파악한 듯 눈으로 곁의 차를 살폈다. 순간적인 폭발력과 반응을 보기 위해 택한 방법이었다. 스포츠카의 운전석 차창이 열렸다. 남자 운전자였다. 뭐라고 중얼거렸지만 한 마디도 들리지 않았다. 기성은 후방을 살피며 속도를 빨리 잡거나 늦추어서 곁의 차를 자극했다. 드디어 운전자가 삿대질을 했다. 기성은 엑셀을 약간 밟았다. 차창을 닫은 스포츠카가 기성을 따라붙었다. 기성은 한 차례 더 스포츠카와 속도를 맞춰준 후 강하게 엑셀을 밟았다. 배기관에 꽉 차 있던 열정이 터지면서 치타는 폭발했다. 시속 200km을 넘었지만 차는 여전히 부드러웠다. 맹렬하게 따라붙던 스포츠카는 보이지도 않았다.

톨게이트가 나타났다. 기성은 브레이크를 여러 차례 밟으며 톨게이트로 들어갔다. 얕게 혹은 깊게 밟았다. 브레이크는 다른 차들과는 비교할 수 없을 정도로 억셌다. 깊이 밟지 않으면 많이 밀렸다. 스포츠카의 특성이기도 했다. 그러나 브레이크를 깊이 밟지 않아서 주행 중의 밀림 현상이 일어나는 건 아닌 듯했다.

톨게이트에서 통행권을 뽑기 위해 완전히 멈춰 섰다가 다시 출발할 때 휴대폰의 스톱워치를 작동시켰다. 기성은 한 손으로 운전대를 잡고 속도 계기판이 빠르게 올라가는 걸 살폈다. 스톱. 시속 100km까지 올라가는 데 4초가 걸렸다. 국내에서 생산된 차는 이런 제로백이 나오지 않았다. 후방을 확인한 후 브레이크를 밟았다가 액셀을 밟았다.

"제로백은 정확하게 3.7초, 고속에서 밀림 현상은 200 넘었을 때 나타나요."

수인은 기성의 테스트가 미덥지 않은지 시큰둥하게 말했다. 기성은 귓불이 뜨겁게 달아올랐다.

"이제 속도를 높일 겁니다. 최대로 밟았던 게 얼마까지였습니까?"

"270? 280?"

수인은 여전히 심드렁하게 말했다. 기성은 상향등을 켜고 액셀을 밟고 있는 발에 힘을 주었다. 속도 계기판의 바늘이 올라가기 시작했다. 치타는 도로 위의 차들을 하나둘 잡아채며 달렸다. 그들 중 제법 속도를 내고 달리던 한두 대의 차가 치타의 꽁무니를 달라붙었지만 따라올 수 없었다. 치타는 헤드라이트 불빛이 훑고 지난 후 도로에 어둠이 채워지는 속도보다도 더 빠르게 앞으로 내빼며 뒤에 달라붙어 있던 차들을 지워버렸다.

시속 250km를 넘기 시작하면서 창을 뚫고 들어온 어둠의 압박이 전신을 휘감았다. 기성은 힐끔 수인를 훔쳐봤다. 그 때까지 표정 없던 얼굴이 조금씩 일그러지는 게 보였다. 그녀의 손이 허리를 두른 안전벨트를 힘주어 잡았다. 도로 위의 다른 차들은 바람에 땅을 구르는 낙엽들처럼 뒤처졌다. 전방 1,000m 지점에 속도위반 감시 카메라가 있다는 경고판이 나타났지만 속도를 줄이지 않았다. 수인은 잠깐 기성의 옆얼굴을 쳐다보았다. 기성은 속도위반 감시 카메라를 발견한 후 속도를 줄일 것인지 그대로 통과할 것인지를 가늠했다. 2초 정도 달리면 닿을 수 있는 거리에 네 대의 차가 차선을 지키며 달리고 있었다. 바깥 쪽 차선엔 화물차가 지키고 있어 속도를 그대로 유지한 채 통과하기 힘들 듯했다. 카메라는 1차선과 2차선에 한 대씩 모두 두 대였다. 속도를 줄이고 싶지 않았다. 그렇다고 해서 테스트 중에 딱지를 떼게 만들 수도 없었다. 기성은 카메라의 눈이 보이는 지점에서 1차선과 2차선의 중간, 흰 도로 구분선으로 치타를 몰고 들어갔다. 1차선엔 중형차 한 대가 달리고 있었고 2차선에는 소형차 한 대가 5m쯤 뒤처진 채 달리고 있었다. 기성은 카메라를 통과하자마자 1차선으로 뛰어든 후 2차선으로 차선을 급하게 변경했다. 속도는 280km를 유지했다. 기어는 6단까지 올라가 있었다. 수인은 가슴을 가로지르는 안전벨트를 힘주어 잡았다. 치타의 굉음과 떨림 그리고 타이어 마찰음이 발바닥을 뚫고 등골을 타고 올라왔다. 자잘한 상념들마저 뿌리 없이 휙휙 지나갔다. 속도 계기판이 300km를 넘었다. 어둠과 속도의 강한 압박이 전신을 짓눌렀고 모든 상념이 속도에 지워졌다. 갈비뼈 안에 갇혀있던 심장이 튀어나와 격렬하게 뛰었다.

중앙분리대는 물론 도로 위를 달리는 차들과 어둠 속에 선 나무들마저 사라졌다. 치타의 헤드라이트는 길을 뚫고 어둠을 휘저었다. 치타는 헤드라이트 불빛이 닿는 속도보다도 더 빨리 앞으로 내달렸다.

겨울에서 봄으로 넘어가는, 하늘엔 물이 차오르고 대지는 몸을 푸는 봄밤은 그 어느 계절의 밤보다 어둠이 깊었다. 별과 달이 치타를 따라 달렸고 뒤에 남겨진 헤드라이트 불빛들은 치타가 지나간 흔적처럼 도로 위에 머물렀다. 치타는 빛처럼 달렸다. 수인의 손이 자신의 허벅지를 쥐어짰다. 기성은 몸을 산산이 분해시키는 속도에 몸을 맡겼다. 이대로 세상의 끝까지 달려가기를 바랐다.

340km. 속도 계기판의 바늘이 계기판의 끝에서 더 나가지 못하고 몸을 떨었다. 치타도 스스로의 속도에 놀라 떨기 시작했다. rpm의 바늘 역시 1만 rpm의 붉은 범위에서 춤을 추었다. 치타는 도로에 껌처럼 달라붙어 있는 차들을 헤치며 봄밤을 뚫고 거침없이 달렸다. 바람이 장애물을 피해 흘러가듯 치타는 도로의 다른 차들을 유연하게 피하며 내달렸다. 바짝 마

른 아버지의 다리, 진한 화장을 한 어머니, 술집을 개업했다는 여동생, 걸핏하면 돈 빌려가는 용주, 얼마 전 책을 배달한 여자 택배 기사, 잭 런던의 '마틴 에덴', 거리의 눈빛들…. 자잘한 상념들이 속도에 분해되고 또 분해되었다. 이루지 못한, 이룰 수 없는 꿈에 대한 미련도 사라졌다. 끈질기게 달라붙어 떨어지지 않는 기억의 입자들도 미친 속도에 와해되고 분해되어 흔적을 남기지 않고 사라졌다. 애초 아무 것도 없던 어미의 몸으로 흘러들어가 태초의 존재가 되어버린 그 순간을 만났다. 어쩌면 이 미친 속도는 기성의 현재를 강하게 인식시켜주고 있는지도 몰랐다. 강렬한 압박이 가슴을 덮치면서 머릿속은 백지장처럼 하얗게 변색되었다.

엑셀은 더 이상 밟아지지 않았다. 수인은 머리를 머리받이에 붙인 채 내려놓을 줄 몰랐다. 기성은 문득 치타의 뒷모습이 궁금했다. 하지만 차를 몰고 있는 지금 치타의 뒷모습을 볼 수 없었다. 나비를 연상하게 만드는 차폭등이 어둠 속에서 춤을 추는 모습이 연상되었다. 서서울 톨게이트를 벗어난 지 5분 여. 서평택 진입 이정표가 나타났다.

기성은 비로소 살짝 브레이크를 밟았다. 파르르 떨던 속도 계기판과 rpm 바늘이 안정을 찾았다. 별과 달도 달리기를 멈추었고 뒤로 밀리는 차들의 모양새도 알아볼 수 있었다. 치타 실내에 떠돌던 열기도 슬그머니 어디론가 빠져나가 버렸다. 기성은 서서히 브레이크를 밟았다.

수인이 말한 밀림 현상은 나타나지 않았다. 차가 길들여지기 전에 엑셀과 브레이크를 너무 자주 번갈아 밟아 생긴 문제라는 판단이 섰다. 엔진은 물론 차량 외부조차 어느 회사에서 만든 것인지 구분할 수 없었지만 치타는 분명 세계적인 컨스트럭터가 만든 스포츠카라는 데에는 의심의 여지가 없었다. 그런 차를 한국의 도로 상황에서 끌고 다니려다보니 무리가 따랐다고밖에 볼 수 없었다. 속도를 낼만하면 차량의 흐름에 막히고 차량의 흐름이 풀렸다 싶어 속도를 붙이면 속도가 올라갈 사이도 없이 다시 막히는 그런 과정을 반복한데다가 불필요하게 자주 엑셀과 억센 브레이크를 얕게 밟는 과정에서 차의 엔진은 그런 패턴에 길들여진 듯했다. 차는 주인의 운전 습관에 길들여지면서 시속 340km까지 나갈 수 있는 속도를 잊어가는 중이었다.

'치타, 잘 달렸어.'

기성은 마음으로 차에게 말을 걸었다.

차에게 말을 걸고 쓰다듬고 사랑을 줘봐. 그럼 차도 네 마음에 답을 해줄 테니까. 카트 경기장에서 잡일을 하던 시절 매니저가 한 어린 카트 선수에게 해줬던 말이었다. 모든 사물에 정이 있다는 말도 기억났다. 기계로만 대하면 기계 이상의 가치를 얻을 수 없다는 말도. 하지만 그 어린 선수는 매니저의 말에 피식거리기만 했다. 선수의 부모는 주제넘은 충고라며 비아냥거렸다. 하지만 기성은 자신이 운전대를 잡았던 모든 차에게 말을 걸었다. 운전대를 쓰다듬고 보닛을 가볍게 두들겨주기도 했다. 언제부턴가 기성에게 오는 차들은 스스로 아픈 곳을 내보였다. 죽는 날까지 영원히 소유할 수 없는 차들이 대부분이지만 그 순간, 기성은 행복했다. 긴 곡선 도로가 나타났다. 곡선의 끝이 보이지 않았다. 도로를 달리던 차들의 차폭등이 곡선 끝에서 한순간에 사라졌다. 도로가 규정한 속도로 달리면 속도를 줄이지 않아도 곡선 도로를 통과하는 데에 무리가 없었지만 시속 300km가 넘는 속도에서 커브 길은 위험했다. 하지만 기성은 속도를 줄이지 않았다. 무심한 척 느긋한 척 조수석에 앉아 있던 수인은 다시 긴장해서 두 손으로 안전벨트를 거머쥔 채 몸을 시트에 바짝 붙였다.

브레이크를 밟아야할 포인트를 지나쳤다. 기성의 의도였다. 차가 바깥 차선 쪽으로 밀리기 시작했다. 기성은 빠르게 엑셀과 브레이크를 번갈아 밟았다. 속도를 붙인 그대로 브레이크 포인트를 지나 곡선 도로를 빠져나가는 기술이었다. 마지막 점검이었다. 곡선 도로에서 직선 도로로 접어든 후 수인은 맥이 풀린 듯 안전벨트를 쥐었던 손을 무릎 위로 힘없이 내려 놓았다. 기성은 차의 속도를 빠르게 줄였다. 사라졌던 풍경들이 모두 제자리를 찾았다. 기성은 치타를 서평택 톨게이트로 진입시켰다. 몸을 꽉 채웠던 꿈이 슬그머니 사라졌다. 고속도로 통행료를 지불하고 톨게이트를 빠져나왔다. 치타를 유턴시킨 다음 고속도로 진입 도로 위에 올려놓은 후 차를 세웠다.

"앞으론 그런 밀림 현상은 없을 겁니다."

기성은 차를 멈춘 후 수인의 얼굴을 빤히 쳐다보았다. 반대편 차선에서 달려오는 차량의 헤드라이트 불빛이 기성과 수인의 얼굴을 훑었다. 그녀의 이마에 땀이 맺혀 있었다. 그녀는 보일 듯 말 듯 짧게 한숨을 내쉬었다.

"그럼, 그런 현상이 왜 일어난 거죠?"

"처음부터 길을 잘못 들인 겁니다."

기성은 안전벨트를 풀고 운전석에서 내렸다. 조수석에 앉아 있던 수인도 차에서 내렸다. 기성은 수인을 의식하지 않은 채 치타의 지붕을 쓰다듬었다. 잘 달려온 사실에 대해 보상이라도 하듯이. 수인이 다가서자 기성은 그녀에게 자동차 키를 넘겼다.

"올라갈 땐 제가 하나요?"

"이젠 제대로 길이 들었으니까요."

기성은 조수석으로 올라탔다.

"브레이크 밟을 때 깊이 밟을 수 있도록 시트를 조정해서 약간 당겨 앉으세요. 그리고 다른 차들과 달리 치타는, 아니 이 차를 운행할 때는 조금 더 빨리 판단해야 합니다. 브레이크를 잡을 건지 아니면 엑셀을 밟을 건지. 그래야 엑셀과 브레이크를 자주 밟는 습관을 줄일 수 있습니다. 그러면 말했던 그런 밀림 현상은 사라질 겁니다."

수인이 시동을 걸었다. 제 주인의 발길을 느낀 것인지 치타는 부드럽게 반응했다. 톨게이트를 빠져나갔다. 기성은 침묵했다. 수인은 평균 250km의 속도로 차를 몰았다. 서서울 톨게이트까지 도착하는데 10분이 걸렸다. 톨게이트로 진입해 통행료를 계산하기 위해 완전히 멈춰 섰다. 돈을 지불하고 다시 엑셀을 밟았을 때 뒤로 밀리는 듯한 현상은 나타나지 않았다.

카센터까지 도착하는 동안 신호등에 걸리거나 차량의 흐름에 어쩔 수 없이 속도를 줄이거나 멈춰선 후 다시 출발할 때 수인이 말한 밀림은 더 이상 나타나지 않았다.

카센터에 도착한 후 두 사람은 동시에 내렸다.

"얼마를 드리면 되죠?"

"됐습니다. 부품을 간 것도 아닌데요. 오히려 시승할 수 있는 기회를 줘서 제가 고마울 따름입니다."

수인은 한동안 망설였다. 그녀는 가죽 치마 주머니를 뒤져 명함 한 장을 꺼내 기성에게 내밀었다.

"제 차를 당신처럼 모는 사람은 처음이었어요. 끝까지 밟아본 사람도 당신이 처음이고."

"처음 오셨을 때 명함 받았습니다."

수인은 더 바짝 명함을 내밀었다. 기성은 할 수 없이 명함을 받았다. SR동호회, 카페지기 홍수인, 010-0123-3210. 거리레이싱을 하는 동호회들이 많은가? 기성은 속으로 중얼거리며 용주의 얼굴을 떠올렸다. 역시 세상을 지배하는 감독은 우연이다. 기성은 슬며시 미소를 지었다.

"일주일에 한 번 정도 SR이 있는데 참석해 주실래요? 고문 정비사로 말이죠. 우리 동호회에서 일정의 수고비를 지불할게요."

"거리 레이싱입니까? 제가 그런 델 가서 뭐 합니까?"

"가끔 규정을 어기고 출전하는 차들이 있어요. 현장에서 차가 고장 나는 수도 있고요. 참여하시는 거죠? 꼭 정비사가 아니라도 상관없어요. 당신이라면 고정 레이서로도 환영이니까요."

"전 레이싱엔 관심 없습니다."

기성의 말에 수인이 그의 얼굴을 빤히 올려다보았다. 기성은 그녀의 눈길을 피한 후 치타를 내려다보았다. 고르게 숨을 쉬고 있는 치타의 지붕은 도시의 가로등과 네온 불빛을 뒤집어쓰고 앉아 반짝거렸다. 두 가지 유혹이 기성의 마음을 흔들었다. 치타의 여주인을 다시 볼 수 있다는 것과 어쩌면 치타를 몰고 거리를 질주할 수 있을지도 모른다는 것.

"어지간한 남자들은 시속 250에서도 벌벌 떨어요."

그의 마음이 참여하겠다고 기운 건 치타 때문이었다. 자신감으로 꽉 찬 치타. 치타는 가로등 불빛을 받아 검게 번들거리며 기성의 대답을 기다렸다.

"회원이 많나요?"

기성이 인사치레로 물었다.

"오늘까지 가입한 회원 수가 9,677명이에요. 그중에 삼분의 일은 한 번쯤 레이싱에 참여를 했죠."

프론트를 어루만지고 있는 기성에게 수인이 말했다. 기성은 그녀가 말한 숫자에 적잖이 놀랐다. 그렇게 많은 인간들이 속도에 열광한다는 게 믿어지지 않았다. 치타를 몰고 다닌다면 충분히 열광할만 하겠다는 생각이 들었다.

"규정이 있어요. 배기량 2000cc 아래의 차만 등록이 가능해요."

"하지만 이 차는…."

"이건 그냥 제가 몰고 다니는 차예요. 제가 레이싱에 참여할 땐 저 역시 2000cc 아래의 차를 몰고 나가요. 언제든 환영할게요. 제가 회원 가입을 권유한 건 당신이 처음이에요."

수인의 말이 목을 휘감는 듯했다. 기성은 치타의 지붕 위에 올라가 있던 손을 얼른 내렸다. 그는 수인에게 가볍게 목례를 한 후 곁문을 통해 카센터 안으로 들어갔다.

3

피그말리온(Pygmalion)

—

런던의 한 싸구려 극장 앞. 빛바랜 카키색 치마에 낡은 청색 숄을 걸친 소녀가 극장을 드나드는 사람들에게 시든 꽃을 팔고 있었다. 머리에는 보풀이 잔뜩 인 모직 재질의 검정색 모자를 쓰고 있었다. 소녀는 극장 앞을 지나가는 사람들에게 불쑥불쑥 꽃을 내밀었다. 꽃 좀 팔아주이소. 영국 북쪽 지방의 사투리가 섞인 소녀의 말투는 거칠고 억셌다. 소녀의 손등은 윤기도 없고 갈라졌으며 손톱 밑에는 때가 잔뜩 끼어 있었다. 영국의 신사와 요조숙녀들은 소녀의 행색에 눈살을 찌푸리며 멀어졌다. 그런 그녀를 두고 두 남자가 내기를 했다. 천박하고 남루하고 무식해 보이는 소녀를 상류층 여인으로 만들 수 있겠느냐고. 한 남자는 그럴 수 있다고 말했으며 또 다른 한 남자는 천성은 도저히 바뀔 수 없다며 내기에 응했다.

반년 후, 극장 앞에서 사라졌던 소녀는 요조숙녀가 되어 나타났다. 그녀는 영국 여왕이 주도하는 무도회에 나가 가장 아름다운 여인으로 꼽혔다. 반년 동안 그녀는 상류층 여자의 얼굴과 피부를 갖기 위해 매일 목욕하고 피부를 다듬고 화장을 했으며 거만하면서도 부드럽게 걷기 위해 무릎을 조인 채 걷는 연습도 했다. 사투리가 잔뜩 섞인 말투를 고치기 위해 표준어로 조금씩만 수줍게 이야기하는 법을 터득했으며 시중에 떠도는 어려운 화제에 대해서는 간단하게 한 마디 던질 수 있을 정도로 고급한 상식도 몸에 배도록 익혔다. 그릇이 달라지면 그릇 안에 담긴 음식도 달라보이듯, 소녀가 예전처럼 투박하고 사투리가 잔뜩 섞인 말을 구사해도 사람들은 좌중을 즐겁게 해주기 위해 신선하며 센스 있는 농담을 구사한 것이라며 그녀를 수준 높은 여자로 보아주었다.

용주는 아카데미 작품상을 비롯해 8개 부문에서 상을 휩쓴 '마이 페어 레이디'를 떠올렸다. 영화 전문 잡지사의 요청으로 고전기행이라는 잡글을 써주며 알게 된 영화였다. 천박한 소녀가 요조숙녀로 거듭날 수도 있다는 이 영화는 '마이 페어 레이디' 프로그램이라는 신조어를 만들어냈다.

중남미에서 미국으로 이민 간 한 가난한 가정에 소년이 태어났다. 소년은 직감이 뛰어나고 눈 밝은 한 스승을 만나 최고 연봉을 받는 레이서로 거듭났다. 천문학적인 돈을 쏟아 부어야 가능한 레이싱 세계에서 슈퍼스타가 된 루이스 해밀턴은 '마이 페어 레이디' 프로그램의 산 증인이다. 그런 예는 얼마든지 많다. 철강왕이자 최고의 갑부로 알려진 카네기. 그도 가난했지만 한 철도 회사 상사와의 만남을 통해 세계적인 사업가로 거듭났다. 미국 경제 잡지 포브스지가 정하는 세계 갑부 400인 속에는 친구든, 상사든, 스승이든 사람을 잘 만나 갑부로 성공한 예가 많다. 어쩌면 사람의 운명은 누구를 만나느

냐에 따라 그렇게 한순간에 바뀔 수 있는 일인지도 모른다. 그들이 도덕적으로 살았든 비열하게 살았든 그건 중요하지 않았다. 그들은 갑부가 되었으니까.

용주는 고갯길 정상에 차를 세운 후 안개 속의 레이싱을 주최한 그날 밤의 여자를 떠올렸다. 홍수인. 첫 번째 SR이 끝난 후 용주는 시간만 나면 사이버 카페를 드나들었다. 수인에 대한 정보를 찾기 위해서였다. 하지만 그녀에 대한 정보는 카페에 없었다. 각종 레이싱에 대한 정보와 사진들이 대부분이었다. 게시판은 수인에게 자신도 SR에 참가할 수 있게 해달라는 애원의 글로 도배되어 있었다. 용주는 그제야 SR에 참석한 게 자신의 결정이 아니라 그녀의 결정에 의해서 이루어졌다는 걸 깨달았다. 용주는 웹 검색창에 그녀의 이름을 적어 넣고 검색을 하기도 했다. 그녀의 이름은 다른 어떤 곳에도 흔적이 남아 있지 않았다. 필명의 냄새가 짙었지만 그녀가 개설한 카페는 실명으로만 가입이 가능한 카페였다. 홍수인은 본명이었다. 용주는 웹 검색창에 스피드라는 단어를 적어 넣은 일, 수인이 주인인 SR 카페를 찾아낸 일, 망설이지 않고 안개 속의 레이싱에 참석한 일, 오랫동안 잊었던 용미를 다시 떠올리게 된 일 등이 모두 운명적이었다는 생각이 들었다. 런던의 한 극장 앞에서 남루한 차림의 소녀가 그녀를 최고의 여자로 만들 수 있을 것이라고 믿는 한 중년의 남자를 만난 것처럼.

곡선 너머

—

용주는 고개 정상 갓길에 스쿠프를 세워놓은 후 지도책을 들고 차에서 내렸다. 도로는 해바라기하며 꾸벅꾸벅 졸고 있는 노인의 오후처럼 한산했다. 도로 왼편은 울창한 소나무 숲이었고 오른편엔 햇빛을 받아 암갈색으로 번들거리는 뻘이 펼쳐져 있었다. 뻘 너머에 은빛 그물을 깔아놓은 듯 바다가 출렁거렸다. 작은 섬 몇 개와 배 몇 척이 한가롭게 잠잠한 바다 위에 떠 둥실거렸다. 햇빛조차 닿지 않을 듯한 먼 곳의 수평선이 하늘과 부딪혀 아득하게 보였다. 구름 한 점 없었고 바람조차 불지 않았다. 바다도 하늘도 사라져버린 먼 곳까지 시야가 막힘이 없었다. 이른 봄이라 폐로 스며드는 공기는 적당히 차가웠다. 물비린내가 코로 스며들었지만 달콤했다. 용주는 너무 뜨겁지도 그렇다고 너무 차갑지도 않으면서 끝없이 쾌청한 이런 날을 좋아했다. 용주는 지도책을 펼쳤다. 금빛 그늘이 지도책 위에 내려앉았다.

용주는 지금 마지막 취재원을 찾아가는 중이었다. '슬로우푸드'라는 모토를 내걸고 장사를 하고 있는 사람들이 취재원이었다. 강원도에 두 곳, 충청북도에 한 곳, 경상남도에 한 곳 그리고 마지막으로 전라북도에 한 곳이었다. 전국 투어였다.

그들 음식점은 모두 번잡한 도시에서 벗어나 시골에서 장사를 했다. 그들은 기본적으로 된장과 고추장을 집에서 담가 썼다. 야채나 과일을 직접 재배했고 농약을 쓰지 않는 것도 기본이었다. 직접 확인하진 못했지만 그들의 말을 빌자면 인공조미료 역시 쓰지 않는 식당이었다. 손님들이 오면 구들에 황토를 깐 방을 제공했다. 2시간씩이나 걸려 밥을 먹는 프랑스의 저녁 식사법을 예찬하기도 했다.

시골 한적한 곳에 있다지만 그들 식당은 하나같이 차가 접근하기 좋은 목에 자리 잡고 있었다. 식당은 오래된 한옥을 보수하거나 한옥을 현대식으로 개조한 건물을 식당으로 썼다. 음식점 마당엔 수십 대의 차가 넉넉히 주차할 수 있을 정도로 넓었다. 용주는 처음 찾아간 음식점에서 편집장과 음식점 사장 사이에 은밀한 거래가 있다는 걸 눈치 챘다. 그러니까 그렇고 그런 관계이며 취재라는 말이었다. 용주가 관여할 바는 아니었다. 게다가 그들은 용주에게 묵을 방과 음식과 술은 물론 떠날 때 거마비를 찔러줬다. 봉투가 묵직했고 제법 쏠쏠했다. 편집장과의 관계를 두고 부당하게 생각할 필요가 없었다. 좋은 게 좋은 거니까.

"용주 씨, 이번 원고 잘 나오면 앞으로 맛 기행 코너 맡길 테니까 잘 좀 써줘. 특별 부록으로 실린다는 건 얘기 들었지?"

"황 기자는요?"

"그 치는 원고 마감을 제대로 지켜본 적이 한 번도 없어. 원고 늦을 때마다 무슨 변명을 그렇게 많이 하는지. 이번이 벌써 다섯 번짼데 나도 포기했어. 객원 기자가 뭐 대단한 줄 안다니까. 이번 건 마감이 이미 지난 거니까 사진이랑 원고 쓰는 대로 바로바로 날려 줘. 용주 씨만 믿을게. 이번 원고 좋으면 코너 1년은 보장한다."

일감을 들고 나가는 용주에게 편집장은 달콤하게 유혹했다. 남의 일감을 가로채는 것만 같아 즐겁진 않았지만 마다할 처지는 아니었다.

용주에게 할당된 식당 다섯 곳을 돌고 마지막 식당을 찾으러 오기까지 사흘이 걸렸다. 취재하고 사진을 찍는 시간은 얼마 걸리지 않았다. 대부분 도로에서 시간을 보냈지만 지루하지 않았다. 운전하는 데에 새로운 묘미를 찾은 때문이었다. 더 즐거운 건 마지막 취재원을 만나러 가는 길이 근사한 때문이었다.

"…동막리라 동막리…."

용주는 지도책을 손가락으로 훑어가며 동막리를 찾았다. 내비게이션이라는 편리한 기계가 있었지만 용주는 길 찾는 재미를 기계에 의지하고 싶지 않아 구닥다리 내비게이션을 버렸다. 업그레이드 시키면 쓸 수 있었지만 왠지 점점 바보가 되어 가는 기분이 들어 다시는 내비게이션에 의지하지 않았다. 때론 길을 잃기도 했지만 그렇게 방황하는 것도 재미라고 받아들였다.

용주의 차가 세워진 곳에서 10km쯤 더 가면 목적지가 나올 듯했다. 스쿠프에 올라탄 그는 핸드 브레이크를 풀고 차를 도로에 진입시켰다. 도로는 왕복 2차선의 내리막길이었다. 엑셀을 밟아 차에 속도가 붙을 무렵 고갯길 뒤편에서 느닷없이 나타난 까만색의 중형차 한 대가 중앙선을 넘어 용주의 차를 추월했다. 까만 트렁크 덮개가 수인의 눈빛처럼 반짝거렸다.

'레이싱을 원한다? 마다할 내가 아니지.'

짓눌려있던 원초적인 광기가 슬금슬금 깨어났다. 아무런 원한이나 증오는 물론 목적한 바도 없이 무조건 달리고 싶은 욕망이 폐를 가득 메웠다. 속도에 미쳐 달리다보면 모든 게 잊혀 졌고 때론 시간을 거슬러 올라가거나 시간보다 앞서 달리고 있다는 착각에 빠졌다. 살면서 갖게 되는 생각이나 계획, 꿈 같은 것들보다 더 빨리 흘러가버리고 마는 시간들을 지배했다는 희열에 빠지기도 했다. 한계를 넘어선 속도는 존재마저 사라지게 만들었다. 본능에 의해 달리고 있는 생물만 남았다. 전신의 동맥과 정맥이 뛰고 오금이 저리고 방광에 오줌이 꽉 차오르지만 목적 없이 달리는 일은 깊이 모를 쾌락을 선사했다. 스피드에 미치는 것, 언제부턴가 용주의 유일한 낙이 되었다. 안개만 없다면 용미를 만날 일도 없었다. 설령 아무 때나 용미가 나타난다 해도 이젠 버릴 수 없는 쾌락이었다.

"별일 없어?"

용주는 엄마에게 전화를 건 후에야 용미에 관한 소식이 궁금했다는 걸 깨달았다.

별일이다, 밥은 먹고 다니냐, 가족이라고 달랑 셋인데 가끔 들려라, 아직도 공무원 시험 준비하냐, 언제 며느리가 챙겨 주는 밥 먹어보냐, 김밥집 딸내미 한번 볼래? 고등학교 나왔지만 은행 다닌단다, 나 죽기 전에 너 장가라도 가야 할 텐데, 용희가 먼저 장가 가도 난 모른다……. 용주는 서둘러 전화를 끊었다. 연애도 못하는 판국에 결혼이라니? 다 쓰러져가는 원룸 자취방의 보증금 오백만 원이 전부인 그가 결혼을 한다는 건 불가능한 일이었다. 어쩌다 보면 연애는 할 수 있을지도 몰랐다. 지지고 볶고 결국 헤어지고. 용주의 사랑은 거기까지만 허락된 것이라고 생각했다. 앞으로 나아질 기미도 없었다. 정규직 직원이 되지 않는 한 용주의 삶은 변하지 않을 터였다. 정규직 직원이 된다고 해도 별로 달라질 건 없지만.

용주는 엑셀을 힘차게 밟았다. 그는 취재 여행 내내 도로 위의 차들과 레이싱을 펼쳤다. 도로 위를 헤집으며 내빼는 차를 보면 추월할 수 있을 때까지 따라 붙었다. 용주를 추월한 차는 무조건 따라붙어 반드시 추월로 보복했다. 도로 위에 그럴싸한 스포츠카가 나타나면 뒤에 바짝 붙거나 오른편이나 왼편으로 달라붙어 깐죽거렸다. 그러면 운전자들 절반은 용주의 의도를 알아차리고 엑셀을 밟았다. 레이싱이 시작되면 용주는 엑셀 발판이 부러지도록 밟았다. 어느 땐 도로가 한산하기도 했지만 어느 땐 도로가 차로 넘쳤다. 한산한 도로를 달리는 건 재미가 없었다. 차로 넘치는 도로를 달려야 스릴을 제대로 맛볼 수 있었다. 차선을 급하게 변경할 때마다 운전자들이 신경질적으로 클랙슨을 눌렀다. 리어카 한 대 빠져나갈 만한 공간을 비집고 들어가 앞으로 치고 나갈 땐 온몸 구석구석은 물론 영혼까지 흥분으로 떨었다. 속도 계기판은 100에서 200까지 춤을 추었다. 그렇게 10여분 쯤 달리면 달라붙었던 차들은 대부분 경쟁을 포기하고 떨어져나갔다. 그렇게 변산까지 달려왔다. 용주는 엑셀을 더 깊이 밟았다. 용주를 추월한 차는 내리막길에서도 속도를 붙여 무섭게 내려가고 있었다. 용주도 기어를 빠르게 변속해가며 엑셀을 바닥 끝까지 밟았다. 머플러가 검은 연기를 토해내며 요동을 쳤다. 스쿠프는 한 차례 몸을 떨더니 이내 앞차를 따라붙었다. 용주가 따라붙은 걸 확인했는지 앞차는 속도를 더 내기 시작했다. 굽은 도로가 많아 제한 속도가 60km인 도로였다. 용주는 속도 계기판 바늘을 힐끔 쳐다봤다. 이미 120km를 넘고 있었다. 용주는 엑셀 발판을 가볍게 놓았다가 다시 깊이 밟았다. 속도 계기판 바늘이 110km로 떨어졌다가 140km로 빠르게 치솟았다. 용주는 추월하지 않고 앞차의 꽁무니를 따라붙었다. 앞차가 속도를 붙이면 같이 붙이면서 앞차의 꽁무니만 따라갔다. 앞차는 속도를 줄이지 않았다. 직선 도로가 사라진 뒤 굽은 도로가 나타났다. 용주는 바다 쪽으로 튀어나가 굽은 도로 너머로 길이 사라진 곳을 살폈다. 5분쯤 거리였다. 그 이전에 굽은 도로는 3개였다. 용주는 세 번째 굽은 도로에서 추월하기로 결정했다. 앞차는 브레이크와 엑셀을 밟으며 굽은 도로를 빠르게 빠져나갔다. 속도를 붙인 채 지나가려다보니 반대편 차선을 침범하기 일쑤였다. 용주가 추월하기로 마음먹은 굽은 도로에 다다랐을 때 너머의 굽은 도로에서 트럭 한 대가 올라오고 있었다. 추월하기로 마음먹은 지점과 트럭과의 거리는 20m 남짓 되었다. 앞차는 같은 속도를 유지한 채 달리고 있었다. 스쿠프가 막 마지막 굽은 도로로 접어들었을 때 용주는 중앙선을 넘어 트럭과 마주보는 상황에서 엑셀을 밟아 속도를 더 붙였다. 마주 오던 트럭이 놀라 상향등을 반짝거렸고 바로 옆에서 달리게 된 검정색 차도 놀라 주춤거리며 약간 속도를 줄였다. 트럭과의 거리가 10m도 채 되지 않은 상황에서 용주는 검정색 차 앞으로 밀고 들어갔다. 트럭과 검정색 차가 동시에 브레이크를 밟았지만 용주는 그대로 내처 달렸다. 쾌락이 물밀 듯 몰려와 전신을 적셨다. 트럭 기사가 창문을 열고 삿대질하는 모습이 백미러에 들어왔다. 룸미러엔 검정색 차 운전자의 놀란 눈이 담겼다. 곁엔 여자가 앉아 있었다. 시속 140km. 용주는 속도를 유지한 채 달렸다. 검정색 차가 어느새 용주의 뒤에 달라붙었다. 20년도 더 된 똥차에게 추월을 당했다는 사실을 받아들일 수 없었던 모양이었다. 검정색 차가 중앙선을 넘으면 용주도 중앙선을 넘어 추월을 막았다. 검정색 차는 중앙선을 넘나 들다가 용주가 추월한 방식을 흉내 내려고 했다. 하지만 반대편 차선에서 달려오던 차가 상향등을 반짝거리자 이내 용주의 뒤로 물러나고 말았다. 그러더니 검정색 차는 속도를 줄여 멀어졌다. 용주는 그래도 속도를 줄이지 않고 속력을 붙여 달렸다. 끝없이 한적한 도로, 기분 좋은 추월, 신기루처럼 바다 위에 떠서 용주를 따라오고 있는 섬들. 마지막 취재도 잘될 것만 같은 기분이 들었다.

몽월당

—

드디어 몽월당이라는 이정표가 나타났다. 요즘 식당 이름치곤 너무 고루하다는 느낌이 들었다. 용주는 속도를 줄이며 뒤편을 살폈다. 길만 연의 꼬리처럼 구불구불 따라왔다.

몽월당의 마당은 자갈밭이었다. 스쿠프가 지나갈 때 자갈이 부딪히며 경쾌한 소리를 연주했다. 주차장 오른편에 노란색의 승합차 한 대와 사륜구동의 회색 지프차 한 대가 서서 늘어지게 해바라기를 하고 있었다. 맞은편 터에는 수백 개의 장독이 바닥 위에 달라붙어 안간힘을 쓰고 있는 듯 번들거렸다. 사방은 고즈넉했다. 몽월당은 국도에서 5분 남짓 산 쪽으로 들어온 터라 자동차가 지나가는 소음은 들리지 않았다. 차에 서 내린 용주는 들어온 길을 뒤돌아보았다. 몽월당은 산 중턱 쯤에 자리를 잡아 바다가 훤히 내려다보였다.

몽월당은 오른쪽과 왼쪽 그리고 뒤편이 제법 가파른 산으로 둘러싸여 있었고 시야가 시원스럽게 터진 자리에 둥지 속의 매처럼 시선을 멀리 두고 앉아 있었다. 대문은 활짝 열려 있었다. 대문 위에 굵게 양각된 현판의 글자가 지긋한 눈길로 용주를 내려다보았다.

"근사한데…."

먼저 취재를 끝낸 다른 곳과는 사뭇 분위기가 달랐다. 취재가 끝난 다른 네 곳은 드나드는 차나 사람들로 번잡했다. 주차장은 쉴 새 없는 엔진 소리로 몸살을 앓았고 음식점 안은 떼를 지어 몰려다니는 사람들로 들썩거렸다. 가게의 주인들은 바쁜 일과와 손님들이 건넨 술잔 때문에 벌겋게 달아오른 얼굴로 돌아다녔다. 깊은 저녁에도 손님들이 찾아와 소란을 떨며 방을 구했다. 그런데 몽월당은 달랐다. 한적하다 못해 적막했다. 취재를 끝낸 다른 음식점들에서 '슬로우 푸드'라는 분위기를 찾을 수 없었다. 하지만 몽월당에 이르러서야 비로소 그 말이 실감났다.

용주는 취재 가방에서 사진기를 꺼내 먼저 몽월당의 주변 풍경을 찍었다. 대지의 털인 양 융기한 수백 개의 장독, 화석처럼 단단하고 오래되어 보이는 몽월당 현판, 활짝 열린 대문 안 마당의 연못과 배롱나무 두 그루, 해풍을 대적하려는 듯 대문 양편으로 팔을 활짝 펼친 긴 돌담, 수평선 너머로 뒷걸음질 치는 햇빛을 끌어안은 몽월당의 전경, 빛이 강해 더 짙어진 뒷마당 가죽나무 숲의 그늘, 가지런한 키를 자랑하는 상추밭, 대문의 긴 직사각형을 통해 보이는 그만한 크기로 조각난 하늘과 바다.

"누구세요?"

용주는 대문 안으로 들어가 대문 밖의 풍경을 렌즈에 담고 있었다. 렌즈에서 눈을 떼고 소리 나는 쪽으로 고개를 돌렸다.

거기에 청포빛의 개량 한복을 입은 여자가 서 있었다. 쪽진 머리, 반듯하게 대칭을 이룬 얼굴, 갸름하면서 잡티 한 점 없는 낯, 두툼한 아랫입술과 약간 튀어나온 광대뼈. 순간 시대를 훌쩍 건너 뛰어 과거로 돌아간 기분이 들었다. 도시에서는 구경하는 힘든 차림과 분위기의 여자였다. 여자는 흰 고무신을 신은 발을 모은 채 서서 용주에게 눈길을 주었다. 여자의 눈은 촉촉해 보였다. 산도 땅도 대기도 건조한 계절이라 촉촉한 그녀의 눈은 낯설고 신선했다. 용주는 황급하게 카메라 가방 옆 지퍼를 열고 명함을 꺼내 내밀었다. 월간 '문화' 객원 기자 장용주.

"사장님을 만나러 왔습니다. 오늘 방문한다고 삼 일 전에 전화를 드렸었는데요."

여자는 명함을 들여다보며 미소를 지었다. 입꼬리가 광대의 미소처럼 표시 나게 위로 올라갔다.

"저를 찾아오셨군요."

용주는 놀랐다. 여자가 운영하기에 몽월당의 규모는 제법 컸기 때문이었다. 그녀는 여전히 미소를 지었다. 미소 지을 때 눈꼬리가 미세하게 아래로 내려갔다. 야릇한 눈 미소였다. 문득 용미와 닮은 미소라는 생각이 들었다.

그녀는 용주를 방으로 안내했다. 그녀를 따라가는 마당길은 붉은 기운이 감돌았다. 발바닥이 거칠게 스쳤다. 바닥에 깔린 돌은 화강암이었다. 그녀는 용주 앞에 서서 걸으며 그를 안내했다. 용주는 그녀의 뒤를 따라가면서 뒷모습을 살폈다. 개량 한복을 입고 있어 그녀의 뒤태는 전혀 드러나지 않았다. 그녀의 나이도 가늠이 되질 않았다. 용주는 여자의 나이가 이십 대 후반이나 삼십 대 초반쯤일 것이라고 짐작했다.

몽월당은 'ㄷ'자 형태의 한옥이었다. 마당 한가운데에 물이 흐르는 연못이 있었고 연못 가운데 마른 분수대가 삐죽 솟아 있었다. 연못가에는 둘레를 빙 둘러 발을 물에 담근 노란 꽃이 보였다. 노란 창포였다. 창포는 잔바람이 일으켜준 물결을 타고 한가롭게 흔들거렸다. 마루로 향하는 계단은 가팔랐고 마루에서 대들보까지의 높이 또한 여느 한옥 집과 달리 높았다.

댓돌은 발길에 닳아 반들거렸다. 손님이 하나도 없는 듯했다.

"전화 연락 받고 방에서 바다가 내다보이는 방을 준비해 놨습니다."

그녀는 용주가 신발을 벗고 대청마루로 올라서자 말했다. 대청마루 안쪽으로 들어가자 오른편과 왼편에 다시 복도 길이 열려 있었다. 그녀는 왼쪽 복도를 타고 들어갔다. 복도를 따라 방들이 마주보고 있었다. 어느 방에선가 두런거리는 소리가 들렸다. 복도 막다른 곳에서 그녀는 다시 왼쪽으로 돌았다. 그러자 어둡던 복도가 환해지고 바다로 향한 창이 나타났다. 그중 마지막 방으로 용주를 안내했다.

"이 방입니다."

그녀가 문을 열었다. 문은 이중문이었다. 그녀가 사뿐히 방 안으로 들어갔다. 용주도 그녀에게 이끌려 방으로 들어갔다. 방은 생각보다 넓었다. 안에 욕실이 갖추어져 있었다. 겉보기엔 좁아보였는데 막상 안으로 들어와 보니 무척 넓은 기이한 구조의 한옥 방이었다.

"지나면서 보신 방들은 그냥 식사만 하는 방이고 이렇게 복도 끝 쪽으로 묵을 수 있는 방들이 있습니다. 별채도 묵을 수 있는 방인데 여기 이 방 전망이 가장 좋아서 이 방으로 제 맘대로 정해 놨습니다."

그녀는 창문을 활짝 열었다. 갑자기 핀 라이트를 받은 듯 눈이 부셨다. 창문 너머에 햇빛을 먹은 바다가 있었다. 느린 물결에 부서지는 햇살에 눈이 부셔 눈물이 고였다. 용주는 햇살에 묶인 채 서서 움직이지 못했다. 그녀가 안내해 준 방은 바다 위에 떠있었다. 잔물결은 방도 덩달아 출렁거리게 만들었다. 용주는 움직이는 방바닥 때문에 약간 현기증을 느꼈다.

창밖엔 오로지 바다만 펼쳐져 있었다. 창문가에 하루 종일 앉아있다 보면 수평선 너머로 사라진 꿈들을 건져 올릴 수 있을 것만 같았다.

"제가 먼저 뭐를 해야 하죠?"

그녀는 아찔한 현기증과 수평선의 아득함 속에 빠져 있는 용주를 현실로 끌어올렸다. 용주는 그제야 창문가에 서있는 그녀를 보았다.

"머잖아 해가 질 텐데… 해 지면 사진 찍기가 좀 까다로워질 테고… 그러면… 아무튼 사장님과 직원들 사진을 오늘은 찍어야 하는데… 마침 빛도 좋고."

햇살이 꽂힌 바닥에서 한발 물러선 용주는 허둥대며 말했다. 그녀는 용주 앞을 지나 문 쪽으로 걸어갔다. 그녀에게선 낫이 지나간 자리에서 피어오르는 풀 냄새가 났다. 용주는 어깨를 누르고 있던 가방을 슬그머니 내려놓았다. 그녀는 인터폰을 들고 사람을 불렀다. 잠시 후 여덟 명의 여자들이 들어왔다. 적막한 곳이었다는 게 믿어지지 않을 정도로 종업원이 많았다. 세 명은 젊었고 다섯 명은 중년 여자였다. 그네들은 한결같이 쪽진 머리에 개량 한복을 입고 있었다. 용주는 그들을 데리고 식당 입구로 나왔다. 그녀의 독사진을 몇 컷 찍고 단체사진도 몇 컷 찍었다. 장독대에서도 찍었고 상추밭에 사람을 세워놓고도 찍었다. 연못이 있는 정원 배롱나무 아래에서도 사진을 찍었다. 사진을 찍는 내내 여자들은 소란을 떨며 작은 소리로 낄낄거렸다. 그네들의 웃음은 명랑하면서도 한편으론 음험했다. 용주는 뜨겁고 축축하면서도 노골적인 여자들의 눈길을 슬쩍슬쩍 피했다. 지금까지 취재했던 여느 음식점과 몽월당은 분명 달랐다. 그동안 지나온 음식점들은 같은 장소에서도 중요한 인물이 빠졌다며 다시 찍기를 반복했고 때론 피사체가 된 인물 중에 누군가는 눈을 감았다거나 하품을 했다며 다시 찍어달라고 수선을 피웠다. 어느 집에선가는 카메라 속에 이미 저장된 화면을 보여줄 것을 요구하기도 했다. 그런데 몽월당 사람들은 용주가 꿰어 놓은 실에 잘 끌려오듯 군소리 없이 따랐다. 상전에게 고분고분한 하인들처럼. 그녀 역시 입을 꾹 다문 채 조용히 용주의 지시에 따랐다. 용주는 그네들을 대청마루 위에 앉게 한 후 마지막 사진을 찍었다. 머릿속에 구성해 두었던 사진은 모두 찍었다.

"특별하게 몽월당에서 자랑하고 싶은 장소가 있다면 그곳에서 몇 컷 더 찍고 싶습니다."

용주의 말이 끝나기 무섭게 여자들은 뒤란으로 향했다. 뒤란은 가죽나무 숲 그늘에 싸여 여자의 중심처럼 서늘하고 축축했다. 땅을 뚫고 올라온 바위들 위엔 이끼들이 달라붙어 숨을 쉬고 있었으며 달콤하면서도 비릿한 냄새가 풍겼다. 용주는 직감적으로 몽월당의 힘이 뒤란에 있다고 느꼈다. 뒤란 한가운데 소형 자동차 크기만한 돌확이 몽월당의 주인인양 묵직하게 앉아 있었다. 돌확의 둘레를 감싼 파란 이끼는 돌확을 살아 숨 쉬게 만들었다. 돌확은 두꺼비를 연상시켰다. 산에서 흘러내리는 물을 받아 모으는 돌확이었다.

"우리 집은 이 물로 모든 걸 다 합니다."

여자들이 돌확 주변에 몰려섰다. 뷰파인더 속에 그네들을 감싸 안은 가죽나무 숲이 담겼다. 사진 찍기가 끝날 무렵부터 돌확 속의 물에 회색빛 노을이 담겨 조금씩 몸을 풀었다. 저녁을 준비해야 한다며 여자들이 주방 쪽으로 우르르 몰려갔다. 그녀는 용주를 방으로 안내한 후 저녁을 준비하겠다며 나갔다. 용주는 마지막 취재지에서의 사진 촬영을 끝냈다는 안도감이 들어 맥이 풀렸다. 그는 창과 마주하고 있는 좌식 의자에 털썩 주저앉았다. 바다 위에 떠있는 몇 개의 섬이 태양이 풀어놓은 노을에 젖어가고 있었다. 빨갛게 익어가고 있는 수평선 위에 점처럼 배 몇 척이 꼬물거리는 게 보였다. 기이하게도 그 풍경들이 오랫동안 보아왔던 모습인 양 낯설지 않고 익숙했다. 용주는 다리를 길게 뻗고 앉아 방을 점령하는 노을을 구경했다. 매끄럽게 반들거리는 상 위에 노을이 달려들어 춤을 추었다. 수면 위에서 부서지듯 춤을 추는 노을빛은 용주에게 익숙한 시간들을 내려놓게 만들었다.

상을 점령한 노을은 궁핍하고 초라한 시간들을 까마득히 오래된 화석의 이야기처럼 단단하게 만들었다. 몽월당까지 달려온 길과 시간의 피로가 용주의 어깨를 지긋이 내리눌렀다. 도로 위에 널어놓았던 긴장이 걷혔고 방광을 가득 채웠던 오만함도 사라졌다. 노을은 방을 조금씩 먹어들더니 더욱 길어지면서 용주의 얼굴에도 스며들었다. 다음 레이싱이 언제지? 안개만 안 만나면 좋겠는데…. 용주는 맥없이 중얼거렸다. 어느 순간 용미의 푸른 치마가 떠올랐다가 사라졌다. 살아있을까? 팔과 다리가 경기를 내듯 한 차례 떨었다. 창을 뚫고 들어온 그 붉디붉은 빛이 얼굴을 쓰다듬자 머릿속이 하얗게 비워지며 저절로 잠이 몰려왔다. 물결을 따라 부드럽게 출렁거리는 방이 잠을 재촉했다.

음험한 달

—

잠은 달았다. 적막하고 한없이 잔잔한 바다 한가운데 떠있는 배처럼 잠속엔 부드러운 햇살만 가득했다. 바람도 물결도 꿈도 없었다. 용주는 따뜻하고 부드러운 물속에 서서히 가라앉는 기분에 빠져들었다. 물속에 잠기면서도 숨을 쉬지 못할 것이라는 초조함이나 두려움은 일지 않았다. 잔잔한 물결이 사타구니를 축축하게 만들더니 허리를 타고 올라와 가슴을 적셨다. 물은 느린 속도로 목을 지나 입술을 삼키고 코를 막았지만 용주는 인어처럼 물속에서 숨을 쉬었다. 멀리 물속임에도 바다의 결을 지닌 사막이 보였다. 끝을 감춘 사막.

'언젠가 저 사막 위를 달리게 되겠지. 혹시 거기에 가게 되면 용미를 만날 수도 있지 않을까? 만나면 무슨 이야기를 하지? 그동안 밥은 먹고 다녔냐고 물어볼까? 요즘도 파란색 치마만 입느냐고 물어볼까?'

눈을 빤히 쳐다보던 용주의 머리카락을 제멋대로 흩뜨려버리는 용미의 손이 보였다. 왜 미안한 건지 모르겠지만 한번쯤 미안하다는 말을 해주고 싶었다. 미래는 괜찮을 거란 말이라도 해주었으면. 알아들었을지 모르겠지만. 멀리서 방문을 두드리는 소리가 들렸다.

용주는 놀라 잠에서 깼다. 그녀였다. 노을은 아직 창틀에 걸려 있었다. 용주는 창가 쪽 벽면에 걸린 시계를 올려다보았다. 방 안에 들어온 뒤 20분쯤 흘렀다. 하지만 그 어느 시절에 들었던 잠보다 깊고 길고 달았다. 세상의 생김새도 세상의 이치도 세상의 즐거움이나 슬픔 따위도 알지 못했던 잠이었다.

그녀 뒤로 두 명의 여자가 상을 들고 들어왔다. 상 위에 수십 가지의 찬과 밥과 찌개, 국이 깔려 있었다. 여사장 손엔 술병과 술잔이 놓인 쟁반이 들려 있었다. 언제 켜놓았던 것인지 천장에 매달린 전등에서 불빛이 쏟아져 내려 노을과 섞였다. 용주의 눈앞에 상이 펼쳐졌다. 색색의 반찬이 색색의 찬기에 담겨 있어 찬기마저 하나의 음식처럼 보였다. 상을 내려놓던 한 여자는 붉은색이 감도는 개량한복을 입고 있었고 맞은편 여자는 푸른색이 감도는 개량한복을 입고 있었다. 그녀는 흰색 저고리에 검정색 치마 차림이었다. 방 안은 온갖 색으로 넘쳐났다. 그래서 어지러웠다. 단조로운 색깔의 음식들만 먹어왔던 용주였다. 뭔가를 먹으면서 색 같은 걸 고려해본 적이 없었다는 게 맞는 말인 듯했다.

2년쯤 전 용주는 국립중앙박물관에 취재차 학예사를 만나러 간 일이 있었다. 학예사가 일을 마무리하는 동안 그의 배려로 한 전시회를 보게 되었다. 그날 전시되었던 작품은 폴 자클레의 판화 작품이었다. 강렬한 색감과 안정된 구도, 아시아의 색채라는 주제 속에 등장한 서구적 이미지의 인물들…. 판화가 그처럼 다양한 질감과 색감을 나타낼 수 있다는 걸 용주는 폴 자클레를 통해 처음 알았다. 용주는 취재 일은 까마득히 잊고 폴 자클레의 판화 속에 빠져 둥둥 떠다녔다. 용주는 특히 한 작품 앞에 서서 발길을 떼지 못했다. 플루왓이라는 한 작은 섬의 여자를 표현한 '플루왓'이라는 작품. 학예사가 용주를 찾아와 그를 부를 때까지 용주는 그 작품 앞에서 떠나지 못했다.

보라색 꽃, 풀로 가린 몸, 여인의 풍만한 하체. 용주는 지금 폴 자클레의 작품 속에 떠있는 기분이었다.

그녀는 용주 앞 밥그릇의 뚜껑을 열어주었다. 그리고 곁에 술잔을 밀어놓았다.

"이 동넨 머루가 유명합니다. 이건 저희 집에서 담근 머루줍니다. 20년이 넘은 머루주죠. 와인보다 훨씬 좋다고들 합니다."

귀한 손님 대접을 받는다는 건 기분 좋은 일이었다. 눈앞에 어지럽게 떠다니는 색깔들, 어둠 속으로 몸을 숨기고 있는 수평선과 물결들, 풀 냄새가 나는 여자. 용주는 그것들에 이미 취해 있었다. 그녀는 용주의 잔에 술을 따랐다. 용주는 두 손으로 술을 받았다.

"무슨 말을 해야 하나요?"

"몽월당의 역사 같은 거죠."

용주는 잔을 비운 후 서둘러 녹음기를 꺼내 국그릇 곁에 놓았다. 그녀의 눈길이 녹음기에 머물렀다가 용주의 얼굴로 향했다.

"몽월당은…."

몽월당의 역사는 400년쯤 되었다. 몽월당은 서원이었다. 끝내 중앙에 진출하지 못한 그녀 할아버지의 할아버지의 할아버지가 올린 서원이었다. 그녀의 집안은 왕족이었다. 인근에서 조금이라도 글깨나 읽고 풍류를 즐길 줄 아는 작자들이라면 몽월당에 드나들었다. 한양에서 유람을 떠난 양반들도 몽월당을 찾아와 권력의 중심에서 멀어져간 집주인을 위로했다.

사람들이 몽월당에 드나드는 이유는 집주인이 왕족이라는 이유도 있었지만 그보다는 몽월당의 부인네들이 지닌 각별한 음식 솜씨를 맛보기 위한 것이기도 했다. 몽월당은 언제나 사람들로 들끓었다. 그렇게 사람들로 들끓는 걸 보면 머잖아 몽월당의 주인은 중앙의 큰 권력을 잡을 것만 같았다.

그러나 정작 몽월당을 지은 본인은 권력의 중심에서 멀어진 것보다 더 큰 고민이 있었다. 대대로 아들을 하나씩밖에 두지 못했다는 것. 기이한 것은 그 이해할 수 없는 저주가 그녀의 아버지 대에까지 이어지더니 그녀 대에 와서는 아예 아들의 씨가 말라버렸다는 것이다. 자신의 대(代)에서 아무리 노력해도 아들은커녕 여식조차 생기지 않았다. 그렇게 가문의 대가 끊기고 말았다.

그러나 그녀의 아버지는 선대가 이루어 놓은 서원을 버릴 수 없었다. 그렇다고 다른 사람에게 몽월당을 물려주고 싶지도 않았다. 운명이란 저울과도 같아서 잃는 게 있으면 얻는 게 있는 법인 모양이다. 자식을 줄줄이 낳지 못한 몽월당의 부인들은 손 귀한 집안에 큰 사랑을 얻진 못했지만 음식 솜씨 하나만큼은 인근에서 따라올 자가 없을 정도로 훌륭했다. 그녀도 그걸 물려받았다. 나물을 하나 무쳐도 그녀의 손이 닿으면 천상의 나물로 바뀌었고 밥을 지어도 여느 여자들이 지은 밥과 달리 찰기와 윤기가 잘잘 흘러 오로지 밥만 먹어도 부족함이 없을 정도로 밥맛이 좋았다. 아무리 시원찮은 재료라 하더라도 몽월당 부인네들의 손이 닿으면 임금의 수라상에 올라가는 찬 못지않게 훌륭한 음식으로 변신했으며 임금조차도 먹어보지 못한 음식이 상 위에 올라올 정도로 다양한 요리를 만들어낼 줄 알았다. 몽월당 부인네들의 요리 솜씨가 선비들이 몽월당을 찾게 만드는 근본적인 힘이었다.

그녀의 어머니는 선대 여자들과 달리 한 명의 아들도 낳지 못했다. 그러나 그녀의 음식 솜씨는 탁월했다. 수십 가지의 김치를 담가도 한결같이 감칠맛이 돌아 김치를 담그는 날이면 인근의 사내들이 술병을 들고 찾아와 김치 맛보기를 목이 타도록 기다릴 정도였다. 인근 동네의 모든 음식의 기준을 만들었으며 잔치를 하려는 사람들은 무엇이든 그녀에게 물어갔다. 힘으로 땅을 점령했던 일본인들도 그녀의 음식 솜씨에 놀라 그녀를 경배했으며 이미 그녀의 유명한 음식 솜씨는 대륙 깊은 곳까지 소문이 나 전쟁 때에도 몽월당은 장독 하나 깨지지 않은 채 살아남을 수 있었다. 아들을 낳지 못하는 죄스러움을 음식에 쏟은 그녀의 열정은 깊고도 슬펐다. 그런 집안에서 그녀는 말을 배웠고 요리도 같이 배웠다. 그녀는 가문 음식 솜씨의 절정을 이루었다. 한번 그녀의 음식 솜씨를 맛 본 사람은 죽을 때까지 결코 잊지 못할 것이라는 말이 나돌았다. 그런 그녀를 보며 그녀의 아버지는 몽월당을 서원에서 음식점으로 개조했다. 그래야 서원을 지킬 수 있다고 믿었고 그렇게 몽월당은 현재에 이르렀다. 그녀가 결혼을 하지 않은 이유도 몽월당을 지키기 위한 결정이었다.

"…어머닌 늘 그러셨어요. 음식을 만들 때 감정이 실리지 않으면 결코 좋은 음식이 나오질 않는다고 그러셨죠. 슬픔이, 기쁨이, 고독함이 담겨야 한다고 그러셨어요. 사람들은 그 감정을 먹고 반하는 거라고 하셨어요."

음식을 먹는 입과 위는 즐거웠다. 모든 찬은 혀가 안으로 말려들어갈 정도로 감칠맛이 돌았고 대부분의 음식이 담백하고 깔끔했다. 한번 젓가락이 가면 서너 차례 저절로 손이 갈 정도로 맛이 깊고 풍부했다. 용주는 밥은 밀어버리고 찬과 그녀가 따라주는 술로 허기를 채웠다.

술병은 이미 바닥이 났다. 그녀는 술을 더 가져오라고 인터폰을 넣었다. 마지막 잔이 비워지기 전에 두 병의 술이 더 들어왔다. 술잔이 저절로 오갔다. 그녀도 용주가 따라주는 족족 마다하지 않고 술을 받았다. 머루주는 과일주스처럼 부드러웠지만 뱃속으로 들어가면 양주처럼 창자를 뜨겁게 달아오르게 만들었다.

"가능하다면 부모님 취재도 좀 하고 사진도 찍으면 좋겠네요."

고개를 돌리고 잔을 수줍게 비운 후 그녀가 희미하게 미소를 지었다.

"아버진 5년 전에 돌아가셨고 어머닌 49일 전에 돌아가셨죠."

"그럼 오늘이…."

"네, 오늘이 어머니 49재예요. 제가 49재를 치르느라 손님을 안 받기로 한 거죠. 선생님만 빼고 말이죠."

용주는 그제야 술잔을 비우면 비울수록 그녀의 눈이 더 축축해 보였던 이유와 한적한 몽월당의 풍경이 이해되었다. 용주는 젓가락을 내려놓았다. 여전히 입맛은 살아 있었지만 더 밀어 넣을 여유가 없었다. 상 위 찬기의 찬은 이리저리 헤쳐졌어도 여전히 알록달록한 색깔은 물론 윤기 또한 그대로였다. 수저를 내려놓은 후에야 용주는 그녀가 하는 양을 볼 수 있었다. 그녀는 용주의 젓가락이 닿았던 찬을 다시 이리저리 모아 가지런하게 만들어 놓았다. 그러면 찬은 다시 처음의 모습으로 살아났다. 퍼내고 또 퍼내도 비워지지 않는 마법의 항아리처럼 찬이 그대로 남아 있다고 느낀 이유를 깨달았다. 용주는 더할 나위 없이 풍족했다. 기분 좋은 피로와 취기가 피를 따라 전신을 돌았다. 방바닥에 온기가 느껴졌다. 어느새 창밖의 수평선은 어둠에 지워졌고 섬들의 검은 형체와 집어등을 단 배들만이 출렁거렸다. 벽에 걸린 벽시계의 초침 소리가 선명하게 들렸다. 잠깐의 침묵을 견디지 못하고 그녀는 잔을 들고 홀짝였다.

"…부모님 살아생전에는 한 번도 말한 적 없지만… 가끔은 여기가 지긋지긋해요. 매일 똑같은 바다, 수평선, 산, 길 그리고 식탐에 눈 두리번거리는 사람들…."

"그럼, 정리하고 도시로 나가시면 되잖아요."

용주는 가볍게 말했다. 그는 생각은 심각하지만 체질적으로 심각한 이야기 듣는 건 싫어했다. 그런 분위기도 싫었다. 머릿속을 복잡하게 만드는 이야기는 딱 질색이었다.

"그게 말처럼 쉽지가 않네요. 저도 어머니 돌아가시면 여길 정리하고 서울로 가겠다고 다짐했지만 막상 떠나려고 하니 떠나지지가 않네요."

말을 채 끝내지 못한 그녀가 고개를 푹 떨어트렸다. 그녀는 느닷없이 흐느꼈다. 용주는 길게 뻗으려던 다리를 접고 긴장했다. 길고 흰 그녀의 뒷목이 용주의 눈에 들어왔다. 말아 올린 머리 가닥의 끝선에 검은 점 하나가 선명하게 드러났다. 그녀의 비밀을 알아버린 기분이었다. 용주는 점에서 눈을 뗀 후 연거푸 잔을 비웠다. 그녀의 어깨가 바다 위의 잔물결처럼 출렁거렸다. 어느 순간 검정색 치마 위로 눈물이 후두둑 떨어졌다. 용주는 문득 상 위에 차려진 모든 음식 속에 그녀의 눈물과 욕망이 담겨 있다는 생각이 들었다. 용주는 여자의 눈물을 보며 잔을 비웠다. 슬픈 침묵이 이어졌다.

용주는 조금씩 불안해지기 시작했다. 여자의 눈물은 많은 사건들을 생성하고 분해하고 해체한다고 믿었다. 여자의 눈물은 삶의 궤도를 수정시키고 왜곡시켜 결국 처음의 의지를 잃게 만든다고 생각했다.

"죄송해요. 제가 주책을 떨었네요."

그녀가 견디기 힘든 침묵을 깨고 눈물을 훔쳤다. 용주는 대꾸하지 않았다. 취재가 모두 끝났으니 당장 떠날 수도 있었다. 하지만 피로와 술에 점령당한 몸은 움직일 기미를 보이지 않았다. 꿈처럼 방 안을 가득 채운 색깔들 때문에 일어나지 못하는 것이라고 스스로에게 변명했다. 어쩌면 창문을 넘어오는 검은 바다의 습기가 자신을 잡고 놓아주지 않는 것일지도 모른다고 생각했다. 누이를 묘사한 폴 자클레의 색감이 욕망에서 벗어나려는 의지를 무화시켜버린 건지도 몰랐다. 그렇다고 마냥 침묵으로 일관하기도 힘들었다. 용주는 깨끗하게 비워진 그녀의 잔에 술을 따랐다.

"난 머릿속이 복잡해질 때 차를 몰고 달려요."

용주는 잔을 단숨에 비운 후 자리에서 벌떡 일어났다. 오만과 만용이 몸에 가득 차 출렁거렸다. 몸이 휘청거렸다. 그 바람에 그녀도 자리에서 일어났다. 우연처럼 혹은 런던 극장 앞에서 무모한 신사를 만난 꽃 파는 소녀의 운명처럼 서로의 손이 닿았다. 용주는 침묵을 밀어내기 위해 그녀의 손을 강하게 잡았다. 복잡한 관계로 얽히지 않는다면 그쯤은 할 수 있을 거란 계산이 머릿속을 빠르게 스쳐 지나갔다. 다음이 문제였다. 하지만 길은 정해져 있었다. 술기운과 꽃밭처럼 펼쳐져 있는 색의 잔치가 벌어져 있는 상, 그리고 낯선 여자는 용주의 몸에 찬 만용을 더욱 끓어오르게 부채질했다. 용주는 그녀의 손을 잡고 방문을 열어젖혔다. 여자는 반항하지 않았다. 방을 나온 용주는 정원을 가로질러 대문을 나섰다. 주방 쪽에서 빛이 새어 나오고 있었지만 두 사람의 행보에 관심을 보이는 빛은 어디에도 없었다.

문밖 마당은 달빛에 젖어 축축했다. 두 사람이 스쿠프로 다가갈 때 자갈 밟히는 소리가 났다. 장독대에 잠들어있던 수백 개의 장독들이 깨어나 달빛에 반짝거렸다. 밤공기는 적당히 차가웠다. 어디선가 여자들이 한꺼번에 깔깔거리며 웃는 소리가 들려왔다. 몽월당 뒤란을 덮은 가죽나무의 검은 그늘이 흔들렸다. 용주는 그녀를 스쿠프 조수석에 밀어 넣은 후 잽싸게 운전석에 올라탔다.

"술을 많이 드셨는데…."

"이놈의 똥차를 모는 데에는 지장 없습니다. 내키지 않으면 지금이라도 내리세요."

용주는 시동을 건 후 거칠게 기어를 넣었다. 그녀는 무릎 위에 놓인 손을 만지작거렸다. 용주도 그녀도 예상하지 못했던 일이었다. 꽃밭 같은 상 앞에서 여자가 눈물을 흘릴 것이라는 사실과 용주가 여자의 손을 잡고 휘청거리며 차로 달려가게 될 것이라고는 신도 예측하지 못했을 것이다. 신의 영역 밖에 존재하는 운명, 우연을 빼면 설명할 길이 없었다.

용주는 스쿠프의 헤드라이트를 켜 적막한 밤을 뚫었다. 강인하고도 싸늘한 어둠이 드러났다. 스쿠프의 엔진 소리가 밤의 침묵을 몰아냈다. 깊이 잠들어 있던 길가 언덕길의 민들레가 노랗게 피어났다. 바다 쪽으로 내려가며 휘어진 길은 어둠 뒤로 꼬리를 감추고 있었다.

용주의 스쿠프가 출발했다. 용주는 상향등을 켰다. 내리막길을 평지처럼 달려 내려가 국도에 도착했다. 도로에는 가로등도 없고 지나가는 차도 없었다. 밤과 길과 스쿠프만 존재했다. 용주는 달렸다. 창문을 열었다. 차갑고 축축한 바닷바람이 창문을 넘어 들어왔다. 바람에는 바다의 비린내가 묻어 있었다. 까맣게 윤이 나는 바다가 굽이진 도로를 돌 때마다 나타났고 바다 한가운데에 달이 떠서 용주의 차와 레이싱을 펼쳤다. 밤에 의지한 길가 소나무들도 따라 달리며 길을 가르쳐주었다.

스쿠프는 비명을 지르며 밤을 달렸다. 신선하고 차가운 바람이 폐로 스며들어와 무모한 만용과 술기운을 몰아냈다. 하지만 용주는 속도를 줄이지 않았다. 곁에 여자가 없었어도 기분 좋게 달리고 싶은 밤이었기 때문이었다. 속도계는 150km에서 춤을 추었다. 차는 춤추는 길을 따라 달렸다. 도로는 부드럽고 안락했다. 속도는 빨랐지만 닻을 내리지 못한 배가 부드러운 물결에 밀려 해안가에 닿듯 차는 그렇게 부드럽게 달렸다.

처음 긴장해 의자 뒤에 몸을 바짝 붙였던 그녀가 몸을 자유롭게 놀리기 시작했다. 그녀는 한복과 버선과 고풍과 도덕으로 포장되어 있던 막을 뚫고 나와 팔을 뻗었다. 창밖으로 손을 내밀더니 급기야 고개를 내민 후 소리를 지르기도 했다. 그녀의 환호성에 검은 산들이 놀라고 검게 반짝이던 물결도 놀라 출렁거렸다. 용주의 차가 지나간 자리에 여운처럼 차폭등이 남아 있다가 이내 밤으로 채워졌다. 굽이진 도로를 돌 때마다 차가 휘청거렸다. 그때마다 그녀의 입에서 외마디 비명이 낮게 흘러나왔다가 이내 환호로 바뀌었다. 차는 상향등이 밝힌 길을 따라 달렸다. 멀리 불빛이 보였다. 반대편에서 달려오는 차였다. 용주는 바다 쪽으로 돌출되어 나간 벌판 위로 차를 몰고 들어갔다. 도로에서 5m쯤 벗어난 정류장 같은 곳이었다. 헤드라이트와 상향등을 끄고 시동도 껐다. 까만 밤과 달빛에 젖은 바다와 비린내를 먹은 바람이 차 안으로 밀려들었다. 용주는 그 태초의 것들을 빨아들였다. 여자 역시 가늘게 안도의 숨을 내쉬었다. 슬그머니 고개를 숙이던 술기운이 다시 밀물처럼 밀려왔다.

"…저는 그래요. 사는 거 복잡하지만 어딘가에 풀어낼 실마리가 있을 거라 믿어요. 사실 나도 못 찾고 있지만."

용주는 생각나는 대로 말했다. 그녀는 달빛에 젖은 용주의 얼굴을 빤히 쳐다보았다. 반대편 차선에서 달려오던 차가 상향등을 끈 후 지나갔다. 그게 신호였다는 듯 그녀의 손이 용주의 뺨에 가 닿았다. 용주는 까만 수평선에 두었던 눈길을 그녀에게 주었다. 그녀의 눈은 밤에 보아도 축축했다. 그래서 더욱 빛났다. 용주는 자신의 뺨에 머문 그녀의 손을 잡았다. 그리곤 용기를 내서 그녀의 손바닥을 입으로 가져갔다. 그녀의 손바닥에선 처음 느꼈을 때처럼 진한 풀 냄새가 났다. 낫이 금방 지나간 자리에서 풍기는 풀 냄새. 용주는 그 냄새를 빨아들이기라도 하려는 듯 킁킁거렸다. 순간 여자의 다른 한 손이 용주의 뒷통수를 쓰다듬었다. 따뜻한 손이었다. 몇 시간 만에 자신의 모든 걸 얘기해버리고 허탈한 심정에 빠진 여자는 용주에게 어떤 위로를 받고 싶어 했다. 적어도 용주는 그렇게 생각했다. 수없이 보아온 풍경들의 패러디일 수도 있겠지만 용주는 운명쯤으로 믿기로 했다.

길고 긴 정적이 흘렀다. 여자가 용주의 손을 잡았다. 뜨거웠다. 그녀는 용주의 손을 자신의 가슴에 가져다 댔다. 그녀의 푸른 가슴이 달빛 아래 창백하게 드러났다. 검푸른 포도알이 용주의 손에 잡혔다. 적당히 크고 손 안에 쏙 들어오는 따스함이 용주의 손에 넘쳤다. 그녀의 몸도 풀 냄새를 풍겼다. 목이 갈라지는 듯한 갈증이 용주의 목을 태웠다. 용주가 그녀의 가슴에 머리를 묻자 기다렸다는 듯 그의 머리를 두 팔로 감싸 안았다. 욕망과 절제 사이를 빠르게 오가며 펄떡대는 심장소리가 선명하게 들렸다. 그녀가 진저리치듯 숨을 내쉬는 바람에 가슴이 크게 올라갔다가 꺼졌다. 용주는 그 가슴 속에서 꿈, 안타까움, 후회, 절망 같은 소리를 들었다. 복잡한 감정들을 몰아내기 위해 용주는 여자에게 몰입하기 시작했다. 어떤 커다란 희망이나 절망마저도 삼켜주는 속도에 몰입하듯. 거친 숨소리가 차창 밖으로 흘러나가자 달도 구름 뒤로 숨고 바람도 다른 길로 돌아갔다. 더 이상 물비린내는 나지 않았고 차 안엔 풀 냄새만 가득했다.

"…언젠가 전 여기를 떠날 거예요."

문득 용미의 얼굴이 떠올랐다. 어쩌면 용미는 사라진 게 아니라 떠난 것인지도 모르겠다는 생각이 들었다. 그것도 사막으로 말이다. 괴성을 지르며 사막 위를 달리는 여자, 그 뒤를 먼지 날리며 쫓는 스쿠프. 그런 이미지들이 떠올랐다. 가도 가도 모래뿐인 사막 위. 문득, 스쿠프를 몰고 사막 위를 달려 보고 싶다는 생각이 들었다. 아니 간절했다. 용주는 여자의 품에서 피식 웃었다.

"제가 여길 못 떠날 거라고 생각해요?"

여자가 용주를 밀어냈다.

"댁 때문에 웃은 게 아니라 저 때문에 웃은 겁니다."

여자는 가슴을 여미고 까만 밤에게 눈길을 주었다.

"사막에서 랠리를 한번 해보고 싶었어요. 거의 불가능한 일이지만. 이런 이야기를 입에 담아 보는 것도 처음이네요."

용주는 시동을 걸고 천천히 기어를 넣었다. 여자의 눈길이 용주에게로 건너왔다.

"당신이 사막에 가고 싶어 하지만 갈 수 없는 것처럼 나도 이곳을 벗어나 도시로 갈 수 없을까요?"

용주는 생각했다. 결국 마지막 선을 넘지 못한 것처럼 여잔 자신의 욕망보다 자신을 키워온 세월과 역사에 더 충실하리라 짐작했다.

"어떤 계기가 필요하겠죠."

"오늘처럼 당신을 만나는 일과도 같은 일?"

용주는 희미하게 웃었다.

"나는 계기가 될 수 없어요. 미안하지만 오늘 당신은 당신이 감당할 수 있는 이상의 감상에 젖었던 것인지도 몰라요. 그러니까 그게 아니라 다른 게 필요하죠. 당신 어머니나 할머니들조차도 떠나지 못한 이곳을 떠날 수 있게 만들어줄 아주 강력한 뭔가가 필요할 거예요."

용주는 차를 어두운 도로 속으로 끌고 들어갔다. 헤드라이트를 켜자 스쿠프를 덮고 있던 어둠이 놀라 달아났다.

"미안해요. 난 그저 취재만 온 건데……. 나도 내가 감당할 수 없는 감상에 젖어 나도 모르게 너무 멀리 나간 거 같아요."

"그건 나도 마찬가지예요. 당신 앞에서 울 생각도 없었고 만지고 싶다는 생각도 전혀 없었는데. 그만 나도 모르게. 엄마 장례를 치를 때에도 눈물 흘리지 않았어요. 그래서 나는 나 자신이 정말 무서운 년이라고 생각했었어요. 여길 벗어나지 못하게 만든 부모님을 엄청나게 증오하고 있어서 그런 거라고 생각했죠. 그런데 오늘 알았어요. 실은 너무 슬퍼서 울지 못했다는 걸. 오늘에 이르러서야 비로소 울 수 있었어요. 그래서 전 사실 댁이 고마웠어요. 내일 일찍 전 절에 가야해요. 아침에 못 뵙더라도 잘 올라가세요. 기사도 잘 써주시고요."

용주는 어둠 속에서 잠깐 빛을 발하는 그녀의 눈을 보았다. 그녀는 결국 이곳을 떠나지 못할 것이다. 슬픔이 컸던 만큼 증오도 컸고 그것들만큼 사랑 또한 크다는 걸 알 수 있었다. 용주는 꾸불꾸불한 어둠 속으로 스쿠프를 밀어 넣었다.

4

흔적

방조제를 따라 반듯하게 달린 도로는 노란색의 가로등 불빛에 젖어 뱀의 혀처럼 검붉게 번들거렸다. 두 대의 자동차가 제한 속도에 두 배는 족히 넘을 스피드로 굉음을 내지르며 방파제 입구에서부터 반대편으로 내달렸다. 도시 쪽의 방조제가 시작되는 지점으로부터 시작해 1km가 되는 지점을 통과한 후 차는 속도를 줄였다. 그 지점에 서있는 기록자로부터 기성의 휴대폰으로 문자가 들어왔다.

'7632, 승, 11초 23.'

문자가 들어온 뒤 7632는 결승에서 승리한 것처럼 요란하게 경적을 울렸다. 누군가는 11초 사이에 20만 원을 날렸고 누군가는 최종 승자에 다가섰다. 순간 폭발력과 순발력 그리고 힘이 필요한 레이싱이었다. 새로 출발한 두 대의 차는 방조제 중간 지점을 향해 달려갔다. 차는 도로 끝 휘어진 부분에서 빨간 차폭등만 남기고 사라졌다. 차폭등도 이내 가로등 불빛에 젖어버렸다. 잠시 후 유턴해서 출발점으로 돌아올 터였다. 새벽 1시가 넘고 있었다.

기성은 참가자들이 사인한 서약서에서 방금 결과를 낸 두 대의 차량 운전자를 찾았다. 승자의 이름 위에는 'O'표와 함께 기록이 남았고 패자의 이름 위엔 'X'표가 그려졌다. 마흔 여덟 명 중 서른 명이 레이싱을 끝냈다. 15명의 승자가 나왔고 15명의 패자가 나왔다. 승자들은 물론 패자들 역시 흥분을 감추지 않았다.

특히 패자들은 쉬지 않고 수다를 떨었다. 운전 조작의 미숙을 한탄하기도 했다. 차량의 상태를 비난하기도 했으며 혹은 너무 긴장한 나머지 엑셀 대신 브레이크를 밟았다며 안타까워 하는 이들도 있었다. 출발 신호를 늦게 봤다며 변명하기도 하면서 경기에 참여할 차량들과 이미 경기가 끝난 차량 그리고 구경 나온 차량들 사이를 비집고 돌아다니며 주차장을 더 뜨겁게 달구었다.

토너먼트 형식으로 이루어진 레이싱이었다. 최종적으로 세 명이 남는 레이싱이었다. 최종 승자 세 명은 기록경기로 마무리 짓기로 결정이 되었다.

다시 31번과 32번 차량이 출발했다. 레이싱 진행은 빨랐다. 출발선에 서고 레이싱이 끝나는 데까지 불과 1분이면 족했다. 레이싱을 지켜보는 사람들의 환호성이 점점 고조되고 있었다. 방조제 길이 총 8km. 방조제의 중간 지점이 90도로 휘어졌지만 그곳까지 달려갈 일이 없으니 방조제의 길이는 상관없었다. 이번 레이싱에 필요한 거리는 1km였다. 방조제 왼편엔 소금기를 잃어버린 담수가 고여 있었고 오른편엔 소금을 머금은 바닷물이 출렁거리고 있었다. 바람은 바다 쪽에서 간척지가 되어가는 쪽으로 불었다. 바람엔 소금기가 잔뜩 묻어 있었다. 기성은 거칠고 짠 바람의 냄새를 맡으며 가로등 불빛이 출렁거리고 있는 바다를 바라보았다. 바다 위의 불빛은 어서 뛰어 들어오라는 사이렌의 유혹처럼 쉬지 않고 꾸물거렸다. 39번 차량과 40번 차량이 출발했다.

기성은 수인과 자신에게 맡긴 서약서를 다시 들여다보았다. 종이 윗부분이 바닷바람에 펄럭거렸다. 참가자들의 이름, 차종, 주민등록번호, 전화번호, 사인이 꿈틀거리며 살아났다.

열 명쯤 참가할 것이라는 기성의 예상에 수인은 피식 웃었다. 레이싱에 참가하겠다고 돈을 낸 운전자는 모두 48명이었다. 그나마 수인이 나름대로 선발한 운전자들이었다. 저녁 8시에 공지를 띄웠다는데 수인에게 참여 의사를 밝힌 회원만 200명이 넘었다. 그중 48명만 수인의 선택을 받았다. 기성은 수인에게 어떤 기준으로 참가자를 선발하냐고 물었다. 차량의 연식과 최근의 정비 이력, 운전 경력, 사고 경력 등을 바탕으로 선별한다고 말했다. 간혹 레이싱에 꼭 참여하고 싶다며 사연을 보내는 사람들에게 기회를 주기도 한다고 말했다.

'장소와 상황에 따라 참가자의 수를 조절할 뿐이에요. 너무 적으면 흥미를 잃게 되고 너무 많으면 통제가 어려워져요. 어느 땐 참가자가 많아야 흥이 나고 어느 땐 참가자가 적어야 더 스릴을 느낄 수 있거든요.'

자정 무렵에 나타난 운전자들은 구경꾼들까지 포함해 100여 명이 넘었다. 배기량 2000cc 아래의 차라면 어떤 차라도 참가할 수 있게 했다. 무게를 줄이는 것은 허용하되 4기통 이하의 실린더만 가진 차로 제한했다. 도로에 흔히 굴러다니는 준중형급의 차만 참가할 수 있다는 말이었다. 레이싱에 참가하는 차량의 조건은 수인이 정한다고 했다. 참가자를 선별하는 것은 물론 그녀가 정한 조건에 토를 다는 사람은 단 한 사람도 없었다.

39번 차량과 40번 차량의 레이싱에서 승자에 대한 기록이 들어왔다. 대기선에 41번 차량과 42번 차량이 섰다. 42번 차량은 용주였다. 용주는 기성에게 안개 속의 레이싱에서 우승했던 여자도 참석했다고 말해주었다.

기성은 용주가 가르쳐준 여자를 눈여겨보았다. 그녀는 남자들에게 둘러싸여 깔깔거리고 있었다. 안개 속의 레이싱에서 우승을 하고도 죽을 뻔했다며 수인의 빰을 후려쳤다던 여자. 그녀는 빨간 헬멧을 옆구리에 끼고 서서 남자들의 시선을 한 몸에 받고 있었다. 그녀는 흰색 레이싱 수트 차림이었다. 기성은 그녀에게서 쉽게 눈을 떼지 못했다. 영미라는 이름의 여자. 남자와 여자, 우정과 사랑, 진실과 거짓 같은 것들의 경계를 모호하게 만들어놓고 사는 사람 같았다. 불만과 뭔지 알 수 없는 분노로 가득한 사람들 사이에서 그녀만은 시간을 분절한 시계 같은 느낌이 들었다. 쾌활해 보이지만 우울하고 매사 정확해 보이지만 어딘가 빈 듯한 여자. 여자의 눈이 기성의 눈과 마주쳤다. 그녀는 자신의 시선을 이내 남자들 속에 묻었다. 여자는 이미 첫 번째 토너먼트에서 승자로 기록되었다.

시발점 기수의 신호를 받고 두 대의 차가 맹렬하게 출발했다. 구경꾼들의 환호성으로 주차장이 들썩였다. 어떤 이들은 운전석 창문을 열어놓고 경적을 울려댔다. 출발선으로 이동하는 차들의 엔진음과 브레이크 밟는 소리, 출발선에 선 차들이 브레이크를 건 채 엑셀을 밟아 일으키는 공회전 굉음, 승자와 패자로 나뉘어 주차장으로 들어서는 차가 울려대는 경적소리. 소음은 잠들어 있던 담수를 깨웠고 잔잔하던 파도를 일어서게 만들었다. 이들의 차가 한꺼번에 달리면 5000마력의 소음과 위력을 뿜어댈 터였다. 급기야 방조제 관리소가 불을 밝혔다. 방조제 관리소의 관리인인 듯한 사람이 건물 안에 서서 유리창 너머로 소란스러운 주차장을 내다보고 있었다. 남자가 어디론가 전화를 걸고 있는 모습이 기성의 눈에 들어왔다. 그런 남자를 유심히 관찰한 사람은 기성과 수인뿐이었다.

"저 남자도 실은 우리처럼 도로를 질주하고 싶어 안달이 나지 않았을까요?"

수인이 눈으로 남자를 가리켰다. 기성은 만화영화 속에서 금방 튀어나온 듯 빨간색 가죽 옷을 입고 서있는 수인을 쳐다봤다. 가로등 불빛에 반짝거리는 그녀의 몸은 희극적이었다. 어떻게 변할지 도무지 알 수 없는 여자였다. 그래서 깊이도 알 수 없었다. 선뜻 다가갈 수 없는 비밀을 가진 여자. 그녀가 기른 비밀의 늪은 깊고 깊어서 한번 그 늪에 빠지면 도저히 헤어 나올 수 없을 것만 같았다. 그래서인지 레이싱에 참가한 대다수의 남자들은 물론 여자들 역시 그녀 주위를 빙빙 돌 뿐 선뜻 다가가지 못했다.

"모든 남자들이 질주를 갈망하진 않습니다."

수인이 피식 웃었다. 그 의미를 헤아릴 수 없었다. 수인은 기성의 눈길을 피하지 않았다. 기성이 먼저 수인의 눈길을 피했다.

기성은 수인의 부탁으로 레이싱에 참가한 차들의 정비 상태를 봐주고 경주 기록을 위해 참가했다. 기성은 배기량 2000cc 아래의 차에선 엔진 튜닝 따위가 별 의미가 없다고 사양했지만 수인은 끈질기게 부탁했다. 레이싱의 모양새라도 갖추고 싶다는 말에 기성은 마지못해 승낙했다.

"39번 차량은 6기통 엔진이었던 것 같은데 왜 모른 척하셨죠?"

수인은 정색을 하고 물었다.

"1km 안에서 승부 내는 레이싱엔 4기통이든 6기통이든 별로 상관없습니다. 흡기나 배기 쿨링 시스템 관리만 잘한 차라면 이런 레이싱에서는 당신의 차보다 4기통 차가 더 좋은 결과를 얻을 수도 있거든요. 4기통 차가 순간적인 폭발력이 더 뛰어나기도 해요. 엔진이 부드럽고 소음이 적다뿐이지 사실 2000cc 아래에서 기통은 짧은 레이싱에 있어서 별 의미가 없습니다. 그리고 39번 차량 운전자는 자신의 차가 4기통인지 6기통인지도 모르더라고요."

기성은 이미 레이싱을 끝낸 차들의 기록을 훑으며 말했다. 배기량이 같은 차에서 기통 수의 의미는 순간적인 출력에 커다란 영향을 미치지 않았다. 4기통의 경우 500cc짜리 실린더를 네 개 달았다는 뜻이고 6기통의 경우 330cc짜리 실린더를 여섯 개 달았다는 뜻이었다. 6기통 실린더를 단 차의 경우 엔진 소음이나 떨림을 완화시켜줄 뿐 힘에 있어서는 별 차이가 없었다. 수인은 기성의 이야기를 건성으로 들었다. 그녀의 눈길은 어느새 주차장에서 서성거리는 누군가에게로 향해 있었다. 그녀의 눈길이 닿는 곳에 영미가 서 있었다. 그녀는 남자들에게 파묻혀 수다를 떨고 있었다.

"42번 스쿠프와는 친구시죠?"

수인의 말이 끝나기도 전에 41번과 42번의 기록이 들어왔다. 용주의 승리였다. 8초 11. 기성은 휴대폰에 들어온 기록을 새삼 확인했다. 다른 차들의 기록에 비해 3초 이상 앞선 기록이었다.

"용주란 친구 매사 필사적이죠."

용주의 차는 운전석을 제외한 모든 좌석을 떼어내 차 안이 휑해 보였다. 참가한 차들 중에 운전석을 제외한 나머지 좌석을 떼어낸 사람은 용주가 유일했다. 그는 차량 무게를 줄여도 된다는 레이싱 조건을 유일하게 그러면서도 철저하게 지킨 사람이었다. 그건 기성의 예상 밖이었다. 운전자들은 대부분 아주 사소한 무게가 스피드에 큰 영향을 미친다는 걸 대수롭지 않게 생각했다. 가속력이 그다지 중요한 변수로 작용하지 않는 극도로 짧은 레이싱에서 승리의 관건은 무게였다. 마흔 여덟 대 차의 엔진룸을 확인하면서 본 다른 차들은 처음 양산된 그대로의 모양으로 출전했다. 단 1리터의 물만으로도 수 초간의 차이가 난다는 걸 대부분의 운전자들은 무시했다. 그게 아니라면 그저 이 무모한 레이싱을 즐기러 나온 것에 불과했다.

용주는 스페어타이어, 심지어 카 매트까지 모두 빼놓고 출전했다. 그동안 42번과 43번 차량의 기록이 휴대폰으로 들어왔다. 용주는 어느새 출발점으로 돌아와 있었다. 용주는 기성과 수인 앞을 지나가며 두 사람을 쳐다봤다. 용주가 먼저 미소를 지었고 수인이 이를 드러내며 화답했다.

마지막 레이싱에 참가할 운전자들에 대한 호출이 있었다.

48번인 수인의 차례였다.

"용주라는 사람 보면 볼수록 재미있어요. 어디까지 쫓아올진 모르겠지만……."

기성은 용주에 대해 새로운 점을 발견한 기분이 들었다. 많은 일에 의기소침해 있는 그였다. 거리에 나온 후부터인지 잘 모르겠지만 용주는 변했다. 딱히 어떤 방향으로 변했다고 말하기는 어려웠다.

수인은 가로등 불빛에 젖어 보라색으로 빛나는 몸을 끌고 자신의 차로 향했다. 그녀가 이번에 끌고 나온 차는 아벨라였다. 친구의 차를 빌려나온 것이라고 말했다. 주차장에 모인 사람들이 마지막 레이싱을 구경하기 위해 출발선으로 몰려드는 사이 두 대의 차는 이미 출발했다. 사람들이 환호성을 질렀다. 대부분 수인을 응원하는 환호성이었다.

그들의 환호성 덕이었는지 몰라도 500m 지점을 지나면서 승부가 결정 났다. 수인의 차는 47번 차를 20m 정도 앞섰다. 도착점을 지나자마자 수인의 기록이 기성의 휴대폰으로 들어왔다. 9초 15였다. 현재까지 최고의 기록은 용주가 낸 기록이었다.

수인이 출발점으로 돌아왔다. 그녀가 차에서 내리자 레이싱 모델이라도 보려는 듯 여자들과 남자들이 벌겋게 달아오른 얼굴로 슬금슬금 모여들었다.

그들은 다양했다. 회사에서 퇴근한 양복 차림 그대로인 남자들도 있었고 동네 편의점에 물건을 사러 나온 듯 허름한 반바지 차림의 남자도 있었다. 하이힐에 치마를 입고 참여한 여자도 있었으며 레이싱 모델처럼 짧은 팬츠 차림의 여자도 있었다. 그들은 10초의 레이싱에서 얻은 흥분을 쉽게 가라앉히지 못해 쉼 없이 주절거렸다. 기성은 그들의 얼굴을 일일이 살폈다. 풀리지 않은 긴장이 그들의 얼굴 위에 노을처럼 물들어 있었다. 그들은 이 순간만큼은 이성이나 영혼마저 마비시켜 버리는 순간의 스피드에 미쳐있었다. 그들은 병적으로 반복되는 삶에 염증을 느끼고 있었다. 무수한 타협으로 이루어진 삶에서 타협이라고는 없는 순간을 즐기기 위해 나온 사람들이었다. 첫 번째 토너먼트가 모두 끝나자 주차장은 더 뜨겁게 달아올랐다.

"2차전에 나올 운전자들한테 통보 하셨지요?"

출발점으로 돌아온 수인은 용주를 힐끔 쳐다본 후 기성에게 물었다. 기성이 대기선에 선 두 대의 차량을 가리켰다.

레이싱은 쉴 새 없이 진행되었다. 몇몇이 차를 몰고 현장을 떠났지만 대부분 자리를 그대로 지켰다. 누군가는 캔 맥주를 터트렸고 누군가는 연신 담배를 빨아댔다. 달이 능선을 넘어가기 전 최종적으로 여섯 명의 운전자가 나왔다. 그 중엔 용주와 수인도 포함되었다. 지난번 안개 속의 레이싱에서 우승을 했던 영미도 마지막까지 남았다. 그녀는 빨간 헬멧을 쓰고 사람들 사이를 누비며 돌아다녔다. 기성은 그녀를 보며 다른 어떤 순간들보다 필사적인 용주와 닮았다는 생각을 했다. 근성이 마음에 들었다. 최종적으로 남은 사람은 여자가 네 명이었고 남자가 두 명이었다. 남자 운전자들보다 여자 운전자들이 더 철저하게 준비를 하고 나온 편이었다. 경합할 상대는 처음부터 그랬듯 제비로 뽑았다. 용주와 수인은 붙지 않았다.

마지막 라운드에 수인과 용주 그리고 영미가 남았다. 보다 공정한 기록을 체크하기 위해 두 명이 전방으로 달려갔고 시발점에서도 두 명이 체크를 하겠다고 나섰다. 패자들은 여전히 자리를 뜨지 않았다. 술판을 벌이고 밤하늘에 불꽃을 날리는가 하면 삼삼오오 모여 노래를 부르기도 했다. 기성은 그들의 모습이 불안해 보였지만 수인은 간섭하지 않았다. 영미의 차가 출발선에 섰을 때 도시 쪽에서 경광등을 반짝이며 경찰차 한 대가 슬그머니 다가왔다. 레이싱은 잠시 중단이 되었다. 차에서 내린 두 명의 경관이 막힘없이 수인에게 걸어왔다. 레이싱에 참가한 사람들이 수인에게로 향하는 길을 만들어주었던 것이다. 축제의 흥은 깨졌고 소란스러움은 잦아들었다.

"당신이 주모자요?"

한 경관이 수인에게 물었다. 수인은 어이없다는 듯 피식 웃고 말았다.

"소란스럽다는 신고가 들어왔으니까 같이 가야겠습니다."

"레이싱이 불법인가요?"

"사람이 모이면 당국에 신고도 해야 합니다. 모르세요? 모든 집회가 신고하도록 되어 있는 거? 더군다나 야심한 밤에 폭주를 하면 주민들이 불안해합니다. 집시법 위반에다가 경범죄에 해당됩니다."

수인이 항변을 하기도 전에 목이 짧고 어깨가 무척 넓은 남자가 수인 앞에 불쑥 나타났다.

"당신들 어디 소속이야?"

남자는 두 손을 허리에 짚고 서서 경관들을 바라보며 눈을 부라렸다. 너무 강압적인 자세에 경관들이 주춤거렸다. 남자의 목소리는 굵으면서도 날카로웠다.

"당신들 어디 소속이냐고 물었잖아."

남자가 다그쳤다. 두 사람의 경관이 서로의 얼굴을 쳐다보고 있는 사이 그가 명함을 내밀었다. 그는 서울지검의 강력계 형사 반장이었다.

"조금 소란스러울 뿐이지, 불법은 아니잖아."

"반장님, 아시겠지만 신고가 들어와서 우리는 출동하지 않을 수 없습니다."

"사람들이 모여서 취미를 즐기는 게 불법인가? 우리가 다른 사람들 다치게 했어? 아님 교통상 위험을 발생시켰어? 그리고 여기 방파제에 주민이 어딨어? 반대편에 가게 몇 개가 있긴 하지만 거기 사람들이 신고한 거야? 방파제 관리인이 신고를 한 모양인데."

"잘 아시면서 왜 그러세요. 사실 거리 레이싱은 불법이죠. 레이싱은 도로교통법 제46조 위반으로 2년 징역형에 처해질 수도 있다고요. 하지만 그게 신고된 게 아니라 불법 집회 신고가 들어온 겁니다. 집회는 신고하게끔 되어 있는데….”

“집회? 지금 우리가 데모해?”

그는 수인의 앞으로 나서서 그녀를 가리며 다시 물었다.

“반장님도 참, 형식상이라는 거 아시잖습니까?”

“담당 소장이 누구야? 전화 걸어봐, 내가 직접 통화할 테니까.”

경관이 이러지도 저러지도 못하고 머뭇거렸다. 또 한 남자가 수인과 그 사이를 비집고 앞으로 나왔다.

“무슨 문제가 있습니까? 취미를 즐기는 행위는 국민의 기본권에 해당하는 걸로 법적 문제는 없는 걸로 알고 있는데요.”

또 다른 한 남자가 나섰다. 보디빌더처럼 근육이 울퉁불퉁하고 덩치가 산만한 남자였다. 그들 모두는 필사적이었다. 밤을 뚫고 극한의 스피드로 내달리는 이 짜릿함을 잃어버릴 수 없다는 각오였다.

“이러면 곤란한데…….”

“곤란하긴 뭐가 곤란해. 금방 끝나고 사라질 거니까 한번 눈 감아 줘. 아니면 경찰차로 한판 같이 뜨던가.”

수인이 슬그머니 뒤로 물러났다. 주변 사람들이 깔깔거렸다. 경관은 남자들에게 둘러싸여 뒷걸음질 쳤다.

“반장님, 사고 나면 전 모릅니다.”

경관은 싱겁게 물러갔고 레이싱은 다시 시작되었다. 경관

앞에 나섰던 남자들이 우르르 수인 앞으로 몰려왔다. 저마다의 공을 떠벌이느라 그들은 수선스러웠다. 여왕개미를 차지하기 위해 일시에 하늘로 날아오른 수개미들 같았다. 그들은 손을 날개처럼 팔랑거리며 자신들의 공을 열심히 설명했다. 곁에 서 있는 기성이 오히려 민망할 정도로 수인은 그들을 무심하게 바라봤다.

"알았어요. 고마워요. 앞으로도 이런 일 생기면 부탁드릴게요."

수인은 정중하면서도 강한 어조로 그들을 물리쳤다. 남자들은 입맛을 다시며 돌아섰다. 그들은 이내 흥분의 도가니 속으로 스며들었다. 사람들은 마지막 우승자를 기다리며 캔을 부딪치고 노래를 부르고 경적을 울리며 주차장을 더 뜨겁게 달아오르게 만들었다.

대기선에 서 있던 영미의 차가 기수의 신호를 받은 후 출발했다. 9초 11. 두 명의 기록자가 동의한 기록이 기성의 휴대폰으로 전송되었다. 다음으로 용주가 출발했다. 굉음을 내고 출발하자마자 그의 기록이 들어왔다. 7초 64. 20년 가까이 된 차로 낸 기록으로는 획기적이었다. 기성은 이번 우승이 그의것이라고 생각했다. 수인도 출발했다. 9초 13. 최종 승자는 용주였다. 마치 세계적인 레이싱에서 우승한 승자에게 퍼붓기 위해 준비한 듯 샴페인이 터졌다. 샴페인을 준비해 온 사람은 경찰 앞에서 수인을 대신해 항변하던 변호사였다. 그는 뚜껑을 딴 샴페인 병 입구를 막고 마구 흔들더니 용주와 주변 사람들을 향해 뿌렸다. 경기가 끝나 흥분이 가라앉기는커녕 모닥불 위에 시너를 끼얹은 듯 더 높고 뜨겁게 달아올랐다.

"전에 말했지요. 제가 우승하면 한 턱 쏜다고."

수인은 사람들이 보는 앞에서 천만 원에 가까운 돈을 봉투째 그에게 건넸다. 용주의 입이 귀에 걸렸다. 단 몇 초의 승부로 만지기엔 제법 큰돈이었다. 기성은 오늘 용주가 필사적으로 매달리는 일도 있다는 사실을 알았다. 용주의 얼굴에 샴페인이 묻어 번들거렸다. 그에게 누군가 손수건을 건넸다. 이미 떠날 줄 알았던 영미는 수인의 주변을 배회했다. 최종 레이싱에서 우승하지 못한 미련에 수인의 곁을 떠나지 못했다. 그건 이미 패자가 된 다른 사람들도 마찬가지였다.

"말로 정한 규칙이지만 규칙은 규칙이니까."

100여명 가까운 사람들이 방파제 진입로 부근에 있는 해장국집으로 이동을 했다. 경적을 울리고 엔진을 공회전 시키며 수백 마리의 말이 앞 다투어 나가려고 씩씩대듯 몸을 떨며 식당으로 이동했다. 동호회는 훌륭한 조직처럼 잘 움직였다. 누군가 종업원 대신 주문을 받았고 또 누군가는 물 잔을 날랐고 또 누군가는 식탁 위에 맥주병을 늘어놓았다. 운전을 해야 하는 사람들은 물을 마셨고 술을 마신 사람들은 대리운전 운운했다.

"드디어 오늘 우승을 했군요. 당신만의 비결이 뭐죠?"

휩쓸려 들어가 자리를 앉다보니 수인과 용주가 마주 앉았고 용주의 곁에 영미가 그리고 수인의 곁에 기성이 앉게 되었다. 그건 최근의 우승자에 대한 다른 사람들의 배려이기도 했다. 수인을 대신해 경찰에게 항변을 했던 남자들은 그녀 주변에 포진했다.

"그냥 앞만 보고 달리는 거?"

용주는 물 잔을 들이켰다. 그의 눈이 기성에게 잠깐 머물렀다가 떠났다. 기성은 그의 눈을 외면했다. 해장국이 나오고 술병이 돌았다. 네 사람은 물만 마셨다. 식당은 경기장을 내려다보는 관중석처럼 소란스러웠다. 전쟁을 끝낸 병사들이 서로의 공을 확인하듯 운전 실력을 늘어놓으며 떠들어댔다. 용주와 기성 그리고 수인과 영미는 말없이 해장국만 비웠다.

초콜릿

—

사람들은 우르르 서울로 돌아갔다. 차가 없는 도로에선 서로 경쟁을 벌였고 게 중에는 경적을 흔적처럼 길게 남기고 사라졌다. 미련을 버리지 못한 몇 사람이 기성의 카센터 앞으로 모였다. 손바닥 만한 크기의 'road tuning'이라는 글자가 바다 위에 떠있는 부표처럼 어둠 속에서 반짝거리고 있었다. 거리엔 어둠만이 이리저리 밀려다녔다. 술 취해 몸을 가누지 못한 여자 하나가 남자에게 의지해 신촌 쪽으로 걸어가며 악을 써댔다. 여자는 잠시 후 바닥에 주저앉아 울기 시작했다. 남자도 여자의 곁에 쪼그려 앉아 그녀의 등을 두드렸다. 기성의 카센터 앞에 모인 사람들은 한동안 그 두 사람을 구경했다. 인도엔 쓰레기만 날렸고 도로 위는 지붕에 불을 밝힌 택시가 가끔 질주했다. 건물에 매달려 있던 네온 간판들은 대부분 꺼져있거나 힘겹게 깜빡거렸다. 편의점만이 불을 환하게 밝히고 어둠 속에 섬처럼 떠있었다. 미련을 떨쳐버리지 못한 사람들이 마땅히 갈 만한 곳이 보이지 않았다.

기성이 카센터의 문을 열었다. 수인이 망설이지 않고 그의 카센터로 들어가자 나머지 사람들도 그녀의 뒤를 따라 카센터로 밀려들어갔다. 카센터의 주인인 기성이 술을 사오겠다며 뒤에 남았다. 영미도 뒤로 처졌다.

영미는 수인과 좁은 공간에 함께 있을 생각을 하니 몹시 불편했다. 적당한 시간에 자리를 뜰 계산이었다. 미적거리다 헤어질 시간을 찾지 못한 자신의 우유부단함을 탓했다. 지난번 안개 속에서 우승한 뒤 그냥 사라져버린 미안함도 없지 않았다. 또 한 가지 알 수 없는 감정이 영미를 사로잡고 있었다.

누군가를 닮은 듯한 기성에게 조금 이끌린 때문이었다.

뒤를 돌아다보는 수인의 눈과 그녀의 눈이 마주쳤다. 그녀의 눈빛이 영미의 목을 휘어 감았다. 영미는 수인의 뺨을 후려쳤을 때처럼 등골이 짜릿했다. 그날 아침까지 그 짜릿함은 사라지지 않았다. 아침이 되어서야 그녀의 뺨을 후려쳤던 일이 폭력이나 화풀이가 아니라는 걸 깨달았다. 만져서는 안 될 뭔가를 만졌을 때의 비밀스러운 쾌감이었다. 영미는 자신의 눈 속에 감추어진 질투와 시기를 들키고 싶지 않아 지긋한 눈길로 위장한 채 그녀를 바라보았다. 억지로 입꼬리를 올리며 미소를 지었다. 수인은 뺨 맞은 일 따위는 별일이 아니라는 듯 양손을 들고 어깨를 으쓱거렸다. 먼저 용서하고 이해해주겠다는 그녀의 눈빛 때문에 영미는 더 이상 웃지 못했다.

"지난번에 우승하셨다는 이야기 들었습니다."

기성이 먼저 불 밝힌 편의점 쪽으로 걸음을 옮기며 물었다.

"그저 운이 좋았을 뿐이에요."

영미는 수인의 눈길을 털어버리려 밝고 경쾌하게 대답했

다. 수인에 대한 감정들이 밀려나고 기성에 대한 궁금증이 자리 잡았다. 오늘 처음 본 기성이 익숙하게 느껴지는 이유를 도무지 알 수 없었다.

"그 지독한 안개 속에서 운이라…. 나 같으면 아예 레이싱을 포기하고 집에 갔을 겁니다."

영미는 편의점 입구에서 걸음을 멈춰 섰다. 덩달아 기성도 섰다.

"댁도 스피드에 미친 사람 중 한 사람 아닌가요?"

"아시겠지만 전 레이싱에 참석한 게 아닙니다. 차량 상태를 확인해달라고 부탁을 받아 나갔을 뿐입니다."

"오늘 방파제에 모인 사람들이 모두 우습다는 말처럼 들리네요. 댁은 스피드에 무감하다는 말로도 들리고요."

"저도 스피드는 좋아합니다. 하지만 경쟁은 싫습니다. 10초 사이에 승부가 결정 났죠? 하지만 운명도 그렇게 10초 사이에 결정이 나고 맙니다. 특히 별다른 안전장치도 없는 그런 차량에다가 일반 도로에서는 말이죠. 전 그런 무모함이 싫다는 겁니다."

기성의 말투는 먼지를 잔뜩 먹은 건조한 바람 같았다. 네 차례 레이싱에서 모두 흥분으로 몸을 떨었던 영미를 비난하고 있는 듯했다. 편의점 안으로 들어가려는 기성의 손을 영미가 잡았다.

"스피드만 좋아하신다고요? 경쟁 상대가 없는 스피드가 무슨 소용이 있죠?"

때 이르게 출현한 몇 마리의 나방이 편의점 간판을 뚫고 들어가려고 날개를 파닥거렸다. 간판 속에 가려진 구석 자리의 형광등 하나가 수명을 다한 듯 일정한 간격을 두고 깜빡거렸다.

"가끔 아주 가끔 삶의 규칙들이 지긋지긋해질 때가 있어요. 그래서 달리는 거죠. 그걸 무모하다고 말할 수는 없잖아요. 아니 누구도 누구를 무모하다고 말할 수는 없어요. 자동차 계기판은 200이니 240이니 심지어 300도 넘는데 도시에선 60이상으로 못 달리게 만들고 고속도로에서조차 최고로 달릴 수 있는 곳은 110이에요. 그럴 거면 뭐하러 계기판의 속도를 그렇게 많이 잡아 만드는 거죠? 만들어 놓고 모든 도로에서 규제를 하는 건 말이 안 되는 거 아닌가요? 처음부터 모든 차를 그렇게 느리게 굴러가게 만들면 되잖아요. 우린 아마 죽을 때까지 그런 규제 속에서 살아야 할 거예요. 그런 게 더 무모한 일인지도 몰라요. 이 병적으로 반복되고 있는 일상에서 무모한 짓을 하지 않고 사는 게 더 무모한 일이라고 생각해요. 제가 어쩔 수 없이 이 구속들을 벗어날 수 있는 순간은 그때밖에 없어요."

영미는 생각하거나 정리해 두지 않았던 말을 술술 뽑아냈다. 언제 자신이 그런 생각을 했는지 알 수 없었다.

"그건 차의 성능을 유지하기 위한 여유 같은 것인데… 그러니까 제 말은… 최소한 남에게 피해를 주진 말아야 한다는 겁니다."

간판 불빛에 의지한 기성의 얼굴은 창백했다.

"전, 한번도 남에게 피해를 준 적 없어요. 적어도 운전대를 잡고 있을 땐…."

영미는 기성의 곁을 지나 편의점 안으로 들어갔다. 그녀는 곧장 술들을 진열해놓은 진열장으로 향했다. 기성이 느린 걸음으로 그녀의 뒤를 따라왔다. 진열장엔 수십 가지의 맥주가 땀을 흘리며 숨을 쉬고 있었다. 영미는 진열장 유리문 앞에 서서 각색의 맥주병을 바라보았다. 유리문 등 뒤에 선 기성의 뒷모습이 비쳤다. 영미는 그제야 기성이 누구와 닮은 것인지를 깨달았다. 한때 법적인 배우자였던 남자, 찰리.

기성은 아랫입술이 두껍고 코가 뭉툭한 편이었다. 눈썹은 짙었으며 쌍꺼풀이 없으면서도 눈이 컸다. 숱 많은 머리카락 때문에 매우 고집스러워 보였다. 영미는 맥주를 고르는 사이 그를 힐끔힐끔 훔쳐봤다. 맥주를 훑어 내리는 그의 눈이 신중했다. 그저 기껏해야 술일 뿐인 맥주를 말이다. 기성은 사소한 일이라면 늘 함부로 취급하던 찰리와는 딴판인 남자였다. 언제나 두루뭉실하고 계획없이 부딪히고 보는 남자.

찰리는 기이하게도 기성의 말처럼 안전하지 못하거나 위험한 일 또는 무모한 일에만 자신의 이름을 거는 남자였다. 다른 여자의 시선을 무시하지 않을뿐더러 오히려 즐기는 남자. 그래서 사랑을 의심하게 만들던 남자 찰리. 오로지 한 곳만을 바라보는 영미를 지치게 만들다 떠나버린 남자였다. 그는 이혼 서류에 도장을 찍어주는 조건으로 허름한 오피스텔을 영미에게 주었다. 그런 파란 눈의 찰리와 전혀 닮은 게 없는 기성이 왜 닮았다고 느껴지는지 알 수 없었다. 백인과 흑인처럼 전혀 다른 성격에 생김새마저 다른데도 두 사람이 닮았다는 느낌이 뇌리에서 떠나질 않았다.

기성의 손이 흑맥주로 향했다. 찰리는 말간 맥주만을 마셨다. 그는 물 대신 맥주를 마셨고 맥주가 없으면 밥도 먹지 않았다. 튀기이면서 토종보다 더 토종처럼 굴었다. 그렇게 기성과 찰리는 맥주 취향도 달랐다. 영미는 저절로 고개를 갸웃거렸다.

"흑맥주를 좋아하세요?"

"알코올 도수가 다른 맥주에 비해 약간 높아요. 다른 맥주들은 왠지 심심해서 손이 가질 않더라고요. 다른 사람들을 위해 일반 맥주도 좀 살게요."

영미는 그의 품에 안긴 흑맥주를 바라보았다. 영미는 불안했다. 불안은 자라나 영미의 가슴에 그늘을 만들었다. 미국으로 건너간 찰리는 돌아오지 않았다. 뉴욕의 뒷골목에서 뭘하며 사는지 영미는 몰랐다. 문득문득 궁금해졌다가도 '잘 살겠지'라는 생각으로 궁금증을 마무리 지었다. 그래도 한번 가슴에 박힌 잔영은 지워지지 않았다.

영미는 보통 맥주를 여러 캔 사서 카운터 위에 올려놓았다. 기성은 안주 몇 가지를 가져왔다. 아몬드와 멸치와 초콜릿. 영미는 다시 한 차례 기성의 옆얼굴을 쳐다봤다. 넓게 각진 턱이 영미의 눈에 박혔다.

"전 안주로 초콜릿이 좋더라고요. 특히 흑맥주엔…."

기성은 뒷말을 얼버무렸다. 기성은 계산을 끝낸 초콜릿을 슬그머니 주머니에 넣었다.

맥주 안주로 초콜릿을 먹는 남자는 그리 흔하지 않았다. 쓴맛과 단맛은 상극이었다. 적어도 영미가 만난 남자 중에 맥주 안주로 초콜릿을 먹었던 남자는 찰리뿐이었다. 찰리는 고향의 맛이라며 초콜릿을 꼭 맥주 안주로 삼았다. 그것도 두껍고 퍽퍽해 보이는 초콜릿을. 영미는 관자놀이가 팽팽하게 조여지고 목구멍이 팽창하면서 극심한 갈증이 몰려왔다.

넋을 놓고 있는 사이 영미는 계산을 하는 타이밍을 놓치고 말았다. 영미는 봉투에 맥주를 주섬주섬 담았다. 맥주병 하나가 떨어져 박살이 났다. 영미가 쪼그려 앉아 깨진 병 조각을 치우려하자 기성도 같이 쪼그려 앉아 손을 내밀었다. 이번에는 종업원이 쪼그려 앉았다. 영미는 기성의 눈길을 피했다. 지워도 지워도 지워지지 않는 흔적 같은 추억들을 그에게 들키고 싶지 않았다.

'넌 여자들을 오해하게 만들어. 다른 여자에게 보내는 너의 미소, 난 그게 싫어. 왜 나만 바라보지 못하는 거지?'

'오해하지 마. 여자들을 보고 웃는 게 아니라 난 그저 웃음에 익숙할 뿐이야. 설령 여자들이 내게 다가와도 난 선을 넘지 않아. 그저 초콜릿처럼 그 달콤한 맛만 보는 거란 말이야.'

'달콤한 맛만 본다고? 결국 그 달콤한 맛에 넘어가게 되어 있는 게 여자와 남자 사이야. 네 의지와 상관없이 넘어간단 말이야. 남자와 여자 관계란 그래. 알 수 없는 힘에 의해 지배당하는 순간 이성이나 의지는 무용지물이 되고 마는 거

란 말이야.'

'그렇게 하룻밤 잔 게 사랑이겠어?'

'사랑하지 않아도 잠을 자겠다는 말투군. 사랑은 만나는 처음부터 오는 수도 있지만 살을 섞은 후 찾아드는 사랑도 있어.'

'나를 네 손바닥 안에 놓아두어야 안심이 된다는 말투군. 우리가 그러려고 결혼한 건 아니잖아.'

맥주병 한 조각이 손가락을 찔렀다. 피가 났다. 기성이 망설이지 않고 영미의 손을 잡았다. 그는 서둘러 뒷주머니에서 손수건을 꺼내 영미의 손가락을 감쌌다.

'부부란 게 평생을 한 곳만 바라보며 사는 거 아니니?'

'그래, 평생을 그렇게 살려면 적어도 각자의 인생은 존중해 줘야 하는 거 아냐?'

'너희 튀기들은 다 그렇게 이기주의적이야?'

영미는 하지 말았어야 할 말을 하고 말았다. 그가 어떤 말에 가장 큰 상처를 받을지 그녀는 잘 알고 있었다. 감추어야 할 말을 감추지 못했다.

'한번만 더 튀기라고 말 해봐.'

영미는 입을 제 손으로 막았다. 실과 바늘이 있으면 입을 당장이라도 꿰매고 싶었다.

'너는 상처를 헤집어서 칼로 찌르는 희한한 재주를 가졌어. 상처의 끄나풀이 보이면 그걸 살살살 끄집어내서 더 큰 상처를 만드는 재주. 앞으로 다른 어떤 혼혈을 만나더라도 그런 말은 하지마. 나처럼 그냥 넘어가진 않을 테니까.'

그날 찰리는 짐을 싸서 떠났다. 이혼을 한 후 미국으로 건너갔고 그가 정착하기를 꿈꾸었던 뉴욕에서 한 인간으로 살아 가고 있다. 그는 멀리 떠나기 위해 결혼했고 이혼한 남자였다는 생각만 들었다. 영미는 실에 꿰인 듯 기성의 뒤를 졸졸 따라 카센터로 돌아왔다.

조촐한 잔치가 벌어졌다. 사람들의 수가 줄어든 후에야 영미는 그들의 면면을 볼 수 있었다. 변호사, 형사, 정비사, 게임 프로그래머, 샐러리맨, 큐레이터이자 SR의 동호회 주인인 수인, 객원 기자. 여자가 세 명이었고 남자가 다섯 명이었다. 그들은 각자의 차가 엑셀을 밟았을 때 최대로 올라가는 속도계 바늘에 대해서 떠벌렸고 꽉 막힌 도로를 뚫고 나가는 곡예 운전과 스피드를 예찬했다. 기성의 정비소 벽에 걸린 스포츠카 사진들을 보며 레이서라도 된 양 스포츠카에 대해 떠들어댔다. 기성과 수인만이 조용히 맥주를 비웠다. 기성의 앞에 낱개로 포장되어 있던 초콜릿의 포장지가 하나둘 쌓여갔다. 기성이 다른 사람들에게 초콜릿을 권했지만 모두 마다했다.

도로에 쓰레기를 치우는 청소부와 리어카가 등장했다. 청소부는 도로에 날리는 쓰레기를 빗자루로 쓸며 지나갔다. 그렇게 깨끗해진 자리에 새벽이 조용히 밀려들었다. 하나둘 자리를 떴다. 누군가는 대리운전 기사를 불렀고 누군가는 그냥 차를 몰고 사라졌다. 영미는 발목이 카센터 작업장 바닥에 잠기기라도 한 듯 자리에서 일어나지 못했다. 수인보다 더 체력이 강하다는 걸 보여주고 싶었던 것인지, 찰리를 전혀 닮지 않았지만 찰리의 냄새를 풍기는 남자의 냄새를 더 맡고 싶었던 것인지 그것도 아니면 2등이 되고만 미련 때문인지 알 수 없었다.

구석에 맥주병과 맥주 캔이 쌓여갔다. 두통을 일으키던 오일 냄새들에도 무뎌졌다. 영미는 수인 그리고 기성과 용주가 주는 족족 맥주를 비웠다. 뱃속에 밀어 넣은 술이 영미의 다리를 더 강하게 붙잡았다. 그리고 추억과 상처를 잊어갔다. 아직도 마셔야할 술은 몇 병이 남았고 뜯지도 않은 안주도 바닥에 널브러져 있었다. 수인이 자리를 털고 일어나자 마지막까지 남아 있던 용주도 덩달아 일어나며 영미에게 악수를 청했다.

"다음번 레이싱은 고속도로에서 스타트한다는 거 아시죠? 그때 우리 잘해 봅시다."

수인은 영미를 바라보며 잠깐 미소를 지은 후 카센터에서 휑하니 빠져나갔다. 그녀가 끌고 나타난 아벨라가 새벽의 어둠 속으로 들어간 후 용주가 그 뒤를 밟았다.

"저 여자도 저렇게 오래된 차를 몰고 다니네요."

영미는 텅 빈 도로를 내다보며 혼잣말처럼 말했다.

"동호회 사람들이 수인 씨도 레이싱에 참여하라고 난리를 피웠다면서요? 그래서 친구 차를 빌려서 왔다던데?"

영미도 게시판에 올라온 회원들의 글을 보았다. 카페가 개

설된 지 2년이 지났지만 수인은 레이싱에 아주 드물게 참여했다. 영미도 그녀의 선택을 받아 레이싱에 참가한 건 불과 한 달 전이었다. 종로 레이싱과 외곽순환도로를 도는 레이싱에 참가를 했는데 영미는 거의 꼴찌를 했다. 세 번째 참가를 해서 우승을 차지했던 것이다.

"기성 씨랑 저 여자랑 무지 친한 모양이네요?"

영미는 시비를 걸듯 물었다. 마치 찰리가 다른 여자를 두둔하는 것처럼 여겨졌다. 기성은 곧바로 대꾸하지 않았다.

"침묵은 긍정이라는 거 아세요?"

영미는 신문지로 갈라놓은 선을 넘어 기성의 곁으로 바짝 다가가 앉았다. 기성이 몸을 약간 뒤로 젖혔다.

"우리 동호회 남자들은 어떡하면 저 여자한테 잘 보일 수 있을까 다들 난리죠. 뭐, 기성 씨라고 다를 것도 없겠죠."

영미는 그에게서 멀어지며 그를 자유롭게 만들어주었다.

"동호회 사람들 중에 서로 친한 사람들이 있습니까? 다들 몇 번 만나지 못한 사람들이잖아요. 강짜부리지 마세요."

영미는 걸음을 멈춘 채 눈을 동그랗게 뜨고 그의 얼굴 밑으로 자신의 얼굴을 들이밀었다.

"강짜를 부리다뇨? 다들 수인이라는 여자랑 친한 것처럼 말하잖아요. 나한텐 정중하게 말하면서 수인한테 농담도 잘 던지잖아요. 마녀처럼 무섭게 생긴 그 여자의 매력이 도대체 뭐죠?"

"술 많이 드셨네요."

기성이 자리에서 일어나려하자 영미가 그의 팔을 잡았다.

"술은 많이 마셨지만 취하진 않았어요. 이 자리에서 일어나시려면 제 질문에 답을 먼저 해주세요."

영미는 자신이 고집을 부리고 있다는 사실을 잘 알고 있었다. 그럼에도 물러설 수 없었다. 그녀는 레이싱 슈트의 지퍼를 배까지 열고 위를 벗은 후 소매를 허리에 묶었다. 빨간 가슴이 도드라지게 보이도록 기성의 앞으로 가슴을 내밀었다. 찰리는 도발적인 여자를 좋아했다. 영미가 곁에 있어도 도발적인 분위기를 풍기는 여자가 지나가거나 곁에 있으면 뚫어지게 쳐다봤다. 어느 땐 휘파람을 날리기도 했다. 찰리 역시 여자들이 자신을 도발적인 매력을 지닌 남자로 봐주기를 바랐다. 영미는 찰리와 산 세월이 자신을 그렇게 변질시켰다는 생각이 머리에 스치자 괜히 화가 났다.

"내가 매력이 없나요?"

"당신도 매력 있어요. 다만 남자들의 취향이 다를 뿐입니다."

"댁의 취향은?"

억지스러운 질문이었지만 영미는 물러나지 않았다. 기성이 벌떡 자리에서 일어났다.

"대리운전 기사 불러 드릴게요."

"대리운전 필요 없어요. 난 여기서 자고 갈 거니까."

영미는 눈에 보이는 소파에 벌렁 누웠다. 천장이 돌고 모서리를 채운 스포츠카들이 달리기 시작했다. 찰리도 스피드를 즐겼다. 차와 차 사이를 빠져나가며 환호성을 지르기도 했고, 속도 계기판이 더 이상 올라가지 않을 때까지 엑셀을 밟기도 했다. 소음기를 떼어낸 머플러에서 터져 나오는 강한 배기음

듣기를 좋아했고 차 창문을 활짝 열어놓고 라디오 볼륨을 최대로 올려놓은 후 음악 듣기를 좋아했다. 영미는 레이싱 슈트를 벗어 던졌다. 빨간색의 러닝셔츠와 속옷이 드러났다. 기성을 쳐다보았지만 그는 드럼통처럼 서서 측은한 눈으로 그런 영미를 내려다보기만 했다.

5

인생 할인

—

영미는 색색의 열대어가 놀고 있는 수족관을 둘러보았다. 몇몇 녀석들은 물고기라는 게 믿어지지 않을 정도로 빠른 속도로 헤엄을 쳤다. 이름조차 생소한 열대어들 수백 마리가 투명하다 못해 시린 수족관 안에서 유영하고 있었다. 영미는 허리를 굽히고 서서 노란 머리와 노란 꼬리를 가진 열대어를 보았다. 한 수족관에 여러 종류의 열대어가 들어 있어서 녀석의 이름이 무엇인지 확인할 방법이 없었다. 녀석들은 무리지어 다녔다. 아이를 가져보자는 찰리의 제안에 영미는 열대어나 키우자고 했다. 찰리가 수족관을 사다놓았지만 영미는 그곳에 열대어를 채워 넣지 않았다. 지금 그 빈 수족관에는 버리지 못한 찰리의 사진들이 가득 담겨 있었다.

휴대폰 진동이 울렸다.

"한 대리님 어디 계십니까?"

할인점의 의류 입고 담당 팀장의 전화였다. 그를 만나기로 했다는 걸 깜빡 잊고 매장을 돌아다녔던 것이다.

"매장에 있습니다. 곧 가겠습니다."

"점심 때도 됐으니까 푸드 코트에서 뵙죠."

영미는 에스컬레이터를 타고 건물 3층에 있는 푸드 코트로 올라갔다. 평일 점심시간이라 할인점엔 손님이 많지 않았다. 아이들을 데리고 나온 주부들이 주류였다. 아이들 몇몇이 영미의 앞으로 뛰어가며 소리를 질렀다. 여자들이 카트를 끌고 따라가며 아이들에게 주의를 주었다. 아이들은 주택가의 골목처럼 매장의 진열대 사이로 뛰어갔다. 느리게 위로 올라가는 에스컬레이터에 서서 영미는 끝이 보이지 않는 매장을 구경했다.

형광등 불빛 아래 진열되어 반짝거리며 사람들을 유혹하는 상품들의 색깔은 화려하고 아름다웠다. 끝없이 사람들을 충동질해 유혹하고 돈을 쓰게 만드는 그것들의 색깔은 거의 예술 수준이었다. 영미는 카트를 끌고 다니며 물건이 넘치도록 담는 한 중년 부부에게 눈길이 갔다. 카트가 포화 상태임에도 그들 부부는 끊임없이 물건을 담았다. 얼마의 금액이 나올지 따위는 염두에 두지 않는 사람들인 듯했다. 두 사람의 얼굴엔 여유와 윤기가 흘렀다. 영미도 그런 중년을 꿈꿨다. 돈은 부유한 사람들과 가난한 사람들의 세계를 선과 악으로 간단하게 갈라 놓는다는 걸 어려서부터 배웠다. 세상은 불공평했다. 중간 지점은 없었다. 돈벌이에 젊은 세월을 모두 바쳐야 그나마 궁핍 하지 않은 중년을 살 수 있다는 걸 부모들은 보여주었다. 영미는 돈을 벌고 싶었다. 명품 하나쯤은 망설이지 않고 살 수 있을 정도로 여유를 갖고 싶었다. 영미는 어깨에 매고 있는 루이 비통 숄더백의 로고를 손으로 쓸어보았다.

할인점의 남자

—

푸드 코트는 한산했다. 식욕을 자극하는 화려한 색상의 모형 음식들이 대형 유리관 안에 진열되어 사람의 발길을 잡았다. 푸드 코트 입구 계산대 앞에 서있는 팀장이 보였다. 길고 하얀 얼굴이 얼른 눈에 띄었다. 은색 안경테 속의 눈이 반짝거리며 영미를 느긋하게 바라보았다. 그의 눈이 가슴을 훑고 내려가 무릎에서 고정되었다. 영미는 무릎 위로 올라간 치마를 그대로 두었다. 영미는 그의 눈길을 모른척하며 그의 시선 앞으로 바짝 다가갔다.

"밖에 나가서 점심 대접하려고 했는데요."

"저야 그러면 좋지만 시간이 없어서요. 나중에 시간나면 그러죠."

팀장은 뒷주머니에서 지갑을 꺼내며 적당히 미소를 지었다. 영미는 그의 앞을 가로막았다. 사람들은 때론 아주 사소한 금액을 지불하는 문제에 민감하게 반응한다는 걸 그녀는 잘 알고 있었다. 그를 기분 나쁘게 만들 이유가 없었다.

"뭘 드시겠어요?"

한두 차례 실랑이가 있었지만 음식값은 결국 영미가 계산을 했다. 팀장은 전주비빔밥을 주문했고 영미는 콩나물국밥을 주문했다.

"그래, 회사에서 얘기는 잘 마무리가 되었습니까?"

"저, 팀장님. 원단 가격도 오르고 디자인 비용도 천정부지로 오르는데 납품가를 더 낮춰달라는 건 좀…."

주문한 음식은 빨리 나왔다. 영미는 부리나케 자리에서 일어나 팀장의 식판까지 날라 왔다. 그는 일어서는 시늉을 하더니 그냥 자리에 앉아 영미가 오기를 기다렸다.

"우리 푸드 코트가 인근 마트 중엔 음식 맛이 최고라는 거 아세요? 물론 가격도 좀 저렴하죠. 그런데도 왜 이렇게 맛이 좋은 줄 아세요?"

팀장은 수저를 놀리며 엉뚱하게도 음식 이야기를 끄집어냈다.

"좋은 재료를 쓰기 때문입니다. 좋은 재료를 쓰니까 당연히 맛이 좋죠. 가스비에 인건비에 기타 잡비도 올라갔지만 우린 서민 경제를 책임져야 한다는 일념 하나로 가격을 내리기로 결정한 겁니다. 주말에나 수익이 나지 평일에는 손해라는 말, 굳이 안 해도 아시겠죠? 다른 의류 업체들도 지금 협상중인데 다들 서민 경제 살리기에 동참할 겁니다. 솔리테어도 참여해야죠."

"다른 업체들이야 원단도 저렴한 걸 쓰고 디자인이라고 해봐야…."

팀장은 눈길을 식판에 고정한 채 숟가락질만 했다.

"우리 솔리테어는 그래도 주부들에게 인기도 많고…."

"한 대리, 어려울 때 다 같이 상생할 방안을 모색하자는 거 아닙니까?"

"팀장님, 저흰 벌써 2년째 가격을 동결했습니다. 옷 찍어내면 찍어낼수록 적자가 말이 아니라는 거 아시잖아요."

영미는 속이 탔다. 납품가를 올려서 회사로 돌아가야 할 판인데 올리기는커녕 납품가가 깎일 판이었다. 최소한 현재의 가격을 유지해야만 했다. 그래도 손해나는 장사였다.

"한 대리, 어제 술 많이 한 모양이네. 점심때부터 콩나물국밥을 먹는 걸 보면."

팀장은 느닷없이 말머리를 돌렸다. 이야기가 중심에서 벗어날 땐 두 가지 의미가 있다는 말이었다. 바늘조차 뚫고 들어갈 수 없을 정도로 여지가 없다거나 최소한 바늘은 뚫고 들어갈 수 있는 여지가 있다. 후자이길 바라지만 선불리 장담할 수 없었다. 영미의 얼굴을 빤히 바라보는 팀장의 얼굴에 여유가 담긴 미소가 서렸다. 그의 미소를 보자 적잖이 안심이 되었다. 여유의 폭이 어느 정도인지 가늠할 수 없지만 납품가를 올릴 수 있는 여지의 미소인 듯했다. 그게 아니라면 적어도 납품가가 깎이진 않을 수도 있을 것 같았다.

"어제 직장 그만둔 친구랑 새벽까지 한잔 했죠. 정말 다들 어려운 모양이더라고요."

"그것 보세요. 이렇게 어려운 시절을 잘 넘기려면 공생의 길을 모색해야 한다 이겁니다. 납품가를 더 낮출 수가 없다는 겁니까? 그러면 곤란한데…. 지금 우리 매장에 들어 오려고 줄을 서있는 업체들이 수두룩한데…."

그는 작은 의류 업체 따위는 협박할 수 있는 위치에 있었다. 전국에 산재한 수백 개 할인점에 납품할 납품가의 최초 결정이 그의 손에 달려있으니 그는 협박할 자격도 충분했다. 협박이 먹히면 곧 돈이 된다는 걸 그도 영미도 잘 알고 있었다. 팀장은 이미 식사를 끝내고 입을 다셨다. 영미는 국물을 몇 번 떠먹고는 숟가락을 내려놓았다.

"팀장님도 참…. 제가 회사에 들어가서 할인점의 입장을 잘 설명해 볼게요. 어쨌든 저희 입장도 공생하자는 데에는 이견이 없습니다. 다만…. 오후에 이 건에 대해 회의가 있는데 아마 오늘 중에 결정이 될 겁니다. 그럼 제가 회사의 결정을 전화로 알려드리는 것보단 직접 뵙고 말씀 드리는 게 좋지 않을까요? 저녁 시간 어떠세요? 근방에 분위기 좋고 고기 맛 끝내주는 식당이 있거든요."

영미는 억지로 미소를 지으며 차가워 보이는 그의 얼굴에 시선을 주었다. 회사의 방침은 이미 정해져있었다. 할인점에 납품가를 더 이상 양보할 수 없었다. 적자를 내면서도 발을 빼지 못한 건 돈을 굴러가게 만드는 가장 큰 거래처였기 때문이었다. 납품가에 관한 더 이상의 회의 같은 건 없었다. 납품가를 내리자는 건 횡포라는 걸 팀장도 알고 있었다.

"공생의 길을 마련하기 위한 저녁이라…. 그런 자리라면 뭐."

팀장은 의자에서 불뚝 일어나 식판을 반납한 후 천 원짜리 커피 두 잔을 뽑아 돌아왔다.

"한 대리하고 술잔 기울여본 게 한 석 달만인가?"

영미는 최소한 납품가가 깎이지 않겠다는 확신이 들었다. 영미는 자신도 모르게 한숨을 내쉬었다. 문제는 그에게 무엇을 주어야 하는가였다. 팀장이 자리에서 일어났다. 호리호리한 허리가 영미의 눈에 들어왔다.

"그럼, 저녁에 좋은 결과 기다릴게요. 그리고 난 오늘 8시에 퇴근하니까 그 시간쯤 한 대리가 말한 그곳에 들어가서 전화 줘요. 거기 조용한 곳이죠?"

팀장은 어울리지 않게 껄껄 웃었다. 영미도 덩달아 웃었다.

그의 속내가 조금씩 보이기 시작했다. 하지만 그가 원하는 게 정확하게 무엇인지는 가늠이 되질 않았다. 지난번 저녁식사 자리에서 그는 은밀하게 내민 상품권을 받아들고 조용히 사라졌다. 하지만 그가 다른 걸 원하고 있다는 걸 직감적으로 느꼈다. 돈 이상의 위력을 가진 무언가를.

영미는 팀장의 말과 현재의 상황을 사장에게 보고했다.

"…한 대리가 수고 좀 해줘. 올릴 수 있으면 좋겠지만 안 되면 지금 납품가라도 사수해야해. 팀장 잡으면 실장은 내가 따로 한번 만나서 접대할 테니까…."

사장은 잠깐 뜸을 들였다. 차가운 침묵이 영미의 귀를 파고 들었다.

"어제 이사회 안건에 대해서 알고 있지? 다음 주에 공지가 나가겠지만 다들 알고 있더구만. 영업파트에서도 인원 절반 감축하기로 한 거 말이야. 다른 자구책이 없다는 걸로 회의가 마무리 됐어. 대기업도 몇 천 명씩 잘라내는데 우리라고 별 수 있겠어? 한 대리 이번 건 잘 마무리해서 이사들 눈에 들면 좋잖아 안 그래? 그리고 오후엔 회사에 들어오지마. 어디 찜질방 같은 데라도 가서 좀 쉬면서 시간 때워 봐. 요즘 한 대리 제대로 쉬지도 못했잖아. 그리고 법인 카드 가지고 나갔지? 오늘 돈 아끼지 말고 팍팍 써. 내가 해 줄 수 있는 말은 그게 전부네. 아무튼 팀장 부탁할게."

사장은 제 말만 빠르게 하고 전화를 끊었다. 한 마디쯤 거절의 말을 늘어놓아야 한다고 생각했지만 영미는 그런 말을 꺼내지 못했다. 회사는 뒤숭숭했다. 그래도 월급은 나왔다. 그래서 다들 몸을 사렸다. 적어도 회사 사람들 중에는 돈의 압박으로부터 자유로운 사람은 아무도 없었다. 영미 역시 월급이 중단될 경우 받게 될 압박에서 견딜 수 없다는 걸 잘 알고 있었다. 모아놓은 돈도 없었고 비전도 없었다. 달리 가진 재주도 없었다. 팀장도 사장도 결국 영미를 협박했다.

영미는 할인점 주차장에 세워놓은 차에 앉아 느닷없이 비게 된 오후에 대해 생각해봤다. 반 토막이지만 막상 시간이 생기자 마땅히 하고 싶은 일이 떠오르지 않았다. 영미는 막연하게 백화점을 떠올리고 찜질방도 떠올렸다. 찰리가 남긴 오피스텔로 돌아가 낮잠이라도 실컷 잘까 생각해봤지만 거리가 너무 멀었다. 일단은 할인점에서 벗어나고 싶었다. 차에 시동을 걸었다. 그때 베이스음이 잔뜩 들어간 엔진 소리가 주차장을 울렸다. 영미는 소리가 나는 곳을 향해 두리번거렸다. 십여 대가량의 오토바이였다. 모두 할리데이비슨이었다. 운전자들은 검정색 가죽점퍼에 청바지 그리고 두건을 쓰거나 2차 세계대전 당시의 독일군 철모를 연상시키는 헬멧을 쓰고 있었다. 오토바이는 북을 두드리는 듯 경쾌한 소음을 내며 빈자리를 찾아갔다. 순간 기성의 얼굴이 떠올랐다. 그의 카센터라면 오후에 빈 시간을 채우기에 적합하겠다는 생각이 들었다. 할인점에서 거리도 멀지 않았다.

핏 스톱

—

영미가 기성의 카센터에 도착했을 때 그는 소형차를 점검하고 있었다. 소형차의 운전자인 듯한 여자가 기성의 뒤를 졸졸 따라다니며 그가 하는 양을 구경했다. 영미는 벽보에 붙은 레이싱 용어를 눈으로 살피며 귀는 기성 쪽으로 열어두었다.

'핏 스톱 - F1 경주에서 머신의 타이어 네 개를 갈아 끼우고 기름을 채우는 과정, 대략 8초 정도 걸린다. 빠를 경우 5초 안에 끝나기도 한다. 기름은 가득 채우지 않는데 이는 속도가 떨어지기 때문이다. 머신 타이어의 최대 수명은 대략 100km ~ 150km 정도다. 300km 정도를 주행하는 F1 경주에서 두 번 정도 타이어를 갈아 끼워야 한다. 이런 과정을 모두 핏 스톱이라고 한다. …'

영미는 낯선 단어들 때문에 스포츠카가 달리고 있는 사진 속의 글귀들을 하나하나 되짚어가며 읽었다. 그래도 신경은 기성 쪽으로 쏠렸다.

"펑크는 다 때웠습니다. 타이어가 편마모가 발생을 했는데 시간 나실 때 휠얼라이먼트 꼭 잡아 주세요. 비용도 얼마 안

하니까요. 편마모가 발생하면 차가 한쪽으로 쏠리게 됩니다. 평지에서 운전대를 잡지 않고 그대로 놔둔 채 엑셀을 밟으면 차는 직진을 합니다. 물론 정상적인 타이어의 경우에 말이죠. 하지만 편마모가 발생하면 차가 똑바로 나가질 않아요. 그런 상태로 차를 계속해서 타면 차는 그렇게 길들여져 버리고 맙니다. 그런 상태에서 나중에 수리하려면 돈이 더 많이 들어갑니다."

기성은 여자에게 친절하게 설명했다. 원래 그렇게 모든 여자에게 친절한 남자가 있다. 역시 찰리완 다른 면모다.

"운전하는 덴 별로 지장 없던데…."

여자는 입을 삐죽거리며 만 원짜리 한 장을 꺼내 기성에게 건넸다. 그는 5천 원을 거슬러주었다. 펑크 난 타이어를 때우는데 5천 원이라는 걸 영미는 처음 알았다. 여자는 차를 후진시킨 후 도로로 몰고 나갔다. 그제야 기성은 영미를 발견했다. 기성은 히죽 웃어 보이는 것으로 인사를 대신했다.

"차가 좀 이상해서요."

그를 찾아온 마땅한 이유를 찾지 못해 영미는 그렇게 말을 꺼냈다.

"어떻게 이상해요?"

"그냥 좀 평소와 다르게 떨림도 많고 쏠리는 기분도 좀 들기도 해서요."

영미에게 키를 받아든 기성은 차를 작업장 리프트 라인 안으로 집어넣었다.

"갑자기 일이 꼬이는 바람에 오늘 오후 시간이 한가해졌어요."

영미는 기성이 물어보지 않은 말까지 늘어놓았다. 기성은 그녀의 말을 듣는 둥 마는 둥했다. 차를 리프트에 실은 후 들어올렸다. 기성이 차 밑으로 들어가자 그녀도 덩달아 따라 들어갔다. 기계는 늘 영미의 관심을 끌었다. 어린 시절부터 영미는 집안의 소형 가전이란 가전을 모두 분해하고 해체한 후 그걸 다시 조립하며 놀았다. 그런 어린 시절 때문에 그녀의 부모는 그녀가 공학도가 될 것이라는 사실에 의심하지 않았다. 한번은 텔레비전을 뜯어보기도 했으며 한번은 아버지가 아끼던 전축을 완전히 분해했다가 다시 조립한 일도 있었다. 딱히 재주가 있었던 건 아니었다. 다만 기계의 치밀한 그 세계가 영미를 사로잡았을 뿐이었다. 그러나 사춘기를 지나고 고등학교에 진학하면서 그녀의 관심은 남자와 돈으로 자연스럽게 옮겨갔다. 그 이후로 집안의 가전제품을 뜯어내는 일은 없었지만 새로운 가전제품이 집에 들어오면 설명서를 꼼꼼히 읽는 버릇은 사라지지 않았다. 자동차의 구조에 대한 관심도 어린 시절의 연장선상에 있는 일이었다. 연료는 어떤 역할을 하고 연료가 어떻게 구동축에 전달이 되는지, 액체인 연료가 어떤 과정을 통해 에너지로 변하는지, 바퀴에 전달된 힘의 크기는 어느 정도 되는지, 배터리나 점화플러그의 역할은 무엇인지 등등.

기성은 차의 하체를 설명서 읽듯이 꼼꼼하게 살폈다. 뭐든 대충 넘어가는 찰리와는 분명 다른 남자였다.

"아무 이상이 없어 보이는데요. 보기보다 차량 관리도 잘 되어 있고요."

기성은 차를 다시 내려놓았다.

"그래요? 그러면 제가 지난번 레이싱에서 2등을 할 리가 없는데…."

영미의 말에 기성이 느닷없이 폭소를 터트렸다.

"오늘 오신 목적은 다른 거 같은데…."

기성은 장갑을 벗어 작업복 주머니에 넣으며 무심한 척 거리를 내다보았다. 영미의 눈길도 거리로 향했다. 언제나 그랬듯 거리는 오후로 접어들며 젊은 사람들로 넘쳐나기 시작했다.

"생각지도 않았는데 갑자기 오후에 시간이 텅 비어버린 거예요. 저녁에 약속이 있는데 딱히 갈 데도 없고…. 이번 기회에 제 차의 순발력하고 폭발력도 점검 좀 받고…. 아무튼 제 차의 조건에서 최상의 상태를 유지하고 싶어서요."

영미는 약간의 거짓말이 첨가된 사실을 천천히 늘어놓았다. 그동안 날렵하게 생긴 회색빛의 쿠페 차량 한 대가 카센터 앞을 지나갔다. 차 창문을 열고 밖을 내다보던 운전자는 남자였는데 머리를 길게 길렀으며 은색 선글라스를 끼고 있었다. 봄 햇살을 끌고 가는 쿠페는 화보 속에서 튀어나온 듯 선명하게 반짝거리며 영미의 눈길을 사로잡았다.

"튜닝을 받겠다는 겁니까?"

"맞아요, 튜닝. 그런데 조금 전에 지나간 쿠페는 뭐죠?"

그제야 기성이 영미의 눈을 들여다보았다. 튜닝보다는 조금 전에 지나간 차량에 더 관심이 있다는 듯한 그녀의 말투

때문이었다. 종종 느닷없이 영미는 관심을 끄는 무언가가 나타나면 이야기의 중심에서 벗어나곤 했다. 찰리는 그런 그녀를 두고 산만하다며 핀잔을 주곤 했다.

"BMW 쿠펩니다."

기성의 이야기를 듣는 동안에도 영미의 시선은 쿠페에서 떨어지지 않았다.

"이번 주말에 서해안 고속도로에서 레이싱이 있다는 거 아시죠?"

영미의 시선이 기성에게로 돌아왔다. 이번에는 기성이 그녀의 말에 관심을 보이지 않은 채 티뷸런스의 보닛을 열었다. 깨끗한 엔진룸이 나타났다.

"그땐 꼭 1등을 했으면 좋겠어요."

"튜닝을 한다고 해서 차가 갑자기 폭발적인 스피드를 갖는 건 아닙니다. 그리고 튜닝은 속도를 더 얻기 위한 게 아니라 안전을 위한 수단입니다."

"어쨌든 속도가 조금은 더 붙지 않나요?"

기성은 오일게이지를 꺼내 오일을 점검했다.

"튜닝이 완벽하게 이루어지면 속도계 이상을 달릴 수도 있습니다. 하지만 그렇게 달릴 이유가 뭐죠?"

오일게이지를 제 구멍에 도로 넣으며 기성이 물었다.

"달리면 안 되나요? 기성 씨는 그냥 이유 없이 달리고 싶을 때가 없나요? 완전하게 혼자 누릴 수 있는 공간에서 멍청하게 앉아 스릴을 좀 느끼고 싶은 거예요. 다른 아무 것도 생각하지 않고 말이죠. 그런 걸 느끼면 안 된다는 말처럼 들리네요."

영미는 주절주절 떠들었고 기성은 진지하게 들었다.

"그런 게 아니라…. 돈이 많이 들어갈 텐데 그래도 튜닝 하시겠어요? 요즘 경기들이 안 좋아 그런지 튜닝하러 오는 손님들이 거의 없습니다."

돈이 많이 들어간다는 말에 영미는 움찔거렸다. 자구책을 마련하자는 회사 방침 때문에 지난 연말부터 보너스도 나오지 않았다. 그래서 쪼들렸다. 아버지와 어머닌 돈을 더 부치라고 성화였다. 월급은 줄었는데 생활비는 더 들었다. 기름값은 물론 호박값까지 폭등했다.

"크게 돈 들이지 않고 기본적인 소모품만 잘 갈아도 출력은 높아집니다. 그리고 정말 출력을 높이고 싶으면 차 무게를 줄이면 됩니다."

"차 무게를 줄이라는 건…. 용주 씨 차처럼 의자도 떼어내고 그러라는 거지요?"

"용주가 20년도 넘은 그 차로 우승을 할 수 있었던 건 무게를 줄였기 때문입니다. 짧은 거리에서 그 정도 차이가 나니까 장거리 레이싱을 할 경우에는 더 큰 차이가 나겠죠."

"의자를 떼어내고 나면 나중에 의자를 다시 붙이는 데 문제가 있는 건 아닌가요? 다른 기술적인 방법들도 있지 않나요? 흡배기 시스템을 개선한다든지 오일 온도를 좀 낮춰주기 위해 오일 쿨러를 장착한다든지, 아님 흡기 실린더를 깎아도 출력이 향상되지 않나요?"

영미는 엔진룸을 들여다보며 말했다. 기성이 적잖이 놀란 눈치였다.

"자동차에 대해 많이 아시네요."

"기계학을 전공했거든요. 사실 자동차완 상관없는 기계학이지만 전 기계가 좋아요. 그 복잡하고 치밀하고 꼼꼼한 그 세계가 좋더라고요. 지금은 그런 기계완 상관없이 영업이나 하고 다니지만…."

"세상 전체가 기곈데요, 뭘."

기성이 무덤덤하게 말했다. 영미는 엔진룸에서 눈을 떼고 기름때에 전 기성의 손을 쳐다보았다.

"재미있는 말이네요."

기성은 엔진룸에 시선을 둔 채 말을 이었다.

"어떤 튜닝도 무게를 줄이는 방법보다 나은 건 없습니다. 그리고 무게를 줄이면 다른 튜닝으로 연비가 높아지는 것보다 훨씬 더 높아지죠. 무게를 줄이고 연비를 비교해보면 금방 알 수 있어요."

"그럼, 떼어낸 의자는 어디에 두죠? 저 혼자서도 떼어내고 조립할 순 있지만 제가 사는 집이 좁아서 말이죠? 집에 어지간한 공구들도 있는데 의자 떼는 덴 다른 공구들이 필요하지 않나요? 스피드가 난다면 정말 떼어보겠지만 정말 스피드가 더 붙나요?"

영미는 꼬치꼬치 물었다. 사람을 질리게 만드는 폭탄 질문 좀 그만두라던 찰리의 말이 떠올라 그녀는 순간 입을 다물었다. 영미가 찰리의 방만함과 무질서 그리고 허풍과 경계 없는 사랑에 진절머리를 냈듯 찰리는 그녀의 산만함, 끝없는 질문, 지나친 확인과 궁금증에 진절머리를 냈다. 기성이 빙긋이 웃었다.

"의자를 떼어내신다면 제 창고에 보관해 드리죠. 그리고 혼자 조립하기엔 공간 때문에 어려우니까 레이싱 끝나고 오시면 제가 다시 조립해 드릴게요. 혼자 조립하지 않으실 거면 공구는 필요 없겠죠. 스피드요? 그건 무게를 줄인 후 직접 경험해 보세요. 연비는 물론 스피드 역시 몸으로 느낄 정도로 좋아질 테니까요."

기성은 단 하나의 질문도 놓치지 않고 영미가 물어본 순서대로 대답해주었다.

"평소에 의자를 떼어놓고 다니면 이상하잖아요. 오늘은 소모품만…."

기성이 리프트를 올렸다. 영미는 무거운 바위가 갑자기 어깨를 누르는 듯한 기분에 사로잡혔다. 짧은 순간 전자제품을 분해하고 해체하며 놀던 어린 시절부터 현재까지 한순간에 모두 떠올랐다. 머릿속에 여러 명의 여자가 갈 길을 찾지 못하고 우왕좌왕하고 있었다. 모두 영미였다. 약간의 현기증도 일었다. 영미의 눈에 사무실 소파가 보였다. 그녀는 몸의 중심을 잃지 않으려고 천천히 걸어서 사무실로 향했다. 소파에 앉자마자 폭포처럼 잠이 밀려왔다. 영미는 모로 쓰러져 그대로 잠이 들고 말았다.

꿈의 무게

—

언제 그런 잠을 잤었던가, 꿈도 없고 호흡도 없었다. 잠을 설치게 하는 사랑이나 증오도 없었다. 모든 신경을 긴장하게 만드는 상사들은 물론 하루에도 몇 번씩 눈치를 살피는 동료들도 보이지 않았다. 아버지도 어머니도 더 이상 존재하지 않았다. 잠은 꿀처럼 달았고 봄의 햇살처럼 따뜻했다. 언젠가 이런 유사한 잠에 빠졌던 적이 있었다. 첫사랑이던 남자의 품에서 처음 잠들었을 때, 찰리를 만났을 때, 중국에 있는 백화점에 의류를 입점 시켰던 날, 월급 두 배에 이르는 보너스를 받았던 날…. 영미는 기분 좋게 기면에 빠졌다.

"다 끝났어요."

영미는 귀를 파고드는 소리에 화들짝 놀라 잠에서 깼다. 붉은 기운을 등에 업은 낯선 남자가 자신을 내려다보고 있었다. 세상에서 잊혀진 토굴 속에서 밖을 내다보고 있는 기분이었다. 꿈속인가? 영미는 눈을 비볐다. 남자 뒤로 허리 굵은 건물들이 노을빛에 젖고 있었다. 도로를 지나가는 차량의 엔진과 경적 소리, 인도를 지나가는 사람들의 수다. 그 소음들이 천천히 그러면서도 선명하게 귀에 들어왔다. 영미는 그제야 현실을 분명하게 인식했다.

"저녁에 약속이 있다고 하지 않았나요?"

얼굴 군데군데 기름때가 묻은 기성이 영미를 내려다보고 있었다. 영미는 소파에서 벌떡 일어나며 무의식적으로 머리를 매만졌다. 그녀는 벽을 두리번거리며 벽시계를 찾았다. 벽시계는 가슴을 반쯤 드러낸 노란색 제복의 레이싱걸 곁에 걸려있었다. 초침이 원판을 지나가며 그녀를 가리켰다.

어느새 저녁이었다. 문득 속옷을 입고 카센터 안을 활보하던 새벽의 기억이 떠올랐다. 영미가 카센터를 찾은 진짜 목적은 그날 일어난 일에 대한 사과를 하기 위함이었다. 그날 기성은 그녀의 몸에 옷을 걸쳐주었다. 그날의 기억은 거기에서 끝이었다.

기성은 작업서를 영미의 눈앞에 내밀었다. 엔진오일, 에어클리너, 점화플러그 점검….

"트렁크에 짐이 잔뜩 실려 있던데 평소에 짐을 비우세요. 차에 물 1리터만 싣고 다녀도 스피드와 연비에 차이가 납니다. 그리고 기름은 가득 채우지 마세요. 절반 조금 넘게 채우고 다니세요. 기름통에 든 기름 무게도 연비나 스피드에 큰 영향을 미칩니다. 자동차에 대해 많이 아시겠지만 F1에 출전하는 차들은 보기엔 매우 무거워 보이는데 실제론 우리가 몰고 다니는 차 무게에 절반에도 못 미칩니다. 600kg 이상만 되면 출전이 가능하거든요. 꼭 필요한 부품 이외엔 달지 않는 겁니다. 기름도 가득 채우지 않고 경주를 해요. 스피드 때문에 그런 겁니다."

영미는 카드로 작업비를 계산했다.

"그런데 궁금한 게 있어요. 그날 그러니까 방파제에서 레이싱이 벌어졌던 날 제가 여기에서 집에 갈 때 제가 차를 몰고 갔나요?"

영미는 시선을 차에 둔 채 물었다. 외관이 깨끗하게 닦여 반들거렸다. 찰리는 단 한 번도 세차를 해 본 적이 없었다.

"정말 기억 안 나세요?"

그제야 영미가 기성을 바라보았다.

"기억이 안 나는 게 아니라…. 그날은 회사 업무 때문에 너무도 피곤했어요. 게다가 과거의 흔적 같은 것들과 조우를 하는 바람에…."

영미는 평소에 써보지 않았던 단어들을 조합해 말을 이었다. 흔적, 조우라는 말들.

"제가 집까지 차를 몰고 갔습니다."

"그날 기성 씨도 제법 술을 드셨잖아요?"

"많이는 안 먹었습니다. 늦은 시간이라 대리운전을 부르기도 뭣하고 술 취한 여자를 혼자 보내기는 더 위험할 것 같고 그래서…."

기성은 말을 얼버무린 후 영미의 차에 올라탔다. 그는 차를 차도 쪽으로 끌어낸 후 차에서 내렸다. 기성이 차 키를 영미에게 건넸다.

"정말로 스피드를 즐기고 싶다면 차의 무게를 줄이세요."

영미가 운전석에 올라탔다. 그녀는 차 창문을 열고 기성을 올려다보았다.

"내가 그렇게 매력이 없었나요?"

영미는 계산하지 않았던 질문을 그에게 툭 던졌다. 기성이 눈을 동그랗게 떴다.

"그러니까 제가 수인 씨만큼 매력이 없었느냔 말이에요?"

"매력을 느꼈다고 해서 같이 자야하는 겁니까? 그것도 처음 본 여자와…."

기성의 말 속에 담긴 의미가 애매모호했다. 하지만 싫지는 않았다는 말처럼 들렸다.

"아니에요. 오늘 고마웠어요. 스피드에 관한 조언이랑 소파. 그런데 궁금한 게 한 가지 있어요. 수인이라는 여자 미스터리하지 않나요? 끌고 다니는 차를 보면 돈은 무지 많은 거 같은데. 그 여자 정체가 뭔지 궁금하지 않아요? 그리고 그런 차를 끌고 다니는 여자가 뭐하러 평범한 차나 끌고 다니는 사람들을 모아 동호회를 만든 건지 이해가 안 돼요? 아무튼 수인 씨가 매력이 있긴 있어요. 나도 반했으니까."

"나도 수인 씨에 대해선 잘 몰라요. 두 번밖에 못 만났으니까."

기성이 차에서 물러났다. 영미는 그에게 가볍게 인사를 했다. 그녀는 노을이 녹아들고 있는 차량들 속으로 티뷸런스를 끌고 들어갔다.

팀장은 맥주에 소주를 타 마셨다. 몇 잔을 연거푸 그렇게 마신 터라 소주 한 병을 비울 즘 이미 취해 있었다. 그가 주로 말을 했고 영미는 들었다.

"…한 대리가 알고 있는지 모르겠지만 우리도 요즘 구조조정 중이야. 입사 동기 몇몇은 아침에 출근하려고 전동차를 막 타려고 하는데 문자를 받았다고 그러더군. 출근하지 말라는 메시지 말이야. 요즘 회사들은 정식 절차도 없이 해고통보를 그렇게 문자로 날려. 나도 그 대열에 낄 수도 있겠구나 싶으니까 술에 취해도 잠을 잘 수가 없어. 휴대폰 번호를 바꿀까, 아니면 아예 없애버릴까 별 쓸데없는 궁리를 다해. 밤에 자다가 가위에 눌려서 놀라 깨는 게 하루 이틀이 아니야. 우리 마누라는 그런 것도 모르고 매일 돈이나 보내라고 난리지."

그의 이야기의 주된 주제는 구조조정과 캐나다로 떠난 아들과 딸 그리고 부인에 관한 이야기였다. 3년 가까이 알고 지낸 사이였지만 영미는 그가 기러기아빠라는 사실을 처음 알았다. 직감적이지만 그는 지금 누군가의 위로를 기다리고 있었다. 퇴근 후 자신의 처지를 신랄하게 들어줄 누군가를 원한 게 전부였을까. 어쨌든 그를 위로해 줄 수 있다면 쐐기를 박을 수도 있겠다는 생각이 들었다. 하지만 그가 섹스를 원하는 건지는 자신할 수 없었다.

"한 대리는 혼자라 그래도 홀가분하지?"

그는 술에 취해 풀린 눈으로 영미를 바라보았다. 지긋지긋했다.

"우리 나갈까요?"

영미는 그와 더 이상 줄다리기를 하고 싶지 않았다. 팀장은 말없이 따라 일어났다. 계산을 하고 밖으로 나온 영미는 네온 불빛으로 반짝거릴 모텔을 찾았다. 하지만 근방에 모텔은 보이지 않았다. 영미는 차 문을 열었다.

"어디로 가게?"

팀장은 주변을 두리번거리며 능청을 떨었다. 자고로 여자 싫다는 남자는 없었다. 그건 찰리의 말이었다. 보통만 되면 남잔 본능적으로 여자의 사타구니에 자신의 유전자를 심으려고 발버둥 친다. 그 말 역시 찰리의 여성관이었다. 영미 역시 그러리라고 생각했다. 젊은 남자가 여자 밝히는 건 당연한 일이라고 생각했다.

"대리운전은 부른 거야?"

"저 술 많이 안 마셨어요. 타세요."

영미는 조수석 문을 열고 그를 재촉했다. 그가 날름 조수석에 올라탔다. 그녀가 운전석에 올라탄 후 막 시동을 걸었을 때 휴대폰이 울렸다. 어머니였다. 끈질기게 휴대폰이 울었다.

"받아. 마누라가 그러더군. 전화를 받을 수 있을만한 상황 같은데 전화를 안 받으면 불안하고 걱정이 되다가 결국엔 화가 난다고."

팀장은 배려를 하듯 다정한 목소리로 말했다. 영미는 휴대폰을 열었다. 칼칼한 어머니의 목소리가 들렸다.

"어쩜, 전화 한 통화도 안 하냐? 이번 달에 돈 부쳐준다는거 어떻게 된 거니? 통장 확인해보니까 안 들어와서 말이야. 이번 달엔 살 것도 많은데…. 나 요즘은 노래 교실 나가거든. 노래 교실 나오는 여자들 모두 세련됐더라. 항상 가보면 나만 촌스러운 거야. 그래서 말인데 돈 부칠 때 좀 더 부치면 안 되겠니? 나도 이제 명품 하나쯤은 걸치고 다닐 나이 아니니. 내 생일도 있고 하니까 말이야. 그리고 참, 찰리 그놈 연락은 하고 사냐? 요즘 그 양놈 괜찮았다는 생각이 들더라. 생각해보니까 고분고분하고 그랬어. 참, 미국 갔다 그랬지? 넌 미국 안 가는 거지…."

어머니는 영미에게서 거절의 말이 나오는 걸 막으려는 듯 총알 쏘듯 쉬지 않고 말했다. 영미는 진절머리가 났다. 곁에 팀장이 앉아 있다는 사실도 인식하지 못했다.

"엄마, 찰리는 양놈이 아니고 혼혈이야. 그리고 나 돈 없어. 지난 달에도 더 부치라고 해서 더 부쳤는데 그 돈도 다 썼단 말이야? 그리고 지금 엄마가 노래 교실이나 나갈 때야? 명품? 난 시장에서 옷 사 입어. 전화 끊어!"

환갑이 넘은 나이에도 쇼핑벽을 버리지 못한 어머니였다.

하다못해 동네 슈퍼엘 가도 봉투를 가득 채워야 나오는 어머니였다. 그렇게 사온 물건이나 음식들을 절반은 버렸다. 애초에 필요 없었던 물건이었거나 유통기한이 지나거나 더 심할 경우 곰팡이가 피어서 도저히 먹을 수 없는 지경에 이르러 버렸다. 외출하고 돌아올 때면 손에 뭔가를 들고 있어야 안심이 되는 어머니였다. 차라리 어머니의 표현대로라면 궁색하고 소심하고 쫌팽이지만 아버지가 영미에겐 편했다.

"어, 어머니신가 보네?"

식당 주차장으로 들어오는 자동차의 헤드라이트 불빛에 팀장의 눈이 반짝거렸다. 그제야 영미는 현실로 돌아왔다.

"죄송해요. 제가 그만 흥분해서…."

영미는 차를 출발시켰다. 찰리의 얼굴이 떠올랐다. 진한 갈색 머리에 푸른 눈. 그와 연락이 닿지 않은 게 벌써 1년이 되었다. 영미는 자신도 모르게 차를 자유로로 진입시켰다. 찰리와 한바탕 싸우고 나면 그는 영미를 데리고 자유로를 달렸다. 그러다 어느 한적한 도로변에 차를 세워놓고 섹스를 했다. 몸은 그 날들을 고스란히 기억하고 있었다.

영미는 속도를 높였다. 속도계의 바늘이 빠르게 오른쪽으로 올라갔다. 부드럽게 가속이 되었다. 순간적으로 엑셀을 깊이 밟아도 아무런 걸림 없이 가속이 붙었다. 앞에 보이는 차들을 모두 추월했다. 느긋하게 소파에 몸을 맡기고 있던 팀장은 허리를 곧추세우고 문 위의 손잡이를 잡았다. 팀장은 한동안 침묵을 지켰다. 그것으로 심란한 영미를 위로했다. 속도계 바늘이 180km을 넘어가고 있었다. 소음도 줄었고 힘도 좋았다.

"한 대리 속력 너무 내는 거 아냐? 도대체 어딜 가는 거야?"

"팀장님을 위로해드리러 가는 길이에요."

"위로?"

영미는 더 이상 대꾸하지 않고 엑셀을 밟았다. 차는 시원스럽게 달렸다. 별과 달이 뒤를 따라왔고 바람에 실린 밤이 휙휙 갈라졌다. 헬멧을 쓰지 않고 시속 200km에 가까운 속도로 달리는 건 처음이었다. 팀장은 엉덩이를 자꾸 뒤로 밀착했다. 벌어져있던 다리를 딱 붙였고 제 손으로 연신 입을 닦았다. 엔진이 울어대는 소리와 환기구로 밀려드는 뜨거운 바람이 몸을 달구었다. 팀장과 섹스를 못할 것도 없었다. 사랑이 없어도 섹스는 가능했다. 한번으로 끝날지는 장담할 수 없지만 섹스가 자신을 구조조정으로부터 구할 수는 있을 것 같았다. 그 정도면 사랑하지 않은 남자와 섹스한 대가로는 충분했다.

속도계는 더 이상 올라가지 않았다. 연료 계기판의 바늘이 아래로 떨어지는 게 보일 정도로 차는 기름을 먹으며 달렸다. 영미는 눈을 동그랗게 뜨고 숨을 내쉬는 팀장에게 더 이상 관심을 보이지 않았다. 더 깊은 밤 속으로 들어가기 위해 엑셀을 끝까지 밟을 뿐이었다. 그래서 과거의 것들이 휙휙 지나가는 가로수들처럼 어둠 속으로 사라져버리길 바랐다. 팀장이 몇 번 뭐라고 말을 건넸지만 차 실내에 가득 고인 소음들 때문에 들리지 않았다. 속도 계기판의 바늘이 오른쪽 끝 지점에서 춤을 추었지만 운전대는 떨리지 않았다. 이왕이면 강풍 같은 스피드에 몸을 맡겨 깨끗하게 정화시킨 후 팀장에게 주고 싶었다. 어차피 고고하게 써먹을 몸뚱이는 아니었다. 결혼도 한번 했고 물리도록 섹스도 해봤으니 아쉬울 것도 없었다. 더 이상 올라가지 않는 속도계 바늘을 보면서도 영미는 엑셀을 더 힘주어 밟았다. 차 한 대를 추월할 때마다 옷을 한 꺼풀씩 벗어버리는 기분이 들었다. 나신이 된 채 앉아 거슬러 올라가야 만날 수 있는 기억들을 하나둘 지워버렸다. 점점 홀가분해졌다. 엔진의 굉음은 음악 홀을 꽉 메운 락커의 비명처럼 들렸다. 팀장이 영미의 팔을 거세게 잡았다. 영미는 그의 굳은 얼굴과 낙하 IC 이정표를 동시에 보았다. 영미는 핸들을 빠르게 꺾으며 그곳으로 진입했다. 속도가 줄어들면서 타이어가 도로를 긁는 비명이 울려 퍼졌다. 속도 계기판의 바늘이 능청스럽게 중앙으로 올라왔고 실내를 메웠던 락커의 비명은 사라져버렸다.

멀리 빨간 네온 불빛으로 건물 외곽 전체가 반짝거리는 모텔이 보였다.

"…한 대리 왜 그래?"

"뭐가요?"

차는 어느새 모텔 앞 도로에 멈춰 섰다.

"나한테 감정이 있다고 해서 그렇게 폭발할 것까지 없잖아. 난 이런 걸 바라지 않았어."

팀장의 말에 영미는 모텔 간판을 올려다보았다. 간판의 이름은 '쇼 타임'이었다.

"한 대리가 나한테 그렇게 감정이 많은 줄 몰랐네. 난 그저 말하고 싶었을 뿐이야. 아니 내 말을 들어줄 누군가가 필요했을 뿐이라고. 누구보다 편하게 들어줄 사람. 그게 당신이었을 뿐이야. 그리고 난 누군가와 새로운 관계를 맺어나가기엔 너무 지쳐있어. 연애도 섹스도 겁나서 할 수 없단 말이야. 내가 원했던 건…. 내 주변을 모르면서 내 말을 들어 줄 사람이었어."

그가 차 문을 열고 내렸다. 영미는 확실한 현실로 돌아왔다. 그녀는 차 문을 열고 뛰쳐나갔다. 그러나 때는 이미 늦고 말았다. 팀장은 어느새 빈 택시에 몸을 싣고 도로의 어둠 속으로 사라지고 있었다.

6

지워지지 않는 것들

—

1582년 10월 4일 목요일의 그 다음 날은 1582년 10월 15일 금요일이었다. 달력의 시간을 지배했던 유럽 성직자들의 힘이 점차 희미해지고 있던 이 무렵 교황 그레고리우스 13세는 절대자가 지배하는 세상의 시간이 정확해야 한다는 명분 아래 열흘이라는 시간을 달력에서 삭제해 버렸다. 그때까지 지구를 지배했던 율리우스력이 사라지고 현대 달력의 모델이 된 그레고리력이 세상을 지배하기 시작하면서 열흘이라는 시간이 사라져버렸다.

신교도 국가들처럼 18세기에나 이르러 그레고리력을 늦게 채택한 영국도 달력에서 날짜를 지워야만 했다. 혼자만 오차가 생기는 율리우스력을 고집할 수 없었다. 결국 170년 후인 1752년 9월 2일 다음 날도 9월 14일이 되었다. 어느 날 갑자기 열 하루가 사라져버린 것이다. 사라져버린 열 하루를 돌려달라는 시위가 영국 각지에서 일어났다. 아무런 변화가 없는 내일이지만 인생에서의 열 하루가 정확과 통일이라는 명분 아래 사라져 버렸다.

그렇게 인생의 한 부분이 뭉텅 사라져버린다면 삶이 달라질 수 있을까? 가령 어머니와 아버지가 만나 씨를 잉태하게 된 그 날이 지워져버렸다면 아마 영미는 존재하지 않았을 터였다. 두 사람이 이혼하기 위해 법원으로 달려간 그 날이 지워졌다면 두 사람은 현재 같이 살고 있을까? 영미는 지난밤 교육방송에서 본 광고 같은 짧은 다큐를 떠올리며 피식피식 웃었다.

커브 길을 돌 때 반대편 차선에서 중앙분리대를 넘어온 불빛이 영미의 눈을 찔렀다. 순간 그녀는 자신이 도로 위를 달리고 있다는 현실을 깨달았다. 그녀는 빠르게 계기판을 살폈다. 그녀의 차는 시속 200km으로 달리고 있었다. 앞뒤에서 레이싱에 참가한 차들이 영미의 차가 내는 속도와 비슷한 속도로 앞서거니 뒤서거니 하며 달리고 있었다. 맨 선두는 용주의 흰색 스쿠프였다. 규정 속도로 달리고 있는 차들이 놀라 바깥 차선으로 급하게 차선을 변경했다. 모두 24대의 차가 참가했다. 안개 속의 레이싱에 보았던 운전자들은 모두 참석했다. 방파제 스피드 레이싱에서 본 운전자들도 있었다. 목적지는 고인돌 휴게소까지였다. 그곳에 가면 괴물 같은 차를 몰고 이미 오래 전에 사라진 수인이 기다리고 있을 터였다. 아무리 생각해봐도 기이한 여자였다. 자신은 즐기지 않으면서 동호회를 조직했다는 건 이해가 되지 않았다. 뭔가 다른 목적이 있지 않을까? 그러나 이제 그녀의 목적 같은 건 중요하지 않았다. 달리는 것과 상금과 꽉 막힌 현실을 열어줄 무엇이 필요했다.

스쿠프와의 거리가 점점 멀어지고 있었다. 영미는 엑셀을 더 깊이 밟았다. 금방 가속이 붙었다. 영미의 차 실내도 운전석만 남긴 채 휑했다. 콘솔 박스 안의 잡동사니도 비웠고 기름은 고인돌 휴게소까지 간신히 내려갈 수 있을 만큼만 채웠다. 스페어타이어는 물론 실내 선바이저도 떼어버렸다. 방향제도 버렸고 문짝 사이드에 꽂혀있던 휴지들까지 남김없이 버렸다. 무게를 줄인 영향인지 차는 가볍게 속도가 붙었고 힘이 좋았다. 서해대교를 넘으면서 도로에 차량의 수도 많이 줄어 달리기엔 부담이 없었다.

잠깐 차창 밖으로 고개를 돌렸는데 차량 한 대가 사라져버린 시간처럼 휙 지나갔다. 순간 영미는 속도 계기판을 보았다. 220km였다. 달린 속도로 봐서 방금 영미의 차를 추월한 차의 속도는 230km는 넘을 듯했다. 영미는 좀 전에 달아난 차의 뒷꽁무니를 따라붙기 위해서 계기판 끝까지 바늘이 올라가도록 엑셀을 밟았다. 차의 꽁무니가 보였다. 그 차의 트렁크 왼편에 나비 문양의 야광 스티커가 붙어 있지 않았다. 고속도로 레이싱에 참석한 차량은 수인이 나누어준 야광 나비 문양의 스티커를 트렁크 왼편에 붙여 표시가 나도록 했다. 나비가 없다는 건 레이싱에 참가한 차가 아니라는 말이었다. 더 가까이 붙어 차량 로고를 살폈다. 페라리였다. 경주에 참가할 수 없는 배기량의 차였다.

페라리를 따라붙느라 속도를 냈는데 시야에서 사라졌던 용주의 스쿠프가 보였다. 스쿠프는 맹렬한 속도로 밤을 뚫고 나갔다. 영미의 차 실내를 들여다보며 고개를 끄덕이던 그의 얼굴이 떠올랐다. 역시 그의 차도 지난번 경주 때처럼 실내가 텅 비어 있었다. 24대의 차량 중에 운전석을 제외한 나머지 좌석을 모두 떼어낸 사람은 용주와 영미 둘뿐이었다.

앞선 그랜저 한 대를 막 추월했을 때 영미의 휴대폰에 문자가 들어왔다. 할인 매장의 팀장이었다. 일이 그렇게 될 줄은 몰랐다는, 그래서 미안하다는 내용의 문자였다. 자신도 다른 일자리를 알아봐주겠다는 말과 함께 조만간 소주 한잔 하자는 말도 남겼다. 더러운 자식들! 영미는 팀장과 연관된 모든 남자들을 싸잡아 욕했다.

'아주 어려운 일 부탁한 게 아니잖아. 한 대리가 조금만 희생하면 잘 넘어갈 수도 있었던 일 아닌가? 한 대리 세상 알 만큼 알잖아. 남자들이란 게 다 똑같아. 하룻밤만 고생해주면 우리도 살고 하청업체들도 살 수 있는데 이게 뭐냔 말이야? 미모도 세월 지나면 다 써먹을 데 없는 건데, 그 미모 어디에다 써먹으려고 아껴!'

할인점은 납품가를 내리지 못할 경우 납품을 받지 않겠다는 통보를 해왔다. 영미는 팀장과 섹스 할 각오를 했지만 그가 원하지 않았다는 말을 늘어놓지 못했다. 일을 성사키지 못하면 그건 결국 변명이 될 뿐이었다. 항변도 하지 않았다. 이런 일이 생길 경우 영미에게 매번 남자 앞에서 옷을 벗으라고 강요할 게 뻔했다. 그럼에도 회사 사람들은 납품가 하락의 원인을 영미에게서 찾으려고 했다. 영미의 실수로 급여도 삭감되고 하청업체들마저도 도산하기에 이르렀다고 믿었다.

'조직 사회는 개인의 희생 없이 발전할 수 없어. 개인의 이

기주의가 얼마나 큰 타격을 입혔는지 말 안 해도 알지? 이 고비만 넘기면 기획실로 불러올리려고 마음먹고 있었는데….'

사장은 돼지를 몰아 우리에 집어넣듯 여론을 몰아갔다. 회사 사람들은 물론 대금을 받으러 들렀던 하청업체 사람들까지 영미를 노려보았다. 납품가를 낮추어서 납품하기로 일이 결정되었고 그 책임은 결국 영미가 졌다.

질주

—

영미는 앞뒤를 살폈다. 선두 그룹에서도 거리 차이가 나기 시작했다. 출발 직후 차량은 자연스럽게 세 그룹으로 나뉘었다. 용주와 영미가 속한 선두 그룹과 중간 그룹 그리고 마지막 그룹이었다. 출전 비용은 50만 원이었으며 1등에겐 운영비를 제외한 후 천만 원이 넘는 상금이 주어질 터였다. 그야말로 매혹적인 금액이었다.

영미의 다섯 달치 월급에 해당되는 금액이었으며 할인점의 팀장을 농락했다는 이유로 일착으로 구조조정 당한 그녀에겐 절박한 돈이었다. 퇴직한 후 1주일 동안 50여 통의 이력서를 넣었지만 연락이 온 곳은 단 한 곳도 없었다. 영미는 더 이상 밟아지지 않는 엑셀에 힘을 주었다. 스쿠프만 따라 잡을 수 있다면 다섯 달은 출근하지 않고 살 수 있겠다는 희망이 발끝에 몰렸다.

어둠 속에서 갑자기 나타난 자주색의 중형차 한 대가 영미가 약간 방심한 사이 그녀의 차를 추월했다. 야광 나비가 빛의 잔영처럼 꼬리를 늘어트리고 춤을 추며 차를 따라붙었다. 레이싱에 참가한 차였다. 따라잡지 못하면 3등으로 목적지에 도착할 판이었다. 레이싱에서 2등이나 3등은 무의미했다. 오로지 1등에게만 상금과 영광이 주어졌다. 영미는 약간 속도를 늦추었다가 다시 깊게 엑셀을 밟았다. 시속 220km에서 떨던 바늘이 시속 240km로 빠르게 올라갔다. 영미의 차를 추월한 차는 방향지시등도 켜지 않은 채 차선을 좌우로 옮겨가며 앞선 차를 추월했다. 영미는 거리를 더 벌리지 않기 위해 엑셀 페달이 부러지도록 발에 힘을 주었다. 가까이 따라붙을 뿐 추월하기가 쉽지 않았다. 영미는 신경이 바짝 곤두섰다. 위로금으로 나온 돈의 일부로 참석한 레이싱이었다. 50만 원이면 알뜰하게 살 경우 한 달은 버틸 수 있는 금액이었다. 그걸 날릴 수는 없었다. 돈의 압박이 관자놀이를 짓누르기 시작하자 머리통이 답답했다. 영미는 헬멧의 끈을 풀고 헬멧을 벗어버렸다. 자신도 모르는 사이에 머리카락이 땀에 젖어 볼에 달라붙어 있었다. 영미는 운전대 앞으로 바짝 몸을 당긴 후 엑셀을 더 깊이 밟으려고 노력했다. 그때 앞 유리창에 콩알 부딪히는 소리가 들렸다. 한두 개 정도가 부딪히더니 삽시간에 철판을 두드리는 듯한 소리가 엔진 소음과 섞여 영미의 귀를 파고들었다.

예상하지 못했던 비였다. 수도권 지역엔 별이 총총했는데 충청도 경계를 넘어서자 구름이 많아졌다. 그리고 별들이 사라졌다. 그런데 서산을 지나자 비가 쏟아지기 시작했다. 봄 가뭄을 달래줄 비가 아니라 여름 장마 같은 폭우였다. 도로를 달리던 차들이 일제히 속력을 줄였다. 영미도 잠깐 속도를 줄이며 주춤거렸지만 이 순간이 아니면 자주색 중형차를 추월할 수 없다는 걸 알았다. 비는 조금도 수그러들지 않고 퍼부었다. 도로가 비에 젖으며 차선이 사라지고 있었다. 시야도 좁아졌다. 반대편 차선에서 달리던 차의 헤드라이트가 노면을 훑고 지나가면 순간적으로 길마저 사라졌다. 영미는 그래도 속도를 줄이지 않았다. 영미는 미친듯이 좌우로 머리를 흔드는 와이퍼 너머로 자주색 중형차의 꽁무니를 쳐다봤다. 꽁무니가 갑자기 크게 다가오는 순간 오른편으로 차선을 변경했다. 차가 미끄러지면서 갓길 쪽 가드에 바짝 달라붙었다. 영미는 머리털이 곤두섰다. 눈도 깜빡거릴 수 없었다. 눈을 한번 감으면 그대로 사고가 날 것만 같았다. 비는 미친 듯 퍼부었고 길은 이끼를 깔아놓은 듯 미끄러웠다. 노면이 미끄러울 때 브레이크를 밟으면 차가 더 멀리 밀려나갈 뿐이었다. 엔진브레이크를 걸고 좌우로 핸들을 빠르게 움직이자 미끄러움이 완화되었다. 뒷바퀴가 도로에 물을 빼기 위한 배수로 망 위를 올라탔다가 겨우 빠져나왔다. 차가 튀었지만 다행히 도로 바깥 가드와 부딪히지 않고 제 차선으로 돌아왔다. 영미는 운전대를 잡고 안도의 숨을 내쉬었다. 그렇게 자주색 중형차를 추월했다 싶었다. 제 차선으로 들어선 후 영미는 룸미러에 들어온 자주색 중형차를 살폈다.

영미가 추월하는 순간부터 좌우로 비틀거리던 자주색 차의 움직임이 더욱 커지고 있었다.

'혹시 내 차랑 부딪혔나?'

속도는 그대로 유지한 채 비를 뚫고 쫓아오던 자주색 차는 중앙분리대 쪽으로 달라붙는가 싶더니 앞바퀴가 구덩이 속에 빠진 듯 푹 꺼진 후 튀어 오르면서 중앙분리대를 들이받았고 제어하지 못한 속도 때문에 튕겨져 나간 차는 전복되면서 갓길 쪽으로 미끄러지다가 갓길 가드레일을 들이받은 후 천천히 미끄러지면서 멈춰 섰다. 순식간에 일어난 사고 때문에 놀라 영미는 잠시 브레이크를 밟아 속도를 줄였다. 멈춰야할지 말아야할지를 갈등하는 사이 전복된 차의 하체에서 흰 연기와 불길이 피어올랐고 이어 지축을 흔드는 굉음을 내며 폭발했다. 너무 놀란 영미는 브레이크대신 엑셀을 더 깊이 밟았다. 영미가 추월하는 순간 당황한 운전자가 핸들 조작을 실수한 것인지도 몰랐다. 그게 아니라면 영미의 차와 어딘가가 부딪혀 중심을 잃은 것일 수도 있었다. 영미는 손이 부들부들 떨렸고 머리 쪽으로 올라가는 동맥과 관자놀이가 발작이라도 일어난 듯 빠르게 뛰었다. 갈비뼈를 열고 튀어나온 심장이 차 실내에서 미친 듯 뛰어다녔다. 지옥을 향해 달리고 있는 기분이었다.

영미는 가능한 한 뒤를 돌아보지 않으려고 했다. 도로가 꺾이는 부분에 이르러 그녀는 룸미러로 뒤를 힐끔 살폈다. 폭우 속에서도 불빛은 사라지지 않고 영미의 뒤를 따라오고 있었다. 휘어진 도로에서 완전히 벗어나자 사고 차량은 거짓말처럼 보이지 않았다. 어쩌면 상상일지도 모른다고 생각했다. 극한 상황에 몰리면 저절로 머릿속에 떠오르는 못된 상상들. 영미는 다시 한 차례 힐끔 뒤를 살폈다. 도로엔 아무 일도 일어나지 않은 듯 비에 젖은 어둠만 번들거리고 있었다. 꿈속의 일처럼 어쩌다 엉뚱하게 떠오르는 머릿속의 상상과 만난 일인지도 몰랐다. 영미는 자신을 그렇게 위로했다. 그녀는 어둠 속 깊이 발을 집어넣듯 더 깊이 엑셀을 밟았다. 어느 순간 전방 먼 곳에 다시 용주의 스쿠프가 보였다. 그의 차를 보자 겨우 안심이 되었다. 트렁크에 달라붙어 있는 나비가 빗속에서도 춤을 추었다. 어쩌면 자주색 차는 레이싱에 참가한 차가 아닌지도 몰랐다. 아니 그런 차는 도로 위에 존재하지 않았을 것이다. 용주의 차가 아무런 이상 없이 달리고 있지 않은가.

영미의 차가 군산 톨게이트를 지날 무렵부터 스쿠프와 나란히 달릴 수 있게 되었다. 비는 여전히 쏟아졌고 어둠은 흩어질 기미가 보이지 않았다. 새벽 3시가 넘어가고 있었다. 1차선에 붙은 스쿠프를 피해 2차선으로 달려든 영미는 잠깐 스쿠프에게 눈길을 주었다. 빗물이 날리고 있는 창문 때문에 용주의 얼굴은 보이지 않았다. 누구에게도 양보할 수 없는 레이싱이었다. 차가 빗길 위에 떠서 달리고 있다는 걸 느낄 수 있었다. 작은 요철을 만나도 운전대가 휘청거렸다. 영미의 차와 용주의 차는 도로에 고인 물을 헤치며 나란히 달렸다. 영미는 스쿠프를 곁눈질하면서 사고 따윈 없었던 게 분명하다고 자신을 다잡았다.

줄포 이정표가 나타날 때까지 도로엔 거의 차가 없었다. 톨게이트를 지나쳐 내달릴 무렵 2차선에 화물차 한 대가 나타났다. 화물차는 너무 느린 속도로 달리고 있었다. 브레이크를 밟으면 그대로 전복될 수도 있다는 판단이 섰다. 조금 뒤처질 수 있겠지만 속도를 줄여야만 했다. 변속기를 조작해 기어를 4단에서 1단으로 빠르게 끌어내렸다. 엔진이 공회전을 하며 굉장한 소음을 만들어냈다. 그 사이 용주의 스쿠프는 화물차 곁을 바람처럼 지나갔다. 겨우 화물차를 피한 영미는 다시 속도를 붙였다.

'무게를 줄이면 차가 가지고 있는 속도 이상의 속도로도 달릴 수 있습니다.'

영미는 기성의 말을 믿었다. 속도 계기판의 바늘은 240km이라는 숫자에 달라붙어 떨어지지 않았다. 스피드는 그 이상 나오는 듯했다. 멀리 한 덩어리의 흰 점이 보였다. 스쿠프였다. 영미의 손에 땀이 흥건했다. 목은 갈라지고 입술은 타들어 갔다. 가슴이 죄여왔다. 허벅지는 다른 사람의 다리인 양 무감각했다. 이성적인 사고는 없고 본능에 의지해 운전했다. 머릿속이 백지처럼 하얗게 비워졌다. 서울에서부터 달려온 순간들마저 모두 지워졌다. 못된 상상이라고 믿는 사고 역시 떠오르지 않았다.

휴게소 이정표가 나타났지만 빗줄기는 전혀 가늘어지지 않았다. 창문을 열고 빗물이라도 마시고 싶은 심정이었다. 겨우 스쿠프를 따라잡았을 때 휴게소 입구가 나타났다. 스쿠프가 차선을 점령한 채 안으로 밀고 들어가는 바람에 영미는 갓길을 탈 수밖에 없었다. 그 상태로 두 대의 차가 휴게소 안으로 미끄러져 들어갔다. 차에서 내려 수인에게 금화를 받는 자가 최종 우승자였다. 거의 동시에 주차가 되었다. 영미는 헤드라이트를 끄고 시동을 껐다. 영미가 차 문을 여는 사이 용주는 어느새 식당으로 달려가고 있었다. 차에서 내린 영미는 허탈했지만 용주가 자신만큼 필사적으로 레이싱에 매달리는 사람이라는 걸 알았다. 스쿠프는 헤드라이트가 그대로 켜져 있었고 시동도 그대로 걸린 상태였다. 영미는 차 문을 잠갔다. 이럴 땐 꼼꼼한 게 손해였다. 영미는 억울했지만 달리 방법이 없다는 걸 알았다. 그녀는 우선 물 한잔을 들이켜고 싶었다. 다리가 풀려 제대로 걸을 수도 없었다. 비가 얼굴을 때리고 옷을 적셨지만 그녀는 뛰지 않았다. 한바탕 폭주를 해 본 것으로 만족했다. 적어도 회사 사람들이 영미에게 보내던 비난의 눈초리만큼은 모두 떨쳐버린 기분이었다. 비는 기분 좋게 영미의 얼굴을 때렸다.

비 맞은 쥐 꼴로 식당에 들어서니 세 사람이 눈에 띄었다. 수인과 기성 그리고 용주. 용주는 금화를 손에 쥐고 불빛에 비춰보았다. 용주의 얼굴 역시 비에 젖어 번들거렸다. 그의 얼굴에서 빗물이 입가 주름을 타고 흘러내렸다. 두 번이나 우승을 한 그가 부러웠다.

"폼페이에서 나온 유물을 그대로 재현한 금 입니다. 제가 일했던 미술관에서 전시했던 유품이었어요. 그리고 진짜예요."

용주의 입이 찢어질 듯 귀에 걸렸다. 그의 주머니에 또 한차례 천만 원이라는 돈이 들어갈 터였다. 참가자들이 속속 식당으로 뛰어 들어왔다. 그들은 아쉬워 주먹으로 제 손바닥을 치거나 용주에게 다가가 축하의 말을 건넸다. 휴게소 식당의 종업원들이 소란을 떠는 그들을 눈여겨 살폈다.

"한 사람은 포기한 건가? 한 사람이 없네."

사람의 수를 세던 수인이 사람들을 둘러보았다.

"혹시 사고 난 차가…."

방파제 레이싱에서 경찰을 막아섰던 형사가 손수건으로 젖은 머리를 닦으며 주위 사람들을 둘러보았다.

"사고 난 차가 우리 회원이었어?"

"완전히 전소됐던데."

"다른 차겠지."

여기저기서 말들이 튀어나왔다. 영미는 오금이 저리기 시작했다. 어깨가 떨리고 다리에 힘이 빠졌다. 못된 상상이라고 믿었던 일이 현실이었다. 영화에서나 보았던 차량의 전복과 화염에 휩싸인 광경은 영화가 아니라 실재했다. 영미는 눈앞에 보이는 의자에 털썩 주저앉았다.

"학교 선생님이 안 보이네. 자주색 차였는데. 이름이 주성진이었던가…."

누군가 사람들을 둘러보며 말했다. 자주색 차라는 말에 영미는 심장이 발 아래로 툭 떨어진 기분이었다. 발에 밟힌 심장은 힘없이 팔딱거렸다.

수인은 참가자 명단 속에서 이름을 확인하고 전화를 걸었다. 식당에 모인 사람들의 눈길이 모두 수인에게로 향했다. 당사자가 전화를 받지 않는 모양이었다. 영미는 가슴 속에서 스멀스멀 기어오르는 말을 억누르느라 얼굴이 빨갛게 달아올랐다. 침착해야만 했다. 그 사고와 영미는 아무런 연관이 없다고 믿어야만 했다. 아니 없었다.

"어느 순간 그 차가 빠르게 추월해 나가더라고요. 빗길이라 좀 위험하다 싶었죠. 쌍라이트를 켜도 막무가내로 달려가더니 빗속으로 사라져버린 겁니다. 한참 후에 지나가다 보니까 갓길에 차 한 대가 전복된 채 불길에 휩싸여 있었는데 그게 설마 그 차라고는…. 폭발하는 굉음도 들렸어요. 차량이 엎어져있는데다가 불까지 나서 설마 레이싱에 참가한 차는 아닐 거라고 생각했는데…."

형사는 초점 잃은 눈으로 사람들을 둘러보았다. 영미는 그의 눈길을 피했다. 수인이 그에게 다가갔다.

"고속도로 순찰대 같은 곳에 알아볼 수 있을까요?"

"전, 전화 한번 해보죠."

그는 몇 군데 전화를 걸어본 뒤 고속도로 순찰대와 통화를 하게 되었다.

"새벽 2시 39분이라고요? 차량번호가…. 4099."

형사의 입을 뚫어지게 바라보던 수인의 눈가가 일그러졌다. 소란스럽던 주변도 잦아들었다.

"운전자는 어떻게 됐는지 확인이 됩니까?"

수인을 바라보던 형사의 눈이 가늘어졌다. 레이싱에 참가한 사람들은 대칭되는 점처럼 서 있는 두 사람을 바라보았다. 휴게소 식당 안엔 순간 정적이 감돌았다. 영미는 이빨이 떨렸지만 어금니를 힘주어 다물며 참았다. 한 마디도 꺼내선 안 된다고 다짐하고 또 다짐했다. 문득 조수석에서 뒹굴고 있을 헬멧이 떠올랐다.

"현장에서 즉사했다고요?"

형사가 놀라 되묻는 소리가 식당 안에 울려 퍼졌다. 레이싱에 참가한 사람들이 풍선이 꺼지는 듯한 바람 소리를 내뿜으며 아무렇게나 의자에 걸터앉았다. 그때까지 금화를 손에 쥐고 있던 용주는 금화를 슬그머니 주머니에 집어넣었다. 영미는 전복된 차에서 빠져나오지 못한 운전자가 불길에 휩싸인 채 죽어가는 환영이 떠올랐다. 영화에서 보는 것처럼 스펙터클하고 화려한 영상이 아니었다. 멋지게 죽음을 맞이하는 주인공 같은 건 없었다. 죽음은 섬뜩하고 초라한 사실이었다. 죽음은 예측할 수 없으며 그렇게 느닷없고 목표도 없이 찾아드는 이방인이었다. 죽음은 그렇게 친절한 이웃처럼 아주 가까이 있었다. 영미는 다시 한 차례 진저리가 났다. 그녀의 뒤에 서있던 기성이 그녀를 진정시키려는 듯 그녀의 어깨를 다독였다. 다리가 저절로 떨렸다. 영미가 추월만 하지 않았다면 그 운전자는 지금 식당 의자에 앉아 김이 모락모락 피어오르는 라면을 먹고 있을지도 몰랐다. 자리를 박차고 일어나 차로 돌아가야 한다고 생각하지만 몸이 말을 듣지 않았다. 영미는 푹 꺼진 눈으로 사람들을 둘러보았다. 다행히 영미에게 관심을 보이는 눈길은 없었다. 그녀의 시선은 수인에게로 가서 멈추었다. 그녀가 어떤 판단을 내려주기를 간절하게 기다렸다.

수인은 창가 쪽으로 걸어갔다. 그녀는 꼿꼿하게 서서 팔짱을 끼고 비가 내리고 있는 밖을 내다보았다. 식당에 모인 사람들 중에 흥분하지 않고 침착한 사람은 그녀뿐인 듯했다. 그녀가 입고 있는 검정색 가죽점퍼와 바지가 그녀를 저승사자처럼 보이게 만들었다.

영미뿐만 아니라 참가자들 모두 그녀의 뒷모습만 바라보았다. 참가자들은 조용히 유령처럼 발소리를 죽이며 움직였다. 누군가는 화장실엘 가는 듯했고 누군가는 편의점에서 커피를 사왔다. 또 누군가는 쓰린 속을 채우기 위해 라면을 주문했다.

그들은 말소리를 죽여 주문을 했고 종업원들조차도 그렇게 응대했다. 영미는 휴게소 식당 실내가 커다란 수족관처럼 보였다. 현란하지만 소리 없이 움직이는 열대어들의 수족관처럼 보였다. 자주색의 몸을 가진 열대어 한 마리가 죽은 채 수면 위로 떠올랐지만 다른 열대어들은 죽은 고기에 관심이 없는 듯 돌아다녔다. 문득문득 찰리의 얼굴이 떠올라 영미를 괴롭혔다. 기성이 커피를 뽑아왔다. 그는 말없이 영미에게 커피를 건넸다. 영미는 다른 참가자들처럼 조용히 커피로 목을 축였다. 말초 신경까지 스며들었던 오한이 조금씩 수그러들었다. 참가자들은 소곤거리며 말을 나누었고 조용조용히 음식을 먹었다. 죽음은 다른 사람의 일이었다. 대신 참가자들은 발소리와 말소리를 죽이는 것으로 죽은 자의 명복을 빌었다.

비가 잦아들자 어둠보다 더 짙은 산의 능선들이 하나둘 드러나기 시작했다. 주차장에 세워진 차들은 휴게소 간판이 흘린 네온 불빛에 젖어 흐느적거렸다. 그때까지 용주의 스쿠프는 헤드라이트를 켠 채 몸을 떨고 있었다. 수인이 사람들 사이로 돌아왔다. 커피를 마시거나 라면을 먹던 사람들이 행동을 중지하고 일제히 그녀를 바라보았다.

"가슴 아픈 일이지만 누구의 잘못도 아닙니다. 어쨌든 오늘 레이싱 우승자는 스쿠프의 장용주 씹니다. 우리 모두는 서약서에 서명을 했습니다. 일체의 사고에 대해서 누구에게도 책임을 묻지 않기로 말이죠. 사실 누구에게도 책임은 없습니다. 그리고 달라지는 것도 없습니다. 돌아가세요. 애석하지만 뒷풀이는 당분간 미뤄야겠군요."

그녀는 본능적으로 고통을 나누려는 유전자가 없는 듯했다. 인간은 선천적으로 고통에 공감하는 게 아니었던가? 영미는 새삼 수인이 무서웠다. 하지만 사람들은 조용히 고개를 끄덕일 뿐이었다. 수인은 용주에게 돈이 든 봉투를 건넸다. 용주의 얼굴에 잠깐 미소가 서렸다가 사라졌다. 참가자들은 박수를 치지 않았다.

"앞으로도 레이싱은 계속될 겁니다. 삶이 계속되는 것처럼 말이죠."

수인의 선언에 사람들이 술렁거렸다. 그녀는 제 할 말만 남기고 식당을 빠져나갔다. 영미는 이때다 싶어 부리나케 그녀의 뒤를 따라갔다. 기성과 용주도 식당에서 나왔다. 참가자들도 하나둘 제 차로 돌아갔다.

"이봐요."

영미는 앞만 보고 걸어가는 수인의 팔을 거세게 잡았다. 마음 바닥에 찌꺼기처럼 쌓여있는 죄의식을 떨쳐버리려고 그녀의 팔을 잡은 손에 힘을 주었다. 수인이 고개를 홱 돌렸다.

"사람이 어떻게 그렇게 냉정할 수 있죠? 사람이 죽었어요, 사람이. 아무리 우리 잘못이 없다지만…."

"그럼, 네가 책임질래? 뭘로? 죽음을 뭘로 책임질 건데? 사춘기 소녀처럼 굴지마. 거리에 흔한 교통사고일 뿐이야."

영미는 얼굴이 하얗게 질렸다. 손에 저절로 힘이 빠졌다.

수인의 팔이 그녀의 손에서 벗어났다.

"당신도 나도 죽음을 어쩌진 못해. 그 누구도…."

잦아들긴 했지만 비는 어깨를 적실 만큼 충분히 내렸다. 수인의 머리를 적신 빗물이 그녀의 볼을 타고 흘러내렸다. 영미는 수인의 눈길에 사로잡혔다. 한 발짝도 옮길 수가 없었다. 기성과 용주 역시 비를 맞으며 두 여자의 대치를 바라보았다. 주차장에 세워져 있던 차가 한 대 두 대 소리 없이 주차장을 떠났다. 차들은 나쁜 기억에서 벗어나려는 듯 빠르게 휴게소를 빠져나갔다.

"마치 운명은 어쩔 수 없다는 말처럼 들리는군요."

영미가 얼어붙은 입을 겨우 열었다. 수인이 피식 웃었다.

"운명? 우연일 뿐이야. 삶도 죽음도."

수인은 차 문을 열고 몸 밖으로 나왔던 자라가 놀라 목을 몸속으로 쏙 집어넣듯 차 안으로 들어갔다.

"당신 정말 무섭네요."

영미의 말이 끝나기도 전에 차 문이 닫혔다. 영미는 몸을 질질 끌다시피 하며 차로 돌아왔다. 죽음을 오래 기억하고 싶지 않았다. 죽음을 간단하게 생각하는 여자와 더 이상 마주할 여유도 없었다. 영미는 차에 시동을 걸었다. 기름이 떨어졌다는 경고등이 반짝거렸다. 영미는 차창 밖을 내다보았다. 기성과 용주는 장승처럼 서서 비를 맞고 있었다. 수인의 차는 잠든 괴물처럼 몸을 웅크린 채 미동도 하지 않았다.

7

토마토

어디선가 흙냄새가 났다. 수인은 지평선조차 보이지 않는 들판의 중앙에 서서 흙을 매만지고 있었다. 황토였다. 흙은 부드럽고 따뜻했다. 수인은 자리에 쪼그리고 앉아 흙을 집어 냄새를 맡았다. 향긋한 냄새가 코로 스며들었다. 그녀는 흙을 입으로 가져가 조금 맛을 보았다. 염려하던 것과는 달리 흙은 맛있었다. 수인은 손바닥 안의 흙을 잘게 부수어 입안에 털어 넣은 후 오물거렸다. 달콤하면서도 짭짜름했다. 정신없이 흙을 먹고 있는 수인의 등 뒤로 어느 순간 그늘이 생기기 시작했다. 구름의 자리이겠거니 생각하고 뒤돌아본 순간 수인은 놀라 흙 위에 주저앉았다. 조금 전까지도 없었던 건물이 느닷없이 생겼다. 사찰의 대웅전 같은 분위기의 건물이었다. 높은 기와지붕이 그녀를 노려보듯 고개를 숙이고 있었고 지붕의 기와는 이끼를 잔뜩 뒤집어쓴 채 초록색으로 빛났다. 수인이 뒤로 한 발 물러나면 건물도 그녀를 따라왔다. 살아있는 듯 다가오는 건물의 움직임에 놀라 뒤돌아서서 뛰어가려는데 어느 순간 앞엔 하늘을 가릴 정도로 큰 키의 전나무들이 빽빽하게 공간을 메운 채 수인의 길을 가로막았다. 그녀는 이러지도 저러지도 못한 채 두려움에 떨었다. 그때 건물 오른편의 문이 삐죽 열린 게 보였다. 달리 도망갈 곳을 찾지 못한 수인은 막다른 길인 듯한 계단을 올라가 문을 열었다.

온조당이었다. 장수들의 복장을 한 인물들을 모신 사당이었다. 그들은 갑옷을 입고 긴 칼을 들고 있거나 삼지창을 혹은 언월도를 들고 있기도 했으며 활을 들고 있는 장수도 있었다. 그들은 고개를 약간 숙인 자세로 아래를 내려다보고 있었고 그들이 내려다보는 지점에 향로가 놓여 있었다. 향로엔 모두 아홉 개의 향이 가느다란 연기를 피워 올렸다. 수인은 누가 가르쳐준 것이 아님에도 향을 피우고 그들에게 절을 했다. 절이 끝나자마자 수인의 귀로 시끄러운 소음이 밀려들기 시작했 다. 창이 부딪히는 소리, 말발굽 소리, 고함 소리, 비명 소리, 절규하는 소리, 화살이 바람을 가르며 날아가는 소리, 긴 칼이 무언가를 베는 섬뜩한 소리들이 수인의 귀를 채우기 시작했다. 그러자 견딜 수 없을 정도의 두통이 밀려왔다. 수인은 소리들이 귀로 들어오는 걸 막기 위해 귀를 막았다. 하지만 그럴수록 소음은 더 크게 들렸고 두통 또한 머리를 쪼개버릴 듯 밀려들었다. 이 사당에서 벗어나야 한다는 생각으로 문가로 기어 갔다. 하지만 몸이 말을 듣지 않았다. 사당의 바닥이 모래인 양 수인의 몸이 바닥 속으로 빨려 들어가고 있었다. 발목을 집어 삼킨 바닥은 급기야 종아리를 잡아먹었다. 이어서 무릎과 허벅지가 바닥으로 빨려 들어갔다. 발버둥 치면 칠수록 빨려 들어가는 속도만 빨라졌다. 수인은 필사적으로 손을 휘저었지만 허공에서 잡을 수 있는 건 아무 것도 없었다. 사당의 바닥은 어느새 수인의 목까지 차올랐다. 그녀는 헉헉거리며 팔을 빼내려고 노력했지만 사지는 꼼짝도 하지 못했다. 누군가 그런 수인을 바라보고 있었다. 그런 그녀를 내려다보고 있는 건 아홉 명의 장수들이었다. 그들의 웃음소리가 귀를 파고들었다. 곧 죽을 것만 같았다. 바닥이 코를 덮칠 때 정문이 양옆으로 와락 열렸다.

할머니였다. 할머니는 노기 띤 얼굴로 장수들을 노려보았다. 그러자 언제 그랬냐는 듯 수인의 몸을 집어삼키던 바닥이 물처럼 흘러내렸다. 몸 의지할 데를 잃어버린 수인은 바닥에 그대로 쓰러졌다. 할머니가 사당으로 들어왔다. 할머니가 다가와 수인의 머리를 들고 무릎에 뉘였다. 할머니의 손이 머리에 닿자 머리를 쪼갤 듯한 두통이 사라졌다. 그제야 수인은 보았다. 할머니를 뒤따라 들어온 밝은 빛을.

수인은 놀라 눈을 떴다. 전신이 물 먹은 휴지처럼 축축했지만 기분은 한결 좋았다. 그녀는 정신을 수습한 후 사방을 둘러 보았다. 황토 냄새가 났다. 꿈속에서 맡았던 흙냄새의 근원이었던 듯했다. 방문은 굳게 닫혀 있었다. 창문 역시 닫혀 있었지만 환했다. 문을 열면 금방이라도 빛이 뛰어들어 올 것만 같았다. 수인은 머리를 매만진 후 창문 쪽으로 천천히 걸어갔다. 창문을 열자 꿈속에서 보았던 것과 비슷한 빛이 밀물처럼 쏟아져 들어왔다. 눈이 부셔 눈에 눈물이 고였다. 수인은 한동안 눈을 뜨지 못했다. 눈을 덮은 빛에 익숙해진 후 그녀는 눈을 살며시 떴다. 창밖엔 눈물처럼 맑은 하늘이 펼쳐져 있었다.

그녀는 창문가에 무너지듯 주저앉아 하염없이 하늘을 바라보았다.

돌아왔다. 고향 집으로 돌아왔다. 휴게소에서 어떻게 차를 몰고 온 것인지 기억이 나지 않았다. 차 안에서 기분 좋은 소음에 묻혀 잠을 잔 것 같았다. 그럼 누가 운전을 했단 말인가? 기억을 더듬어 보았지만 기억나는 게 없었다.

수인은 방문을 열었다. 황갈색의 넓은 대청마루가 마당처럼 펼쳐져 있었고 햇빛이 잘 드는 곳에 아이들 주먹만한 크기의 열매가 열린 토마토들이 화분에 뿌리를 박고 가지런히 정렬해 있었다. 토마토는 고향 집으로 돌아온 수인을 실감나게 만들었다. 그녀는 어려서부터 토마토를 먹고 자랐다. 토마토가 수인에겐 세상에서 가장 맛있는 야채였다. 어딜 가나 토마토가 있어야 안심이 되었다. 삶의 대부분을 보낸 할머니의 집에서, 어린 시절을 보낸 큰집에서, 사춘기를 보낸 작은집에서, 성년이 되어 살게 된 서울에서도 수인은 방 안에 토마토를 키웠다. 노란 꽃이 피고 토마토가 빨갛게 익으면 행복했고 잎이 까맣게 타들어가고 열매가 열리지 않으면 불행했다.

토마토는 햇빛을 먹으며 빨갛게 익어가고 있었다. 어디선가 동박새 울음소리가 들렸다. 수인은 천천히 걸음을 옮겨 토마토에게로 갔다. 파란 티 한 점 없는 토마토를 골라 따서는 한 입 베어 물었다. 물렁한 과즙이 입안 전체에 퍼지자 혼미하던 정신이 맑아졌다. 초록빛 도는 과즙이 손바닥 사이에 흘렀다. 그녀는 손바닥을 핥으며 마루 끝으로 걸어 나왔다. 부드럽게 흘러내린 능선들이 바다를 향해 달리고 있었고 산기슭을 따라 도로들이 뱀처럼 기어가고 있었다.

달에게

"매정한 년!"

할머니였다. 수인은 햇빛을 받아 더 하얗게 빛나는 백발의 할머니를 바라보았다. 할머니는 수인이 태어났을 때와 하나도 변하지 않은 모습이였다. 백발과 한 점의 주름 없이 반들거리는 피부, 꼿꼿한 허리, 달처럼 은은하게 빛나는 눈. 아흔이라는 나이가 믿어지지 않을 정도로 고운 얼굴이었다. 30년 전의 그 모습 그대로. 말투도 꿈에서와 다른 매서운 눈매도 예전 그대로였다.

"그 놈들이 빨갛게 익더니 네년이 오려고 그랬던 모양이구나."

할머니가 마당을 사뿐히 가로질러와 마루 위에 걸터앉았다. 할머니에게선 흙냄새가 진하게 났다. 그 냄새를 맡는 순간 그나마 몸에 남아 있던 긴장이 풀어졌다. 할머니의 가슴이 크게 부풀어 올랐다가 꺼졌다. 그 가슴 안에 수인과 보낸 30년 세월이 있다는 생각이 들자 그동안 할머니를 미워했던 마음들이 괜히 마음 아팠다. 제 부모 잡아먹은 박복한 년, 할머니는 말하지 않았지만 동네 사람들은 수군거렸다. 머리를 스스로 길게 땋을 줄 알게 되면서 그 말의 뜻을 알았다. 수인을 안고 병원에서 퇴원하던 날 화물차가 덮쳐 그녀의 부모가 모두 비명횡사했다는 말도 들었다. 무당 될 팔자라고도 말했다.

수인은 할머니 뒤로 다가가 그녀를 끌어안았다. 어미 없는 수인에게 마른 젖을 물리고 옷을 입히고 어미 대신 학교까지 배웅을 해주던 할머니.

"징그러워 이년아!"

"할머니, 잘 계셨죠?"

"나야, 우리 월광 선생이 날 잘 보살펴주지 않더냐."

오랜만에 들어보는 이름이었다. 할머니는 달을 월광 선생이라고 불렀다. 할머니를 숭배하는 동네 사람들은 할머니의 모습이 달 속에 있다며 경이로워하곤 했다. 보름달일 땐 키 큰 의자에 느긋하게 앉아 있는 모습으로, 상현달일 땐 어디론가 바삐 걸어가는 모습으로, 하현달일 땐 와불처럼 모로 누운 모습으로 할머니가 달에 박혀 있다고들 말했다.

"꼴이 그게 뭐냐? 뭘 하며 사는지 원."

지난밤 남자가 죽었다. 자신을 선생이라고 소개하던 남자. 반년쯤 전 종로 한복판에서 레이싱이 벌어진 날 저녁 뒤풀이 자리에서 연애 한번 해보고 싶다던 남자였다. 그날 수인은 남자를 차갑게 바라보았다. 그래도 속도가 주는 쾌감을 잊지 못하고 간간이 레이싱에 얼굴을 내밀던 남자였다.

"오랜만에 왔으니까 사당 어른들에게 인사 드려야지."

할머니는 수인의 퀭한 눈을 바라보았다. 1년 전 떠날 때와 달리 할머니의 눈빛은 안개가 낀 듯 흐렸다.

"어디 아픈 거 아니지?"

"살 만큼 살았는데 아픈 데가 없겠냐? 그래도 난 월광 선생 덕에 잔병치레 안 하고 지금껏 잘 살고 있다. 네년만 여기로 돌아오믄 더 원이 없겠다만……."

수인이 질문을 하면 썩을 년이라고 욕을 뱉어내야 어울리는 할머니의 말이 길었다. 모든 사람들에게 매정했던 여자의 가슴에 온기라도 차오르기 시작한 걸까. 이제 와서 그게 무슨 소용에 닿을까. 눈물 한 방울 흘리지 못하도록 배웠다. 부모가 없으니 울어서는 안 된다고 말했다. 눈물이 나려하면 온조당에 들어가 절을 하라고 가르쳤다. 수인은 걷기 시작하면서 온조당엘 드나들었다. 할머니가 기리는 어른들을 모신 사당이었다. 수인은 어려서부터 그들에게 절을 했다. 학교에 갈 때나 외출할 때 어머니나 아버지에게 인사를 하듯 절을 했고 집에 돌아오면 돌아온 걸 알리며 인사를 했다. 초등학교에 들어가기 전까지 수인은 운동장처럼 넓은 온조당에서 뛰어다녔고 소꿉놀이를 했다. 모든 아이들이 아버지나 어머니 없이 할머니와 그렇게 사는 줄 알았다. 초등학교에 들어간 후에도 친구들을 집으로 데려올 때도 수인은 아이들을 데리고 온조당엘 들어갔다. 친구들은 무서워하거나 심지어 우는 아이도 있었다. 그래도 처음엔 그걸 이상하게 생각하지 않았다. 그러나 수인은 금방 깨달았다. 친구들의 집엔 사당이 없었다. 대궐 같은 크기와 무시무시한 몰골의 어른들을 모신 사당은 세상에 단 한 곳밖에 없었다.

수인은 천천히 걸어 온조당으로 향했다. 할머니가 뒤를 따라왔다. 온조당은 지난해보다 더 초라하고 작아진 듯했다. 지붕 기와는 두껍게 낀 이끼로 파랗게 빛났다. 단청도 바람과 비에 씻겨 예전의 모습을 찾을 수 없었다. 옆문을 열고 들어서자 고향에 돌아온 수인의 존재를 눈치채기라도 한 듯 향냄새가 달려들었다. 할머니가 따라 들어왔다. 단군에서 조선까지 모두 나라를 일으킨 시조들의 초상이 수인을 살폈다. 그녀는 향을 피우고 습관처럼 아홉 번 절을 했다. 몸에 밴 일이지만 수인은 아직도 할머니가 왜 이런 사당을 지은 것인지 그리고 그들을 왜 경배하는지 이해하지 못했다. 그들 모두를 신으로 모신다고 했다. 그래도 이해되지 않았다. 보통의 무당들은 하나의 신만 모시는 줄 알고 있기 때문이었다. 이젠 그런 궁금증을 가질 필요가 없었다. 고향을 떠나 독립된 존재로 살겠다는 수인을 할머니는 말리지 않았다.

수인이 절을 끝내고 밖으로 나오자 할머니는 기다렸다는 듯 물었다.

"요즘도 혼절하곤 그러냐?"

극도로 긴장하면 수인은 속절없이 잠에 빠져들었다. 언제부턴가 종종 그런 일이 생겼다. 시간과 시간 사이가 뭉텅 사라져버렸다. 기억이 나지 않는 것인지 아니면 아예 아무 일도 일어나지 않았던 것인지조차 알 수 없었다. 고향을 떠난 뒤론 그런 증상은 나타나지 않았다. 그랬는데 지난밤 그런 기이한 기면에 빠졌던 듯했다. 그렇다면 도대체 누가 차를 몰고 왔단 말인가?

"서울로 올라간 뒤론 그런 적 없어요."

할머니가 보일듯 말듯 고개를 끄덕였다.

"그렇다면 다행이다만 넌 여기에서 나서 여기에 머물 인생인데……."

"할머니 다시는 그런 소리 하지 마! 난 할머니처럼 살 수 없다는 거 알잖아."

"사람의 일이라는 게 사람의 뜻대로 되는 거라면 네 맘대로 하고 살라고 하겠지. 그런데 그게 그렇지가 않아."

"알아! 이젠 나도 충분히 안다고. 태어날 때부터 그랬다는거 누구보다 내가 잘 안단 말이야. 그래도 난 내가 바라는 대로 살 거야. 그게 안 되면 이민이라도 갈 거야."

"못난 년! 거스를 수 있는 게 있고 거스를 수 없는 게 있어. 게다가 짐을 많이 진 사람이 있고 짐을 적게 진 사람이 있고. 넌……."

"할머니, 그만해. 나 오랜만에 할머니 만나서 얼굴 붉히고 싶지 않아."

할머니는 입을 굳게 다물었다. 입가가 파르르 떨리기도 했다. 수인은 굳은 할머니의 얼굴을 보자 미안했다. 1년 만에 기면의 상태로 나타나 할머니에게 화를 낼 건 아니었다. 수인은 슬그머니 할머니의 팔짱을 꼈다.

"네 맘 모르는 거 아니다. 그래도……."

"할머니!"

수인은 할머니의 팔을 잡고 흔들며 눈웃음까지 지었다. 꺾이고 다치고 설령 피눈물 흘리는 상황을 만나게 되더라도 의지의 힘으로 살아내고 싶었다. 그래야 죽는 순간 후회하지 않을 것만 같았다. 그래야 세상이 운명이 아닌 인간의 순정에 의해 굴러가고 있다는 걸 증명할 수 있을 것 같았다. 가고 싶은 길을 포기하지 않고 가야겠다는 순정.

할머니는 허탈한 듯 헛웃음을 내뱉었다.

"그래, 같이 온 녀석들은 누구냐?"

"제가 누구랑 같이 왔어요?"

수인은 놀라 할머니에게 되물었다. 두 사람은 안채로 향했다.

"한 녀석이 너를 업고 와서 네 방에 눕혔고 한 녀석은 거들더라. 그놈들…."

할머니는 뒷말을 잇지 않았다. 수인은 지난밤 휴게소에서의 일을 떠올리려고 눈살을 찌푸렸다. 차 안에서 잠깐 눈을 감았던 것 같은데 그 이후론 기억이 나질 않았다.

"그 사람들은 갔어요?"

수인은 할머니의 눈을 외면했다.

"가긴, 그 새벽에 어딜 가냐? 아래 토방에서 아직 자고 있을 거다."

수인은 할머니의 손에 이끌려 할머니의 방으로 갔다. 찬모가 수인을 반갑게 포옹했다. 늙은 집사도 달려와 수인을 환대했다. 그들은 할머니만큼이나 수인 역시 어려워했다. 온조당을 이끌어갈 새 주인이라고 믿기 때문이었다.

상이 나왔다. 토란국에 김치, 나물 몇 가지 그리고 빨갛게 익은 방울토마토가 상 위에 자리를 잡고 있었다. 방울토마토는 절반으로 나뉘어 빨간 속살을 수줍게 드러내고 있었다.

"그래, 요즘 서울 생활은 할 만하더냐?"

수인은 할머니의 질문에 대답하지 않고 토란국만 입에 떠 넣었다. 달고 향긋했다. 30년 동안 변하지 않은 그 맛. 할머니의 은혜를 입었다며 자청해서 찬모가 된 여자의 손맛이었다.

"어디 간들 편하겠냐? 요즘도 미술관에서 일하고 있지?"

"그만뒀어."

"어딜 가나 남자들이 말썽이지. 너를 감당할만한 놈 만나려면 아직 멀었다. 어쩌면 영원히 안 나타날지도 모르고."

"또 그러신다."

수인은 국에 밥을 말아 훌훌 입에 떠 넣었다.

"수인아, 이 할미가 늙어가고 있다. 무슨 말인지 알지? 이 할미는 네가 내 뒤 잇기를 바라진 않아. 그저 너는 이곳에 와야 맘 아프지 않고 살 수 있으니까 그래서 그래. 앞으로도 도시에 살면 가슴 저미는 고통을 끝없이 만나야 할 거야. 이 할미의 뜻 아직도 모르는 건 아니지?"

수인은 고개를 바짝 쳐 들었다. 잔주름 하나 없는 할머니의 눈가가 수인의 눈에 들어왔다. 새삼 그녀의 흐린 눈이 눈에 들었다.

"돌아와서 이왕이면 할머니 따라 살고? 할머니, 난 그냥 나대로 살래요. 그러면 안 돼요?"

"안 될 건 없다만…."

할머니는 말투도 흐렸다. 1년이라는 세월이 할머니에게서 총기를 앗아간 모양이었다. 수인은 자리를 털고 일어났다.

"할머니 말대로 때가 되면 돌아오겠지. 지금은 아냐."

"그래, 네 말이 맞을 게다. 노파심에 다시 한 번 말하지만 세상에서 더 상처입지 말고 돌아왔으면 싶어 그런 게야. 내가 늙긴 늙은 모양이다. 잔소리가 길어지는 걸 보니. 너 요즘 무슨 궁리를 하며 사냐?"

수인은 가슴이 뜨끔했다. 꿈만 꾸면 등장하는 사막과도 같은 평원이 할머니에게 보이는 걸까? 궁리 따위는 없었다. 다만 평원을 가로지르고 싶다는 열망이 문득문득 솟을 뿐이었다. 그러면 운명이 달라질지도 모른다는 그 막연함. 할머니는 질문을 하곤 이미 답을 들은 듯 시선을 돌리며 딴청을 부렸다.

"자동차 만든다는 녀석은 잘 살고 있지? 요즘 그놈이 가끔 꿈에 나타나서 내게 절을 하더라."

수인의 차를 만들어 준 남자. 수인은 그 질문에도 대답할 수 없었다. 그가 어디에 있는지 뭘 하며 살고 있는지 알지 못했다. 이탈리아에서 차를 만들고 있다는 말은 2년쯤 전인가 들은 적이 있었다. 그게 수인이 들은 마지막 소식이었다.

"그래도 네가 데리고 온 남자 중에 그놈이 가장 나았는데…."

할머니가 자리에서 일어났다. 할머니의 얼굴에 쓸쓸한 미소가 번졌다. 수인은 남자가 생기면 가장 먼저 남자를 데리고 할머니에게 달려왔다. 할머니를 보고 온조당을 보고 농원을 구경하다보면 대부분의 남자는 기가 질려 떠나고 말았다. 나라를 세운 시조들을 모시는 기이한 운명을 가진 할머니의 손녀를 감당할 수 없었던 것이다. 그건 수인 역시 마찬가지였다.

할머니가 왜 사당을 짓고 시조들을 모시고 그걸 운명처럼 받아들이는지 알지 못했다.

할머니는 온조당으로 향했다. 손님이 없을 때면 할머니는 하루 종일 온조당에서 지냈다. 마루를 닦고 먼지를 털고 향을 갈고 절을 하며 하루 종일 그곳에서 살았다. 수인이 아는 한 그게 할머니의 삶 전부였다. 수인은 수십 개의 계단을 내려가 토방으로 향했다. 찾아오는 손님들을 위해 지은 토방이었다. 토방은 모두 일곱 개였다. 간혹 병든 사람들이 찾아와 오래 묵어가기도 했고 때론 나들이 나온 가족들이 묵었다. 집사가 관리를 했고 일꾼도 여럿이었다. 계단을 다 내려서자 더 아래 쪽의 주차장이 보였다. 기성이 치타라고 이름 붙여준 수인의 차와 용주의 차가 보였다. 수인는 토방 앞에 서서 사방을 둘러보았다.

온조당은 해발 200m 높이에 할머니가 올린 것이었다. 사당 곁에 할머니와 수인이 사는 안채가 있고 뒤편으로 집안 일꾼들이 묵는 별채가 있었다. 속세와 경계를 나누듯 50m 아래에 토방이 북두칠성 형태로 자리 잡고 있었다. 그 아래가 주차장이었으며 도로에서 주차장까지 잘 닦아 놓은 길이 꾸불꾸불 보였다. 길을 따라 노란 황매화가 달렸고 그 뒤로 할머니의 분홍색 한복 같은 작약이 흐드러지게 피어 산을 수놓고 있었다.

수인은 집사가 일러준 토방 앞에서 서성거렸다.

"일어나셨어요?"

그림자가 다가와 돌아보니 용주였다.

"일찍 일어나셨나 봐요?"

"집이 아니면 일찍 일어나게 되더라고요?"

용주의 손에는 작은 수첩과 펜이 들려 있었다. 문득 그의 직업이 객원 기자라고 말했던 게 떠올랐다.

"어딜 다녀오신 모양이네요."

"여길 둘러봤습니다. 집사님한테 여기 역사도 듣고…."

수인은 자신도 모르게 눈살을 찌푸렸다. 용주 역시 어린 시절의 친구들처럼 도망갈지도 모르겠다는 생각이 들었다. 용주는 수인의 표정을 세심하게 살폈다. 그녀의 눈이 용주의 수첩과 펜에 꽂혀있었다.

"저는 취재하는 게 습관이라 이런 곳에 오면 나도 모르게 이것저것 묻게 되고…."

"설마 기사를 쓰시려는 건 아니죠?"

수인은 차갑게 말했다. 용주는 그녀의 서슬에 놀라 수첩과 펜을 주머니에 얼른 찔러 넣었다. 그녀는 용주에게서 시선을 돌려 주차장 쪽을 내려다보았다. 기성이 뒷짐을 쥔 채 계단을 하나둘 올라오고 있었다.

"참, 어떻게 두 분이 여기엘 오신 거죠?"

수인은 굳은 얼굴을 펴고 가능한 다정한 목소리로 위장했다.

"기억 안 나세요?"

어느새 기성이 가까이 다가왔다.

"수인 씨가 출발하지 않길래 문을 열어보니까 잠이 든 건지 미동도 안 하더라고요."

"그런데 여길 어떻게 알고 오신 거죠?"

수인이 눈을 반짝거리며 물었다. 기성이 용주의 옆에 섰다.

그의 눈에 생기가 돌았다.

"수인 씨가 잠결인지 여길 말하더라고요. 가람농원이라고."

그래도 역시 궁금증은 남았다. 그 이름 하나만으로 찾아올 수 있는 길이 아니었다.

"…인터넷도 뒤져보고 제가 근방에 아는 식당 주인에게도 물어보고 해서 찾아온 겁니다."

"그때 저희 할머니가 우릴 보셨나요?"

"우리가 올 줄 아셨는지 주차장에서 우릴 기다리고 계시던데요."

수인은 토방 앞의 벤치에 앉았다. 망설이던 기성과 용주는 맞은편 벤치에 앉았다. 꽃과 풀과 흙냄새가 실린 따듯한 바람이 불어왔다.

"집사 아저씨가 무슨 말을 하시던가요?"

수인은 비밀이 지켜지기를 단념한 듯 허탈한 목소리로 용주를 쳐다보며 물었다.

"할머니에 대해서…."

정령의 당

—

어느새 해는 능선을 넘어가고 있었다. 용주의 이야기를 듣는 동안 수인은 여러 차례 침을 삼켰다. 수인의 할머니는 달의 정령을 받은 큰 무당으로 불렸다. 할머니는 본인도 해석할 수 없는 기이한 능력으로 사람들 병을 낫게 하는 무당이었다. 기이한 일이지만 한때 병자들은 병을 치료했고 할머니를 신처럼 여겼다. 그런 시절이 있었다. 기성은 눈을 반짝거리며 용주의 이야기를 들었다.

"…어느 날부턴가 그 능력이 사라졌다고 말씀하시더군요. 그래도 사람들이 몰려와 치료해달라고 하는 바람에 곤욕을 치르신 적도 한두 번이 아니셨다는 말도 들었습니다. 그리고 그 능력이 다시 누군가에게 나타날 것이라는 예언도…."

용주는 뒷말을 잇지 않았다. 수인이 자리에서 벌떡 일어났다.

"그 이야기를 다 믿으세요? 21세기에 손만 대면 병이 낫는다는 말을 누가 믿겠어요? 차라리 귀신을 믿지. 용주 씨는 보기보다 순진하시군요."

수인은 심드렁하게 대꾸한 후 온조당 쪽으로 발걸음을 옮겼다. 집사가 누군가를 붙잡고 사당과 할머니의 내력을 말했던 적이 없었다는 게 떠올랐다. 용주를 특별하게 본 집사의 심사가 궁금했다.

"세상엔 인간의 인식으로는 받아들일 수 없는 일도 많이 일어나지요. 집사님이 산 증인이기도 하고요. 믿지 않으면 저 사당의 의미를 해석할 수가 없어요."

용주는 손가락으로 온조당을 가리켰다. 수인은 더 이상 대꾸하지 않고 온조당 쪽으로 향했다. 계단을 밟고 올라서기 전 그녀가 걸음을 멈추었다.

"다음 주엔 전국 투어 레이싱을 할 겁니다. 조를 이루어서 벌이는 레이싱입니다. 레이싱이라기보다 랠리라는 개념이 더 적당하겠네요. 10,000km쯤 될 겁니다. 어때요?"

"10,000km?"

"더 될지도 모르죠."

기성과 용주는 넋 놓고 그녀를 쳐다봤다.

"그래도 지금은 좀…. 그 사람 강남 S병원으로 이송됐답니다. 거기서 장례를 치를 모양이던데요."

"우리가 가야 하나요?"

수인이 너무도 빤히 기성을 바라보는 바람에 그는 시선을 돌리고 말았다.

"당분간은…."

"사고는 어디서든 매일 일어나요. 그렇다고 해서 세상이 굴러가지 않는 건 아니니까."

수인은 계단으로 올라갔다. 열 개쯤 계단을 올라간 뒤 멈춰 서서 다시 뒤를 돌아보았다.

"참, 고마웠어요."

수인은 간단하게 말한 뒤 다시 계단을 올라가기 시작했다. 수인은 할머니의 방에 앉아 그들이 돌아가는 모습을 지켜 보았다. 그제야 용주의 차에 운전석밖에 의자가 없다는 사실이 생각났다. 수인은 옷을 챙겨 입었다. 방을 나오자 마당에서 할머니가 그녀를 기다리고 있었다.

"가냐?"

수인은 대답하지 않고 신발을 신었다.

"네가 무슨 궁리를 하는지 모르지만…. 운명이란 게 사람의 힘으로 바뀌는 게 아니란다. 월광 선생이 바꿔준다면 또 모를까."

"그럼, 내 운명 좀 바꿔주라고 해."

할머니가 힐끔 온조당을 쳐다보았다가 수인에게 눈길을 주었다. 그러더니 할머니는 봉투 하나를 건넸다.

"어딜 가든 지니고 다녀라. 월광 선생이 내려주신 부적이다."

수인은 머뭇거리다 봉투를 받아 재킷 주머니에 넣었다.

"미술관도 그만뒀으니 뭘 하고 살 거냐?"

"다시 사진 하려고요."

"그래 넌 사진 하나는 잘 찍었지."

할머니는 수인 앞에서 서성거리며 쉬이 자리를 뜨지 못했다. 마중은 해도 배웅은 하지 않던 할머니였다. 수인이 온조당을 떠날 때면 휑하니 온조당으로 들어가 버리곤 했다.

"할머니, 무슨 말 하려고 그래요? 얼른 얘기해요."

"수인아, 올라가거든 그놈 찾아봐라. 차 만든다던 그놈 말이다. 토마스 장이라고 했던가?"

"그 사람하고 헤어졌다고 말씀 드렸잖아요."

할머니는 주차장에 엎드려있는 치타를 내려다보며 말을 이었다.

"나도 안다. 한번 찾아봐라. 그 녀석에게 뭔 일이 있다. 늦었는지 모르겠지만 만나거든 내게 한번 다녀가라고 해라."

"늦었다뇨?"

"아니다. 그런 게 있다."

"지금 그 사람 외국에 있을 거예요. 그런 사람을 제가 어떻게 오라고 해요. 게다가 이미 헤어진 사인데. 죽은 아빠를 닮았다고 귀여워하시는 건 알겠지만 전 아빠가 어떻게 생겼는지도 모르잖아요. 그리고 그 사람이 할머니 밑에 들어올 거라는 건 기대하지도 마세요. 그 사람 도시가 아니면 못사는 사람이에요."

"그 녀석 천성은 그렇지 않아. 사주도 네 아비랑 똑같았어."

"아무튼 난 몰라요. 그 사람 연락처도 없고."

수인은 할머니를 뒤에 두고 계단을 내려갔다. 등 뒤에서 가뿐한 발소리가 들렸다. 그녀는 멈춰 서서 뒤를 돌아다보았다. 할머니는 온조당으로 향하고 있었다. 집사와 찬모가 손을 들어 수인에게 인사를 했다. 수인도 잠깐 손을 들었다가 내려놓았다.

"어디예요?"

차에 오르자마자 수인은 기성에게 전화를 걸었다.

"이제 막 톨게이트를 벗어났습니다."

"어디 앉아서 가는 거예요? 첫 번째 휴게소에서 기다리세요."

"불편해도 참을만합니다."

"저도 어차피 서울로 올라가야 해요. 기다리세요. 5분쯤 후면 도착할 수 있으니까."

수인은 시동을 걸었다. 온조당을 감싸고 있는 산허리에 차의 엔진 소리가 메아리되어 울려 퍼졌다. 주차장을 벗어나기 전 수인은 온조당을 올려다보았다. 정문을 열고 서서 주차장 쪽을 내려다보는 할머니가 보였다. 할머니가 뒷짐 쥔 손을 풀고 잠깐 손을 들어보였다. 생전 배웅을 하지 않던 할머니답지 않았다.

수인은 엑셀을 밟았다. 차는 무거우면서도 부드럽게 길을 달렸다. 굽이진 도로를 모두 내려온 후 수인은 엑셀을 깊이 밟았다. 이내 200km가 넘는 속도를 냈다. 수인은 룸미러로 멀어지는 온조당을 자꾸만 훔쳐보았다.

8

표절된 밤

용주는 넥타이를 풀어 재킷 오른쪽 주머니에 넣었다. 그는 왼쪽 주머니 속에 들어있는 비닐 봉투를 꺼냈다. 봉투 안엔 소금이 들어 있었다. 그는 소금을 한 주먹 꺼내 제 몸에 뿌렸다. 그런 후 그는 오피스텔 입구 화단 경계석에 걸터앉았다. 건물 그림자가 덮고 있는 화단엔 잎가에 흰 줄무늬가 세상과의 경계처럼 선이 그려져 있는 옥잠화가 활짝 팔을 벌리고 있었다. 용주는 비닐 봉투에 남은 소금을 화단에 뿌렸다.

용주는 담배를 꺼내 물었다. 레이싱에서 우승해서 상금을 천만 원이나 받은 놈이 장례식에 참석하지 않았다고 비난할까 봐 강남까지 다녀온 길이었다. 약속이나 한 듯 기성이 나타났고 그 뒤를 이어 영미와 수인까지 나타났다. 발인하는 광경까지 본 후 돌아왔다. 가족도 친척도 친구도 없는지 그가 가는 길은 초라했다. 영정을 들 사람이 없어 그의 노모가 영정을 들었다. 학교 선생이었다는 게 믿어지지 않을 정도였다. 복도를 서성이는 사람들에게서 한 여학생과 그렇고 그런 일이 있었다는 말을 들었다. 이혼하더니 아주 망가졌다는 말도 들렸다.

용주는 담배꽁초를 바닥에 떨어트린 후 짓밟았다. 초라하고 쓸쓸한 장례식장엘 다녀오면 기분이 찝찝했다.

자리에서 일어난 용주는 습관적으로 우편함을 뒤진 후 계단을 올라갔다. 용주가 사는 집은 오피스텔이라는 이름이 붙어 있었지만 엘리베이터도 없는 다가구 수준의 집이었다. 2층 계단을 돌아 3층으로 올라갈 때 여자가 내려왔다. 여자가 가볍게 미소를 지으며 알은체했다.

"참, 장용주 씨죠? 등기가 하나 왔는데 저한테 왔더라고요. 주소에 제 방 호수가 적혀있었어요. 잠결에 받아서 보니까 장용주씨 등기더라고요. 지금 드릴게요."

여자는 내려오던 길을 다시 올라갔다. 용주는 그녀의 뒤를 따랐다.

여자가 문을 열었다. 잠깐 열린 문틈으로 여자의 방 안이 보였다. 잡동사니들이 방 안에 널브러져 있었다. 현관에는 여러 켤레의 신발이 뒹굴고 있었고 신발장 부근에 놓인 바구니엔 속옷이 가득 담겨 있었다. 여자는 금방 문을 닫았다. 용주는 자신도 모르게 입맛을 다셨다. 잠시 후 여자가 등기를 들고 나왔다.

"보세요. 306호라고 적혀있죠? 사람들이 어떻게 309랑 306을 헷갈려하는지 모르겠어요."

여자는 용주에게 등기를 건넨 후 계단 쪽으로 걸어갔다.

"뭐 좀 물어봐도 되나요?"

계단으로 내려가려던 여자가 걸음을 멈추고 뒤돌아섰다.

"저 말이에요. 객원 기자라는 건 어떻게 해야 할 수 있는 건가요? 시험 같은 걸 보는 건지, 원서는 어떻게 하는 건지, 매일 출퇴근하는지, 월급은…."

여자에게 직업을 말한 적이 있었던가? 여자는 손을 뒷짐 쥐고 선 채 물었다. 문득 영미가 떠올랐다. 여자들은 보통 그렇게 한꺼번에 여러 가지를 질문하나 싶었다.

"잡지사나 신문사에서 객원 기자를 뽑는 공고가 나옵니다. 특별히 시험 같은 건 보지 않지만 기사를 작성해야 하니까 뭐 문장력 같은 건 보겠죠. 그동안 작성했던 기사가 있으면 도움도 되고요. 출퇴근 같은 건 없습니다. 월급도 없고. 쓰는 기사에 따라 돈을 받는 거니까."

"그럼, 객원 기자라는 건 임시직조차도 안 되는 건가요?"

"그런 셈이죠."

"그래도 기사 잘 쓰고 그러면 고정이 되지는 않나요?"

짧은 시간 안에 많은 정보를 알아내려는 여자의 욕심이 용주를 피곤하게 만들었다.

"나중에 한번 제 방 초인종 누르세요. 제 자료 드릴게요."

"그러실 수 있으세요. 고마워요. 참, 제 이름 모르시죠? 저는 희주예요."

희주는 목례를 한 후 계단으로 내려갔다. 그녀의 구둣발 소리가 경쾌하게 들렸다. 용주는 희주에게서 받은 등기의 발신인 주소란을 살폈다. 반년쯤 전에 기사를 하나 써 준 잡지사였다. 수신인란 용주의 이름 앞에 객원 기자라는 호칭이 붙어 있었다. 희주가 객원 기자에 대해 물어본 연유를 알 것 같았다. 방으로 들어가자마자 용주는 등기 봉투를 찢었다. 내용은 용주의 얼굴을 달아오르게 만들었다. 반년쯤 전 '중학생들의 사설학원 진학의 허와 실'이라는 제목의 기사를 써 준 일이 있었다. 그 기사가 다른 신문사 기자의 기사 내용을 그대로 베껴 쓰는 바람에 신문사 기자로부터 고발이 들어왔으므로 소송이 진행될 경우 법적인 책임을 져야한다는 내용이었다. 용주는 옷을 입은 그대로 컴퓨터 앞에 앉아 반년 전의 원고들을 뒤적이기 시작했다. 인터넷을 창에 띄운 후 잡지사가 지적한 부분들과 비교를 해봤다. 원고 내용 중 세 부분 정도가 잡지사의 지적대로 기사의 토씨까지 하나도 바뀌지 않은 채 그대로 쓰여 있었다. 참고 자료로 쓰기 위해 인터넷에서 본 기사 내용을 드래그해서 옮겨 놓았다가 깜빡 잊고 다시 쓰기를 하지 못했던 모양이었다. 용주는 모니터 옆에 놓인 미지근한 물을 벌컥벌컥 들이켰다. 원고를 쓸 때 3류 잡지사의 잡글 따위를 누가 꼼꼼히 읽겠냐는 계산도 깔려있었다는 게 어렴풋하게 기억났다.

"빌어먹을!"

용주는 등기 봉투를 내팽겨 쳤다. 그는 방 안에서는 담배를 피우지 않는다는 철칙을 깨고 담배를 꺼내 물었다. 레이싱을 시작한 이후 세운 철칙인데 간단하게 깨지고 말았다. 재떨이를 찾지 못해 밥그릇을 재떨이로 대신했다. 전화를 할까? 잘못을 시인하면 소송까진 가지 않을 수도 있지 않을까? 이미 소송이 진행되었다면 내가 뭘 책임져야하지? 돈이 얼마나 들까? 한 백만 원쯤 찔러주면 마무리 되지 않을까? 용주는 머릿속이 터질 것만 같았다. 어느새 밥그릇엔 담배꽁초가 수북이

쌓였다.

용주는 잡지사에 전화를 걸었다. 편집장이 받았다. 짧은 단발머리에 까만 안경테를 쓰고 유독 입술이 작았던 그녀의 얼굴이 떠올랐다. 밋밋한 가슴도 기억났다. 술자리에서 섹스가 피로를 푸는 최선의 방법이라며 노골적으로 던지던 추파를 모른척했던 일도 생각났다. 편집장의 목소리를 듣는 순간 적당히 다른 기사들 참조해서 쓰면 어렵지 않을 거라던 말도 생생했다.

"…어떻게 그러실 수가 있죠? 알만한 분이 왜 그러셨죠? 표절이 흔하다지만 용주 씨가 그럴 줄 몰랐습니다. 우리가 어떻게 취할 도리가 없다는 거 아시죠?"

용주는 목이 타들어갔다.

"그쪽 전문가가 아니라서 할 수 없다고 그랬잖습니까? 전 편집장님 말만 믿고 다른 기사들 참조해서 써도 된다고 해서…."

"그렇다고 똑같이 베껴 써요? 양심이 있는 거예요, 없는 거예요?"

편집장의 목소리가 유리 파편처럼 귓구멍을 파고 들어가 귀를 울게 만들었다.

"용주 씨는 내가 죽으라고 하면 죽을 거예요? 표절과 재창조쯤은 판단할 정도의 양식은 있지 않나요? 그럴 줄 알고 용주 씨가 써 준 다른 글들도 일일이 확인해 봤어요. 양식(洋食)의 역사도 그렇고 광산촌 이야기도 그렇고 그거 뭐죠? 아, 무덤과 풍수에 대해 쓴 것도 살펴보니까 죄다 어디서 베껴 쓴 것이더라고요. 용주 씨 원래 그런 사람이었어요?"

"그건, 베껴 쓴 게 아니라 취재 자료를 바탕으로…."

용주는 더 이상 말을 늘어놓아 봐야 변명밖에 되지 않는다는 걸 깨달았다. 게다가 잡지사 바닥이 좁아서 나쁜 소문이 돌면 일감이 현저히 줄어들 터였다. 순순히 시인하고 잘못했다고 빌고 시간이 지난 후 찾아가 소주를 한잔 사고 은근한 시선 한번이면 유야무야 될 듯 싶었다.

"방법이요? 일단 그 기자 연락처 문자로 넣어드릴 테니까 만나보세요. 저작권 운운하는데 적당한 선에서 마무리 지을 수 있으면 좋겠죠. 우린 사과 기사를 싣기로 했어요. 어쨌든 기자하고 먼저 타협을 보는 게 중요해요. 그리고 앞으로 우린 다시 안 만났으면 좋겠네요."

편집장은 일방적으로 전화를 툭 끊었다. 용주는 신호음만 들리는 전화기를 그대로 든 채 멍하니 앉아있었다. 잠시 후 휴대폰으로 기자의 전화번호가 기록된 문자가 들어왔다. 그녀의 이름은 이연주였다. 용주는 십 분쯤 망설이다가 여자에게 전화를 걸었다. 만나지 않고는 해결 방법이 없었다.

"…바쁜데. 한 시간쯤 후엔 시간이 좀 납니다. 신문사 맞은편 골목으로 들어가면 '봄'이라는 카페가 있습니다. 한 시간 후에 보죠."

용주는 화장실로 달려가 면도를 했다. 서둘러 면도를 하느라 오른편 턱 밑을 면도날에 베고 말았다. 휴지로 지혈을 한 후 밴드를 붙였다. 그는 수인에게서 받은 돈 봉투를 챙겼다.

용주는 장례식장을 다녀온 복장 그대로 집을 나섰다. 약속 시간에 맞추려면 옷 갈아입을 시간이 없었다. 풀었던 검정색 넥타이를 다시 맸다. 용주는 차에 시동을 걸었다. 도로 위의 운전자들은 운전석만 남은 채 텅 빈 용주의 차를 힐끔힐끔 훔쳐보았다. 심지어 인도 쪽으로 차가 붙으면 거리를 지나가는 사람들이 손가락으로 용주의 차를 가리키며 웃었다. 그들이 모두 기사를 베껴 쓴 자신을 비난하는 듯했다. 속력을 내서 달리고 싶지만 도로를 가득 메운 차들 때문에 차는 거북이처럼 기어갔다. 용주는 진땀이 흘렀다. 등이 젖고 사타구니까지 축축했다. 그는 연신 담배를 꺼내 물었다. 그래도 뜨겁고 답답한 속은 가라앉지 않았다. 어느새 도로에 노을이 깔리고 있었다.

용주는 속주머니에 담겨있는 돈 봉투를 떠올렸다. 이리저리 빚을 갚고 나면 남는 돈이 얼마 되지 않는다는 데에 생각이 미쳤다. 차는 더디 갔다. 도로로 나와 약속 장소까지 가는 데 40분이나 소요되었다.

기자가 말한 카페 앞에 섰다. 하지만 문이 닫혀 있었다. 내부 공사중이라는 안내판이 걸려 있었다. 용주는 문 앞에 서서 기자를 기다렸다. 약속 시간이 다 되었지만 기자는 나타나지 않았다. 용주는 무작정 기다리기로 마음먹었다. 달리 방법이 없었다. 그렇다고 전화하기도 싫었다. 골목으로 어둠이 서서히 스며들고 있었다. 가게 옆 전신주에 매달린 가로등에 불이 들어왔다. 가로등 불빛이 비처럼 용주의 머리 위로 쏟아져 내렸다.

골목에 자리 잡은 가게들은 대부분 술집들이었다. 술집 간판들이 하나둘 불을 밝히며 얼굴을 내밀었다. 양복 차림의 샐러리맨들이 골목으로 들어와 촘촘하게 붙은 술집들로 사라졌다. 기자와 약속한 지 30분이 지났다. 그래도 그녀는 나타나지 않았다. 사람들이 용주를 힐끔힐끔 훔쳐보며 지나갔다. 담뱃갑 속의 담배가 다 떨어졌지만 여전히 기자는 나타나지 않았다. 용주의 발아래 담배꽁초가 수북했다. 갈증이 났고 몹시 담배가 피고 싶었다. 지나가는 남자들에게 담배를 얻어 볼까 생각했다. 그런데 지나가는 남자들이 없었다. 발아래 쌓인 담배들 중에 장초가 있나 살폈다. 제법 긴 장초가 보였다. 허리를 굽혀 담배를 막 집으려는 순간 기자가 나타났다.

"장용주 씨?"

용주는 놀라 허리를 폈다.

"네, 제가 장용줍니다."

"여기서 뭐 하세요?"

"카페가 문을 닫아서 말입니다."

"그럼, 전화를 하시지. 기사 마감할 게 있어서 좀 늦었네요."

기자는 골목을 두리번거렸다.

"여긴 이 집 말고 마땅히 차만 마실 덴 없는데…. 멀리 갈 시간도 없고."

"전 아무래도 상관없습니다."

기자가 느릿한 걸음으로 앞장섰다. 용주는 그녀의 뒤를 강아지처럼 졸졸 따라갔다. 기자는 '온달'이라는 간판의 가게로 들어갔다. 열 평 남짓한 작은 술집이었다. 테이블마다 샐러리맨들인 듯한 사람들이 앉아 시끄럽게 떠들며 술을 마시고 있었다. 기자는 안쪽 구석진 자리로 들어가 앉았다. 용주는 그녀 맞은편에 앉았다. 다행히 칸막이가 높아 다른 테이블에 앉아 있는 사람들은 보이지 않았다. 마녀 같은 인상일 거라고 생각했던 기자는 미인이었다. 왜 그런지 그 사실이 용주의 마음을 조금은 풀어주었다. 기자는 커피를 주문했다. 밤에는 커피가 되지 않는다는 바람에 맥주를 주문했다.

"죄송합니다. 기사가 좋아서 드래그 해놨다가 참고 자료를 쓴다는 게 그만…. 입이 열이라도 할 말이 없습니다. 제가 어떻게 하면 될까요?"

그녀의 눈이 용주의 심장을 파내기라도 할 듯 매섭게 반짝거렸다. 용주는 주절주절 변명하려다 멈추고 잘못을 시인했다. 맥주가 나왔다. 용주는 목이 말랐지만 먼저 손을 댈 수 없었다. 기자가 병을 들고 맥주를 마시기 시작했다. 용주는 자신도 모르게 단숨에 맥주 한 병을 비웠다.

"죄송합니다. 갈증이 많이 나서 그만."

"좋아요. 처음부터 경위를 들어 보죠."

용주는 두서없이 설명했다. 기자는 맥주를 홀짝이며 용주를 뚫어지게 쳐다보았다. 거짓과 진실을 탐색하는 듯한 그녀의 눈길이 무서워 용주의 말이 빗나가기 시작했다.

"…그래서 먹고 살려고 별짓을 다합니다. 자서전도 쓰고 이삿짐도 나르러 다니고 목숨을 걸고 거리 레이싱도 하고 말이죠."

미리 준비해 두었던 말들은 이미 까마득하게 지워지고 계산해 두지 않았던 말들이 쏟아져 나왔다. 그녀는 맥주를 두 병 더 주문했다.

"거리 레이싱이요?"

그녀가 그 대목에서 흥미를 보였다. 조금은 타협의 여지가 있는 듯했다. 봉투 속의 돈 중 일부를 건네면 고소를 취하할지도 모르겠다는 희망도 들었다. 용주는 참가했던 세 번의 레이싱에 대해 설명했다. 그 중 두 번이나 우승을 했다는 말과 고속도로 레이싱에서 벌어진 사고에 대해서까지 남김없이 말했다. 사람이 죽었다는 말도 숨기지 않았다. 말이 말을 물고 나왔다. 호기심 깃든 그녀의 눈이 반짝거렸다.

"그럼 오늘 장례식장에 다녀오신 건가요?"

그녀의 눈이 검정색 넥타이에 꽂혔다. 용주는 그렇다고 대답했다. 그는 운전석을 제외하고 나머지 의자를 모조리 떼어냈다는 말까지 덧붙였다. 돈을 벌기 위해 자신은 필사적일 수밖에 없어서 그만 실수를 하고 말았다는 말로 마무리를 했다.

기자는 말없이 오랫동안 용주를 쳐다봤다.

"좋아요. 제가 고소를 취소하는 조건으로 나를 그 레이싱에 데려가세요."

"네?"

"레이싱에 참석하게 해 준다면 고소를 취하하겠어요."

"그건 그냥 참여를 하시면 되는 건데…."

"그런 정도론 안 돼요. 누가 수장이고 그런 불법적인 레이싱에 참여하는 사람들이 도대체 누군지 그리고 얼마나 활성화되어 있는지 취재할 수 있게 도와준다면 고소를 취하할게요."

이야기가 엉뚱한 방향으로 흘러갔다. 그러나 용주가 손해 볼 건 없었다. 다만 세상에 공개적으로 알려지면 어떤 파장이 일어날지는 가늠이 되질 않았다.

"그건 저 혼자 결정하기엔…."

"그럼, 고소를 진행하는 수밖에 없겠네요."

그녀는 물러나지 않았다. 문제를 해결한 게 아니라 더 엉키게 만들어버린 듯했다. 용주는 일단 그녀의 제의를 받아들였다. 누구나 참석할 수 있는 동호회니까 그냥 데려가기만 하면 될 일이었다. 다음 문제는 그때 부딪힌 후에 해결해보자는 계산을 했다.

"다음 레이싱 때 반드시 저를 부르셔야 해요. 레이싱에 참가할 수 있다면 더욱 좋겠죠. 그때 봐서 제 마음을 결정하겠어요. 우리 신문사에서도 문제 삼으려고 하고 있는데 그것까지 해결해 드리겠어요."

"회원 가입과 달리 레이싱에 참가하는 건 제가 결정할 수 있는 일이 아니라…."

그녀는 용주의 말을 끝까지 듣지 않으려는 듯 자리에서 일어났다.

"그건 제가 알 바 아니죠. 그리고 앞으론 그러지 마세요. 글 밥 먹고 사는 사람이라면 그런 최소한의 양심은 있어야죠. 연락하세요."

그녀는 제 할 말을 남기고 카페에서 바람처럼 사라졌다. 용주는 맥없이 주저앉았다. 문제 해결의 방법이 엉뚱하게 흘러갔지만 다른 방법이 없다는 결론에 도달했다.

불량한 관계

—

집으로 돌아온 용주는 수인을 설득시킬 궁리에 빠졌다. 솔직하게 말하지 않고는 다음 레이싱에 기자를 참가시킬 방법이 없었다. 수인을 만나야만 했다. 결심을 하고 휴대폰을 열었다. 휴대폰 액정 화면에 여러 통의 부재중 전화가 걸려왔었다는 내용이 떴다. 모두 동생의 전화번호였다. 전화를 걸었다. 기자를 만나느라 전화벨을 무음으로 해놓은 걸 기억했다.

"여러 번 전화 했었네."

"나 지금 형 집 근처야. 미경 씨도 함께 있어. 나올 수 있어?"
생전 집 근처까지 찾아온 적이 없었던 용희였다. 다음 달이면 가족이 될 여자를 소개해주려 온 모양이었다.

두 사람은 흔한 퓨전 주점에서 소주를 마시고 있었다. 보기에 좋았다. 여자는 용희의 대학 선배라고 했다. 하지만 그다지 늙어 보이지 않았다. 결혼이 코앞인데 제수가 될 여자를 보는 건 처음이었다.

"형은? 버드와이저?"

"난 소주 못 먹잖아."

"자기는 버드와이저 마실 돈이 어딨어? 여기 그거 한 병에 6천 원씩이야. 그것도 작은 싸이즌데. 그거 열 병 마셔야 취하지만 소주는 한 병이면 되잖아. 아주버님도 취향 바꾸세요. 3천 원이면 기분 좋게 취할 수 있는데 6만 원이나 쓰면서 취해야 한다면 그건 낭비 아닌가요?"

제수는 빙글빙글 웃고 있었다. 용주는 테이블 위에 올려놓았던 손을 내려놓았다. 대꾸할 말이 떠오르지 않아 입을 벌린 채 두 사람을 쳐다봤다. 결국 버드와이저 대신 소주잔이 왔다. 화학 약품 냄새가 나는 술이 위장으로 들어가자 속이 뒤틀렸다. 용희는 자꾸 용주의 눈치만 봤다. 인사 시키려 찾아온 게 아닌 듯했다. 소주를 세 잔쯤 비우자 배 전체가 뜨끈뜨끈했다. 속이 메슥거렸고 침이 역류했다. 용주는 침을 억지로 넘기며 참았다. 동생은 여자를 옹호했다. 살림꾼이라느니, 알뜰하다느니, 형수도 그런 여자였으면 좋겠다느니.

어느 순간 용희는 화장실을 다녀온다며 자리에서 일어났다.

"아주버님, 우린 예물도 간단하게 하기로 했어요. 다 낭비잖아요. 그쵸? 우린 3년 안에 집 장만하는 게 목표예요. 그러려면 널려있는 돈을 거둬야 해요. 아주버님도 잘 아시겠지만 용희 씬 우유부단하잖아요. 받을 돈 못 받고 남들 아쉬운 소리하면 저 죽을지도 모르고 돈 빌려주고…."

여자는 잔에 가득 담긴 소주를 들고 건배를 재촉했다. 동생의 여자에게 휘둘리고 싶지 않았다. 용주도 잔을 들었다. 건배를 하고 단숨에 비웠다. 잔을 내려놓자 현기증이 났다.

"그래서 말인데요. 아주버님 오피스텔 얻으실 때 용희 씨한테 돈 빌리셨다면서요? 그거 이번 기회에 갚아주시면 안 될까요? 혼자 사시는 데 꼭 오피스텔에 사실 필요 없으시잖아요. 관리비도 많이 나오고 보증금도 비싸고 말이에요. 근방에 혼자 살만한 집들 많아요. 여긴 학생들이 많이 살아서요. 잘 아시잖아요."

용주는 화장실 쪽을 쳐다봤다. 용희는 보이지 않았다.

"아주버님, 용희 씨 진짜 열심히 살아요. 아시겠지만 대학 다닐 때 장학금 받으면서도 알바를 안 한 적이 없잖아요. 용희 씨가 학원 강사 노릇할 때 모은 돈으로 아주버님이 몰고 다니는 그 차 산 거라면서요? 아주버님이 차가 뭐가 필요하세요? 그리고 말이 나왔으니까 하는 말인데 잠수 동호회에도 나가고 그러셨다면서요? 그건 돈 무지 많이 드는 취미거든요. 용희 씨 그 시간에 오로지 공부하고 알바만 했어요. 요즘 헬스는 안 하시나요? 그건 회원권 끊으려면 몇 십만 원에서 몇 백만 원인데 그런 돈 있으면 모아서 용희 씨 돈 갚아주셔야 하는 거 아닌가요?"

용주는 뱃속보다 얼굴이 더 뜨거웠다. 뭐라 변명을 해야 하는데 변명할 말이 떠오르지 않았다. 무작정 달리고 싶어서 동네 허름한 건물 지하에 있는 헬스클럽을 다닌 일이 있었다. 런닝머신 다섯 대에 운동 기구라곤 아령과 역기가 전부였던 한 달에 몇 천 원짜리 헬스클럽이었다. 잠수 동호회는 취재 때문에 가입하게 된 동호회였다. 구구절절한 변명들이 머릿속에서만 맴돌았다. 부잣집의 철없는 막내 도련님쯤으로 표현한 동생의 의도가 뭔지 궁금했다. 장학금을 받지 못할 때 몇 차례

나 등록금을 대주었다는 말은 왜 빼먹고 말하지 않았는지 의심스러웠다. 동생을 그렇게 만든 여자의 신분도 의심스러웠다.

"어떻게 형이 동생한테 돈을 빌려 쓸 수 있죠? 저는 이해가 안 돼요. 아주버님이 차 몰고 여행 가실 때 용희 씨는 대기업에 취직하려고 날밤 새가며 공부했잖아요. 불쌍하지 않나요? 이젠 갚으셔야죠. 형이 동생 발목을 잡으면 쓰겠어요?"

여자는 여전히 빙글빙글 웃고 있었다.

"아주버님께서 살고 계신 그 오피스텔 용희 씨가 취직한 후에 받은 첫 번째 대출금으로 돈 빌려 드렸다는 거 잘 알고 계시죠. 차 사실 때 빌려 드린 돈도 제법 된다고 들었어요. 그런 건 둘째치고 대출금이나 갚아주세요. 둘이 벌어도 우리 목표대로 집 장만하려면 무지 빠듯하거든요. 전 결혼하기 전에 분명하게 매듭을 지었으면 해요."

모든 사람이 멀게 느껴졌다. 술집 출입구가 보이지 않을 정도로 멀리 보였고 바로 곁에 앉아 술을 마시던 사람들이 어디에 있는지 보이지 않을 정도였다. 술집엔 오로지 동생의 여자와 둘만이 앉아 있는 기분이었다. 용주는 다리가 후들거렸다.

"그리고 얼른 직장 잡으세요. 맨날 그렇게 뜬구름 잡으며 사시다가는 낙오자 되세요."

여자는 제 잔에 술을 채운 후 술을 비웠다. 그녀의 얼굴에 서린 차가운 미소는 사라지지 않았다. 그때까지도 동생은 나타나지 않았다. 작정하고 찾아온 길이라는 걸 알 수 있었다. 용주는 더듬더듬 주머니를 뒤졌다. 동생과 동생의 여자에게 근사하게 한턱 사겠다며 봉투째 들고 나온 상금 봉투가 바지 주머니 속에 있었다. 용주는 돈 봉투를 테이블 위에 올려놓고 자리에서 일어났다.

"이거 돈인가요?"

여자가 물었다. 현기증이 나 그녀의 얼굴을 볼 수 없었다. 다리가 휘청거렸다. 용희가 돌아왔다.

"여기 문이 어디에 있냐?"

용주는 휘청거리는 다리를 끌고 출입구를 찾아 뱅글뱅글 돌았다. 아무리 돌아도 출입구가 보이지 않았다.

"형, 미안해. 미경 씨가 워낙 꼼꼼한 여자라서. 우리 전세 얻는데 돈이 좀 부족하거든. 미경 씨 집에선 방이 텅텅 비었다고 들어와서 살라는데 내 자존심에 그럴 수 있어야지. 미경 씨도 싫어하고."

용희는 용주의 팔을 잡고 출입구 쪽으로 이끌었다.

"그런데 돈 어디서 난 거야? 형이 알아서 줄 거라고 그렇게 말했는데도 오늘 꼭 말해야 한다고 어찌나 나를 달달 볶던지…."

겨우 출입구 문을 찾았다.

"형 누나 제사는 내가 지내주기로 했어."

"제사?"

"용미 누나 제사……."

"죽었대? 죽긴 누가 죽었다고 그래!"

용희는 용주의 눈을 빤히 쳐다보기만 했다. 용주는 그의 얼굴을 마주하고 있는 게 너무 답답했다. 문을 열자 겨우 숨을 쉴 수 있었다. 속이 울렁거렸지만 용희와 동생의 여자 앞에서 토악질을 하고 싶지 않았다. 용주는 용희의 손을 뿌리쳤다. 아무래도 장례식장에서 돈에 한이 서린 귀신이라도 달라붙은 모양이라는 생각이 들었다. 집 앞에서 소금을 제대로 뿌리지 못한 때문인지도 몰랐다.

9

사막의 시간

—

중동의 민족들에게 하루의 시작은 저녁 6시다. 일몰 후부터 하루가 시작된다. 수인에게도 하루의 시작은 일몰 이후부터다. 일출을 볼 때보다 일몰을 볼 때 기분이 더 좋고 생기가 돌았다. 도시에 어둠이 깔리기 시작하면 호르몬 분비도 왕성해졌다. 이른 아침보다 정신이 더 또렷해지고 몸도 개운했다. 아침과 점심밥을 먹을 땐 식욕이 생기지 않다가도 저녁때만 되면 식욕도 살아났다. 밤에 하는 일은 뭐든 잘 될 것 같았다. 유일하게 밤에 안 되는 일이 있다면 섹스다. 섹스만큼은 아침이나 대낮에 해야 제맛이 났다. 수인는 자신이 전생에 중동 사람이었거나 유대인이었을지도 모른다는 생각을 하곤 했다. 그녀는 창문을 넘어 들어온 햇살 속에서 부유하는 먼지들을 보다가 혼자 피식 웃었다.

머리카락보다 더 굵고 질긴 거웃이 수인의 눈에 들어왔다. 갈색의 거웃은 정오의 햇살을 받아 윤기가 흘렀다. 수인은 거웃 아래 늘어진 채 애액이 묻어 반들거리는 남자의 성기를 바라보았다. 축 늘어진 게 말라빠진 포도송이 같았다. 수인의 손이 남자의 사타구니를 파고들었다. 그래도 말라빠진 포도는 다시 회생하지 못할 듯했다.

"누나, 실은 오래전부터 할 말이 있었어."

남자가 침대에서 일어났다. 수인은 비스듬히 누운 채 거웃 속에 숨어버린 그의 성기를 쳐다봤다. 그는 팬티를 찾아 입고 물 한잔 들이켜고 담배를 꺼내 물며 뜸을 들였다. 담배연기가 햇살 속으로 퍼졌다. 수인은 남자들이 섹스를 끝낸 후 담배 피는 모습을 좋아했다. 입에서 흘러나오는 흰 연기가 햇살 속으로 스며드는 모습을 보면 충분히 타락한 듯한 느낌이 들곤 했다. 그 기분이 좋았다.

남자는 방 안을 서성였다. 장작개비처럼 마른 몸이 휘청거리며 돌아다녔다. 그는 졸업을 앞둔 미대생이었다. 동양화를 전공한 그를 알게 된 건 수인이 일하는 반야 미술관에서 젊은 동양화 기획전을 열 때였다. 1년쯤 전에 기획된 전시회였으니 그를 안 지 1년쯤 된 셈이었다. 너무 오래 만났다는 생각이 들었다.

"뜸 들이지 말고 말해."

수인도 침대에서 일어나 속옷을 걸쳤다. 그녀는 속옷 차림으로 창가에 다가가 섰다. 창틀엔 토마토가 햇살을 빨아들이고 있었다. 가지에 매달린 어떤 녀석은 빨갰고 또 어떤 녀석은 아직도 파랬다. 수인은 어디로 이사를 가든 토마토 화분만은 꼭 챙겼다. 토마토는 늘 수인의 뒤를 따랐다. 자라던 토마토가 열매를 맺고 제 몫을 다한 후 죽으면 새로운 모종을 가져다 심었다. 그러면 토마토는 언제나 여름이 오기 전 열매를 맺었다. 수인은 파란 토마토들이 햇살을 받을 수 있도록 화분을 돌렸다.

“누나가 나한테 잘해 준 거 알아. 그래도 누난 누나잖아.”

남자는 여전히 핵심을 빗나가고 있었다.

“너 자꾸 말 돌릴래? 나 그런 거 싫어하는 거 알잖아.”

수인은 전신 거울 앞으로 걸음을 옮겼다. 머리를 손질하고 브래지어를 바로잡았다. 벌거벗고 있을 땐 자신임이 확실한데 맨몸에 하나둘 옷을 걸치면 다른 여자가 나타났다. 엄마였을까? 할머니는 아버지나 엄마에 대한 이야기를 거의 꺼내지 않았다. 어쩌다 간혹 술 얼근해진 집사가 수인을 바라보며 어머니와 닮았다는 말을 흘리곤 했다. 기억에 존재하지 않는 엄마가 엄마일까, 아버지가 아버지일까. 기억에 남아 있지 않는 것들은, 처음부터 존재하지 않았던 것들은 그저 패러디일 뿐. 수인의 눈에 봉긋한 가슴과 둥근 엉덩이가 눈에 들어왔다. 익숙해야하는 풍경이 어느 때 보면 무척 낯설었다. 낳아주었지만 얼굴 본 적 없는 어머니를 만난다면 이런 느낌일까. 수인은 제 몸을 오랫동안 들여다보았다. 그녀의 몸 너머로 방 안을 서성이는 남자가 보였다. 서성거리던 그가 의자에 앉아 머리를 떨어트렸다.

“나랑 그만 만나고 싶어?”

수인이 먼저 입을 열었다.

“누나, 그런 게 아니라…. 실은 나 사귀는 여자 생겼거든. 그런데 우리 진지한 관계야. 그래서 아무래도 누나한테 말해야 할 거 같아서…. 누나랑 헤어져야할 거 같아.”

남자의 얼굴이 하얗게 질렸다. 수인이 돌아섰다.

“그래? 그럼 가. 내가 너를 붙잡았니? 난 그런 적 없는데. 너 말고도 섹스할 남자는 많아.”

“누나 무슨 말을 그렇게 해? 그럼 난 그 수많은 상대들 중의 하나였단 말이야?”

남자가 벌떡 일어났다. 그의 다리가 후들거렸다. 수인은 빙그레 웃었다.

“조용히 짐 챙겨서 가. 너를 비난하지 않을 테니까. 난 너한테 바란 거 없어. 그런데 넌 나한테 바란 게 있었다는 말 같네? 그리고 앞으론 여자 만나면 동정심 유발한다고 질질짜지나 마.”

“누나! 말이 너무 심한 거 아냐?”

남자가 비틀거리며 다가왔다. 그의 눈이 붉게 충혈되어 있었다.

“난 적어도 누나를 조금은 사랑했단 말이야.”

수인은 폭발하듯 웃었다. 그녀의 웃음이 남자를 더 대범하게 만든 모양이었다. 그는 수인의 얼굴 앞에 바짝 다가와 섰다.

“나를 화나게 만들 생각은 아니지?”

“누나가 나한테 바란 게 없었다는 건 동의할 수 없어. 적어도 누난 나랑 섹스를 즐겼잖아.”

“그래서?”

“나는 적어도 누나를 좋아했어. 누나한테 빌려준 차가 고장나도 나 누나한테 한 마디도 안했어. 누나를 가족처럼 생각했다는 말이야."

수인이 방파제 레이싱에 참가하기 위해 몰고 나간 차가 남자의 것이었다.

"브레이크도 제대로 듣지 않는 그 똥차 몇 번 빌려주고 생색내는 거야!"

수인은 남자를 밀쳐냈다. 정신없이 섹스에 몰입하면 치타를 몰고 밤거리에 나섰을 때처럼 증오나 미움 따위를 잊을 수 있었다. 수인의 섹스는 뭔가를 잊기 위한 과정이었다. 할머니를 잊고 온조당을 잊고 떠난 남자를 잊는 그녀만의 방법이었다. 섹스에 몰입하면 지진이 일어났고 눈에 보이는 모든 사물의 윤곽이 풀려버렸다. 오로지 벌거벗은 수컷만 남았다. 그러면서 기억들도 제 틀을 잃어버렸고 어느 순간 마른 대지 위에 떨어진 물방울처럼 증발해버리고 말았다. 하지만 섹스가 끝나면 예전보다 더 단단해진 그물이 수인을 조여 왔다. 그럼 차를 끌고 밤거리로 나가 미친 속도에 몸을 맡겼다. 아무리 달래도 떨어지지 않는 기억들은 떨어지지 않았다. 아주 잠시 건망증처럼 잊을 뿐이었다.

"조용히 떠나면 더 이상 모욕을 주진 않을게."

수인의 눈빛이 차갑게 빛났다. 남자는 주섬주섬 옷을 챙겨 입었다.

"그래도 난 누나를 순수한 여자로 생각했어. 그런데 젊은 남자 찾아 호스트바 다니는 여자들이랑 다르지 않네."

수인은 지갑을 들었다. 5만 원짜리 몇 장을 잡히는 대로 꺼냈다.

"되지도 않는 독설 내뱉지 말고 솔직히 말해. 섹스를 해 준 대가로 돈을 달라는 거지?"

수인은 남자의 얼굴 앞에 돈을 뿌렸다.

"네가 나한테 바란 건 돈이었잖아. 조금은 사랑했다고? 순수한 여자라고 생각했다고? 너는 돈 떨어지면 날 찾아왔어. 거지 같은 소리하지 말고 꺼져!"

수인은 남자에게 처음으로 화를 냈다. 그녀의 말투는 서슬 퍼런 칼날이 되어 날아가 그의 심장에 닿았다. 그는 주춤거리며 출입문 쪽으로 뒷걸음 쳤다.

"돈 챙겨서 꺼져! 내 눈앞에 두 번 다시 나타나지 마. 그땐 사회에서 매장시켜버릴 수도 있어."

남자는 다시 앞으로 걸어와 더듬더듬 돈을 주웠다. 수인은 그런 그를 눈을 부릅뜨고 노려보았다. 그는 기다시피하며 출입문 쪽으로 향했다. 조용히 출입문이 열렸다가 닫혔다. 굳게 입을 다문 문을 보고 있는데 느닷없이 예지처럼 토마스의 얼굴이 떠올랐다. 그리곤 예견된 일처럼 스마트폰이 울렸다. 대학 선배이자 수인의 첫 남자이며 자처해서 그녀의 배경이 된 남자였다.

"나야, 요즘도 차 몰고 나가서 질주하고 그래? 네가 부탁한 그 남자, 소식이 들어왔어."

수인은 침을 삼켰다.

"친구가 마침 이탈리아 대사관에 근무를 하고 있어서 쉽게 찾을 수 있을 거라고 생각했는데 네가 찾아봐달라고 말한 그 친구가 이탈리아로 귀화하는 바람에 찾는데 애를 먹었나봐. 그 친구 소식 알려주기 전에 한 가지 못 박아둘 일이 있어. 앞으론 나한테 연락을 안했으면 좋겠어. 집사람도 눈치챈 거 같고 너 미술관에 넣어준 것도 여기저기서 말들이 나오고 말이야. 그런데 미술관은 왜 그만둔 거야? 사진 작업을 다시 하기로 한 거야? 그렇겠지, 남의 밑에서 일할 네가 아니지. 그래, 네 전공 살려라. 사진작가가 너랑 더 잘 어울린다."

수인은 그의 말을 들으며 서쪽 벽에 걸린 50호 크기의 사진을 쳐다보았다. 1호 크기의 인물 사진을 50장 연결해 만든 액자였다. 오로지 인물. 그것도 모두 얼굴이 중심이었다. 늙은이, 젊은이, 여자, 남자, 아이, 주름진 얼굴, 경악하는 얼굴, 우는 얼굴, 슬픈 얼굴, 삶에 찌든 얼굴, 멍한 얼굴 그리고 할머니의 얼굴. 50장의 사진 속에 선배도 있었다. 머리에 붉은 띠를 두르고 누군가를 향해 고함을 치는 얼굴이었다. 입가에 주름이 졌고 눈은 빛났다. 이마도 강하게 빛났다. 필사적으로 절규하는 얼굴이었다. 하지만 지금 선배에게선 그런 얼굴이 사라진 지 오래였다.

"…관장 그놈이 여잔 밝히지만 뒤가 구린 놈은 아니거든, 잘 버텼으면 부관장쯤 할 수도 있었을 텐데. 어쨌든 그건 그거고. 앞으로 연락하지 말자. 그래 줄 수 있지?"

"그건 선배한테 선택권이 없는 거 같은데요. 제가 결정하겠어요. 그리고 아직은 아니에요. 해줘야 할 일이 아직 하나 남았으니까."

"그 일이 뭔데? 요즘 우리 부서에 감사가 시작됐어. 공무원이라는 거 작은 소문으로도 문제가 될 수 있다는 거 너도 잘 알잖아. 우리 영감도 눈치 챈 모양이야. 정리하라고 은근히 협박이야."

권력의 핵심에 있는 남자, 그는 지금 어디로 튈지 모르는 수인 때문에 긴장하고 있었다.

"마지막 부탁을 들어준다면 선배님하고 엮인 문제 제가 다 짊어지고 갈 수도 있어요."

"마지막 부탁? 그게 뭔데?"

그의 목소리가 초조했다. 늘 느긋하고 여유 만만하던 목소리가 아니었다.

"그건 나중에 때가 되면 말씀 드릴게요. 우선 토마스 이야기나 해주세요."

잠깐 침묵이 흘렀다. 무엇을 주고 무엇을 받을 것인지 정치적인 계산을 하고 있을 터였다.

"좋아, 거기까지야. 하지만 내 능력으로 안 되는 일은 들어줄 수 없어."

"내 마지막 부탁은 선배님 정도면 충분히 가능한 일이고 어려운 일도 아니에요."

"토마스 그 친구 9개월 전에 사라졌어. 이태리 팀으로 사하라 월드 랠리에 참가했대. 그런데 경기가 끝나고 하루가 지났는데도 나타나지 않아 수색에 나갔는데 흔적도 못 찾았다는 거야. 그러니까 공식적으로는 죽었다고 볼 수 있지만 비공식적으로는 어딘가에 살아있다고도 말할 수 있겠지. 사막에 서면 그렇게 갑자기 자신의 의지로 사라져버리는 친구들이 종종 있곤 그랬다네. 아무튼 그 친구 이탈리아 사람으로 기록이 되는 바람에 한동안 찾을 수 없었던 거야. 다 됐지? 마지막 부탁이 뭐야?"

수인은 전화를 끊었다. 넓은 방이 사막처럼 보였다. 할머니에게 큰절을 올리던 토마스의 모습이 눈에 선했다. 이탈리아까지 도망가고도 모자라 사막까지. 그녀는 차 키를 찾아들고 지하 주차장으로 달려 내려갔다. 차에 시동을 걸었다. 시동이 잘 걸리지 않았다. 네 차례나 키를 돌린 후에야 차에 시동이 걸렸다. 수인은 차를 몰고 지하 주차장에서 빠져나왔다. 햇살이 한꺼번에 달려들어 차의 앞 유리창을 두드렸다. 눈이 부셔 눈물이 고였다. 그녀는 계기판 박스 앞에 놓아두었던 선글라스를 꼈다.

치타의 눈물

—

수인는 치타를 몰고 달렸다. 그 별명 한두 번 부르다보니 익숙해졌고 마음에 들었다. 기성이라는 남자가 마음에 든 때문인지도 몰랐다. 차를 만지는 남자. 좋은 차를 만드는 컨스트럭터가 되는 게 현재 기성의 꿈이라는 말을 들은 적이 있었다. 토마스는 컨스트럭터에서 레이서가 된 경우였다.

수인은 차선을 무시하고 속도제한을 위반하며 달렸다. 굉음을 내며 내달리는 치타를 보고 겁에 질린 차들이 피했다. 도로 위 차들의 윤곽이 풀려나갔고 차선의 경계도 흩어지기 시작했다. 지나치는 건물들이 물결치고, 거리를 지나가는 사람들이 어린 모종을 지지하기 위해 꽂아둔 지주처럼 붙박인 듯 서서 수인의 차가 지나가는 걸 구경했다. 차에 속도가 붙자 모든 소리가 사라지고 침묵이 귀를 덮었다. 수인은 어느 순간부터 귀가 아팠다. 아픔은 눈으로 몰려 눈꺼풀을 자꾸만 아래로 끌어내렸다. 견딜 수 없을 만큼 강한 무게로 잠이 몰려왔다. 수인은 입속 볼살을 힘주어 깨물었다. 비릿한 맛이 입안에 돌았다. 눈을 누르는 바위가 달아났고 거리의 소음도 서서히 살아났다. 10여 분 달리다보면 다시 잠이 밀려왔다. 그때마다 수인은 살을 깨물었다. 비릿하고 걸쭉한 뭔가가 식도를 타고 연신 넘어갔다.

세 차례쯤 살을 깨물었을 때 수인의 차는 고속도로 위를 달리고 있었다. 귀를 덮은 침묵은 그대로 살아 있었지만 잠은 다시 찾아오지 않았다. 수인은 목적지 없이 차량의 흐름이 적은 곳을 향해 차를 몰았다. 차의 속도가 얼마나 되는지 계기판을 쳐다보지 않았다. 도로 위를 달리는 모든 차들이 뒤로 물러났다. 한두 대 치타를 따라붙으려고 쫓아왔지만 치타를 따라올 순 없었다. 속도위반 카메라가 보여도 수인은 속도를 줄이지 않았다. 몸이 분해되는 듯한 속도를 얻고 싶었다. 하지만 도로 위엔 차들이 많았다. 수인은 도로의 차들을 피해 갓길을 달리기도 했다. 치타는 갓길에 쌓인 먼지를 일으키며 앞으로 내뺐다. 소형차들은 치타의 속도에 휘청거렸다. 그녀는 온 신경을 운전에만 집중한 채 치타를 몰았다. 앞이 텅 빌 때까지 차를 몰았다. 중부내륙 고속도로로 접어들자 도로 위에 차들이 드문드문 달렸다. 수인은 치타가 낼 수 있는 최대 속도를 내기 위해 엑셀을 밟았다. 속도계 바늘은 시속 340km까지 거침없이 올라갔다. 그래도 토마스의 얼굴은 지워지지 않았다.

수인이 유일하게 열렬히 사랑했던 남자. 토마스 역시 목숨을 걸고 수인을 사랑해주었다. 할머니가 유일하게 인정한 남자였고 할머니를 매력적인 여자라고 말한 전무후무한 남자였다. 잉태된 아이를 지운 수인을 경멸하며 떠나기 전까지는 그랬다. 수인은 아이를 온조당에서 무녀처럼 키우고 싶지 않았다. 언젠가 달의 정령이 나타나 신기한 능력을 부여해주기를 기다리며 살고 싶지 않았다. 아이를 낳으면 결국 온조당으로 돌아가 아홉 명의 신들과 함께 살아야한다는 사실에 수인은 진저리쳤다. 만약 아이를 낳아 온조당으로 돌아가는 게 운명이라면 그 운명을 거부하고 싶었다.

치타가 달리면 중앙분리대가 울었다. 먼 곳의 도로는 아지랑이를 피워 올리며 떨었다. 치타의 바퀴가 닿은 노면은 신음소리를 냈고 고요히 머물러있던 공기들은 치타의 앞 유리창에 부딪혀 깨졌다.

'바보 같은 놈, 도대체 어디로 사라진 거야.'

수인은 혼잣말을 중얼거렸다. 그녀는 더 이상 깊이 들어가지 않는 엑셀을 밟아댔다. 앞 유리창에 벌레들이 부딪혀 산산조각이 나며 달라붙었다. 분해된 벌레들은 유리창을 더럽혔다. 워셔액을 뿜어봤지만 워셔액은 나오지 않았다. 와이퍼가 움직이면서 앞 유리창을 더 넓게 더럽히고 말았다.

상주를 지날 무렵 운전대가 미세하게 떨리기 시작하더니 엔진이 지친 말처럼 힘겨운 신음 소리를 냈다. 지저분한 앞 유리창에 태양이 칼처럼 내리 꽂혔고 뜨거워진 엔진룸과 지붕의 열기가 차 실내를 달구기 시작했다. 어디에선가 휘발유 냄새가 났다. 그러면서 갑자기 차의 속도가 떨어졌다. 수인은 차에 문제가 생겼다는 걸 직감했다. 바깥 차선으로 치타를 몰고 간 그녀는 임시 정차대를 찾았다. 50m 전방에 임시 정차대가 있었다. 하지만 치타는 임시 정차대에 도착하기도 전에 멈추고 말았다. 수인은 겨우 갓길로 치타를 몰고 들어갔다. 도로의 앞과 뒤에 지나가는 차는 보이지 않았다. 주차 브레이크를 건 후에야 수인은 운전대를 놓았다. 수인의 손이 닿았던 자리에 땀자국이 선명했다. 맥이 빠지면서 지독한 절망마저 넘어선 기이한 느낌에 사로잡혔다. 치타가 쪼그라들면서 몸을 조여 오는 듯했다. 숨이 막힐 듯 답답했다. 수인은 차 문을 열고 비로소 세상의 공기를 들이마셨다.

"…중부내륙 고속도로에요. 조금 전에 상주 톨게이트가 나온다는 이정표를 봤어요. 네, 임시 정차대가 바로 앞인데 지금은 갓길에 서 있어요. 와줄 수 있죠?"

수인은 기성에게 전화를 걸었다.

"임시 정차대까지 무슨 수를 쓰든 밀고가세요. 고속도로 사고의 절반이 갓길에서 일어납니다. 아셨죠?"

차에서 내린 수인은 하이힐을 벗었다. 이런 일이 생기리라곤 예상하지 못했다. 차는 쉽게 밀리지 않았다. 도로를 지나가는 차도 보이지 않았다. 태양은 뜨거웠다. 10m도 채 밀고 나가지 못했는데 등에서 땀이 흘렀다. 햇살이 어깨와 팔을 파고들었다. 수인은 이를 다물고 치타를 밀었다. 곁으로 덤프트럭 한 대가 굉음을 내며 지나가다가 임시 정차대에서 멈추었다. 수인은 허리에 손을 짚고 서서 전방을 바라보았다. 팔뚝과 얼굴이 검게 그을린 남자가 수인 쪽으로 다가왔다. 남자는 짧은 스포츠머리에 큰 선글라스를 끼고 있었다. 30대 초반이나 중반쯤 되어 보였다. 남자의 눈이 어디를 보고 있는지 알 수 없었다. 그래서 남자가 어떤 유형의 남자인지 가늠이 되질 않았다.

"도와드려요?"

남자의 목소리는 굵고 허스키했다. 수인은 핫팬츠에 짧은 소매의 티셔츠 차림이었다. 적어도 대낮에 여자를 겁탈할 남자처럼 느껴지지 않는 목소리였다. 남자는 수인의 대답을 듣지도 않고 그녀 곁에 섰다. 남자에게선 땀냄새가 진하게 났다. 남자는 수인과 함께 트렁크에 손을 대고 치타를 밀기 시작했다. 차는 소리 없이 앞으로 나갔다. 그제야 남자는 치타를 보았다.

"생전 처음 보는 차네요. 차 이름이 뭡니까?"

"족보 없는 차예요."

도와주는데 그 정도 대답은 해주어야할 것 같았다.

"잘 빠졌네."

남자가 잠깐 고개를 돌려 수인의 어깨와 다리를 훑어보았다. 남자의 선글라스가 햇살에 번득였다. 치타를 임시 정차대 쪽으로 집어넣기 위해 수인이 운전대를 오른쪽으로 틀어야만 했다. 수인이 차에 올라타자 남자는 힘차게 차를 밀었다. 치타는 덤프트럭 뒤에 첩처럼 세워졌다. 수인이 차에서 내렸다. 남자는 치타의 지붕을 쓰다듬었다.

"아가씨, 이런 차는 얼마나 하지? 정말 죽이는데."

남자는 반말을 했다. 앞뒤 어디에도 지나가는 차가 보이지 않았다. 남자도 덩달아 앞뒤를 살폈다. 바람도 불지 않아 마치 시간이 정지된 듯했다. 남자가 선글라스를 벗었다. 짙은 눈썹과 부리부리한 눈이 나타났다. 수인은 직감적으로 위기를 느꼈다. 하지만 그녀는 허리에 손을 짚고 서서 남자의 눈을 빤히 바라보았다.

"고마워요. 조금 있으면 견인차가 올 겁니다."

"그래? 견인차 모는 새끼들 다 도둑놈들이지. 견인차 올 때까지 내가 같이 있어줄까? 그러지 말고 날도 더운데 내 차에 들어가 있지. 에어컨이 빵빵하거든. 피곤하면 누울 수도 있어. 어때? 내 차엔 없는 게 없어. 냉장고도 있거든. 아, 하다 못해 거시기 장화도 있다니까."

남자가 수인 앞으로 다가오며 히죽히죽 웃었다. 남자의 팔뚝이 씰룩거렸고 얼굴에 기름기가 흘러 반들거렸다. 수인은 물러나지 않았다. 위기를 느낄수록 수인의 눈은 표독스럽게 빛났다. 머릿속을 맴도는 말은 살을 벨 듯 날카로워지고 온몸의 근육은 돌처럼 똘똘 뭉쳤다.

"나랑 자고 싶니? 숏 타임이 백만 원, 롱 타임이 천만 원이야. 그만한 돈은 없어 보이는데. 내 차 밀어준 건 고마운데 지저분한 트럭이나 몰고 꺼지지."

"허, 요년 봐라. 군소리 없이 도움 받을 땐 언제고, 배 지나간 자리 한번 더 지나간다고 표시 나냐? 내가 10만 원은 줄 수 있지."

남자는 더 가깝게 다가왔다. 쉰 냄새와 구린 입 냄새가 코를 찔렀다.

"7789! 아직도 감을 못 잡겠어? 배기량 5000cc에 최고 속력 시속 340km야. 세상에 단 한 대뿐인 차, 이런 차를 누가 몰고 다닐 거 같아? 전화 한 통화면 너 하나쯤은 사회에서 완전히 매장시킬 수 있어. 평생을 빵에서 썩게 만들 수도 있지.

너 같은 새끼가 쳐다볼 나무가 아니라는 거 못 느끼겠어?"

수인의 말이 서슬 퍼런 칼날이 되어 남자의 목을 그었다. 남자는 수인이 내뿜는 싸늘한 기운에 질려 침을 삼켰다.

"이년이…."

남자의 굵고 거친 손이 수인의 목을 잡았다. 그래도 수인은 눈에 들어간 힘을 풀지 않았다.

"7789! 조용히 꺼지면 없던 일로 해 줄 수도 있어."

수인은 남자의 차량 번호를 이빨로 씹어대듯 읊조렸다. 수인의 목을 잡은 남자의 손이 움찔거렸다. 남자의 얼굴이 벌겋게 달아올랐다.

"꺼져!"

남자의 다른 손이 하늘 높이 올라갔다. 멀리 차량 한 대가 달려오는 게 보였다. 차 지붕에 경광등이 달려 있었다. 남자는 맥없이 손을 내린 후 수인의 목에서 나머지 손을 떼어냈다.

"씨발 년, 너 오늘 운 좋은 줄 알아."

남자는 서둘러 자신의 덤프트럭에 올라탔다. 덤프트럭 머플러에서 검은 연기가 흘러나왔다. 지붕에 경광등을 단 차가 임시 정차대에 도착하기 전 덤프트럭은 도로로 진입해 내달리기 시작했다. 경광등을 단 차가 임시 정차대 안으로 들어왔다. 고속도로를 관리하는 도로공사 차였다. 차 안엔 두 명의 남자가 보였다. 수인은 다리가 후들거려 치타에게 몸을 의지한 채 섰다. 차에서 남자들이 내렸다.

"무슨 문제가 있습니까?"

수인은 졸음이 와서 그저 쉴 뿐이라고 대답했다. 남자들이 무슨 말을 더했지만 들리지 않았다. 그녀는 운전석으로 들어가 차 문을 잠갔다. 도로공사 차는 금방 출발했다. 차량 후면에 매달린 안내판은 일정한 속도로 홍보 글자를 내보내고 있었다.

'어디를 가시려고 그렇게 빨리 가십니까.'

수인은 오른쪽으로 흘러가는 그 글귀를 입안에서 굴렸다. 도로공사 차가 시야에서 사라진 후 몇 대의 차가 더 지나갔다. 임시정차대에 서있는 치타를 보고 차들은 속도를 줄였다. 그들은 치타를 구경했다. 시간이 지나면서 실내가 뜨겁게 달아오르기 시작했지만 수인은 차에서 내리지 않았다. 창문도 열지 않았다. 덥지만 안전하다는 생각이 머릿속을 메웠다. 비로소 긴장이 풀어졌다. 후들거리던 다리도 진정되었고 경직되었던 근육들도 풀어졌다. 그러자 서울에서부터 수인를 괴롭히던 잠이 폭포처럼 밀려들었다. 산 속으로 사라진 길 끝이 희미해지면서 풀어졌고 산의 능선들도 하늘과 섞여 색을 잃어갔다. 한순간 백색의 벽이 눈앞을 가로막았고 한없이 깊은 어딘가로 끝없이 추락했다.

"수인 씨!"

누군가 차 창문을 두드리며 수인의 이름을 불렀다. 수인은 화들짝 놀라 잠에서 깼다. 남자가 창밖에 서 있었다. 토마스? 수인은 몸을 바짝 일으켰다. 몸이 축축했다. 전신이 땀에 젖어 번들거렸다. 낯바닥은 눈물로 흥건했다.

"수인 씨!"

남자가 다시 한 차례 창문을 두드렸다. 그는 기성이었다. 수인은 그의 얼굴을 확인한 후 서둘러 눈물을 훔쳤다. 차 문을 열었다. 바람이 밀려 들어왔다. 서늘했다.

"퇴약볕 아래에서 문을 꼭꼭 닫고 잠이 들면 어떡해요. 잘못 하면 죽을 수도 있어요."

수인은 기성의 이야기를 흘려들으며 치타 뒤에 서있는 기성의 차를 쳐다봤다. 코란도였다.

"울었어요?"

수인은 대꾸하지 않고 기성의 차 쪽으로 걸어가 조수석에 올라탔다. 시원했다. 금방 땀도 마르고 눈물도 말랐다. 기성은 그저 말없이 수인을 지켜봤다. 수인은 차 시트에 몸을 맡겼다. 치타의 운전석 속으로 잠깐 사라졌던 기성은 차에서 나와 보닛을 열었다. 그가 움직이는 모습이 무성영화 속의 배우 같았다. 기성이 지프로 돌아와 짐칸에서 물통을 내렸다. 물통 안에 가득 든 물이 출렁거렸다. 기성은 연료 투입구를 열고 물통의 물을 들이붓기 시작했다. 물이 아니라 휘발유였던 모양이었다. 수인은 서서히 맑은 정신을 찾아갔다. 그는 트렁크에서 점프 케이블을 꺼낸 후 코란도의 보닛을 열고 케이블을 치타에 연결했다. 그가 운전석으로 들어가 치타의 시동을 걸었다. 수인은 코란도에서 나와 태양을 등지고 섰다.

"수인 씨, 휘발유가 떨어진 거였어요. 연료를 체크하는 경고등이 나갔네요. 그래도 게이지 떨어지는 걸 보면 연료가 바닥난 거 보셨을 텐데. 이 차는 고속으로 달리면 리터당 4km 밖에 연비가 안 나온다는 거 아시죠. 고속으로 달릴 땐 항상 연료에 신경을 써야 됩니다. 90리터 짜리 연료통을 달았으니까 연료가 가득 들어있는 상황이라고 해도 최대 360km까지밖에 달릴 수 없어요. 반쯤 연료가 들어 있었다면 200km도 못 가서 기름이 바닥난다는 말입니다. 경고등은 지금 갈았습니다. 배터리도 지금 막 충전했는데 서울로 돌아가면 배터리도 교환하세요."

기성이 장갑을 벗었다. 그제야 수인은 또렷하게 현실을 인식할 수 있었다.

"고마워요."

수인은 기성을 와락 끌어안았다. 수인의 입에서 자신도 모르게 토마스의 이름이 흘러나왔다. 놀란 기성이 두 손을 어쩌지 못하고 축 늘어트렸다.

10

돌고 돌고 돌고

—

배기량 125cc, 시속 130km. 30마력 정도의 로탁스 엔진으로 달리는 카트 대회에서 2년 연속 우승. 기성은 헤어지기 전 수인이 성찬처럼 늘어놓았던 말을 떠올렸다. 그건 기성이 잊어버렸던 시절의 이야기였다.

아버지 어머니와 함께 살던 폐차장 식당에 딸린 방에서 탈출한 후 기성은 무작정 서울로 올라왔다. 발신인 주소가 없는, 잘 지내고 있다는 여동생의 편지를 들고 야심한 밤 상경했다. 막연하게 서울에 가면 여동생을 딱 만날 수 있을 것이라고 생각했지만 서울역을 나서는 순간 여동생을 찾지 못할 것이라는 사실을 알았다. 촌구석에 살던 기성에게 서울은 세상의 전부인 것처럼 넓었다.

기성은 노숙자처럼 한동안 서울역에서 지냈다. 고등학교도 졸업하지 못한 학력으론 갈 곳이 그리 많지 않았다. 그때 떠오른 사람이 자신보다 먼저 서울로 올라온 친구 준호였다. 기성은 그를 찾아갔다. 그는 서울 변두리의 한 차량 정비소에서 일하고 있었다. 그런데 그곳은 흔한 정비소가 아니었다. 레이서를 꿈꾸는 어린 레이서들의 카트를 전문적으로 취급하고 수리하는 우리나라에 단 하나밖에 없는 정비소였다. 기계를 잘 만진다는 그의 변죽 덕에 기성은 그곳에 일자리와 잠자리를 얻을 수 있었다.

기성은 그곳에서 신분의 격차를 처음으로 깨달았다. 같은 나이임에도 누군가는 카트를 몰며 한 달에 수백만 원씩 길바닥에 깔며 살았고 누군가는 카트에 기름을 치고 조이고 눈물을 먹으며 살았다. 기성은 그때 카트를 처음 보았다. 장난감처럼 작은 차였지만 도로를 굴러다니는 차들과 다름없는 스피드를 냈다.

어느 깊은 밤 장난 삼아 카트를 몰고 트랙을 돌게 되었다. 그만 그걸 정비소 주임에게 들키고 말았다. 쫓겨날 줄 알았지만 운명은 정반대로 흘러갔다. 그때까지 누구도 내지 못했던 기록을 보여주었기 때문이었다. 그 사건 뒤로 기성은 카트를 몰았다. 그리고 전국대회에서 두 번이나 우승을 차지했다. 그 후 기성은 흑인 최초의 F1 선수이자 가장 위대한 스포츠선수가 된 루이스 해밀턴이 되기를 꿈꿨다. 가난한 이민자 집안의 한 소년이 100억 원이 넘는 차를 모는 레이서가 된 것이다. 기성은 두 번 우승한 전력을 바탕으로 무모한 꿈을 꾸었다.

꿈은 꿈일 뿐. 누구도 정비소 출신의 가난한 카트 선수에겐 손을 내밀지 않았다. 매달 수백만 원씩 들어가는 비용을 댈 수도 없었고 지원해주는 사람도 없었다. 다른 카트 선수들이 타다가 버린 엔진을 고쳐 쓰고 닳아빠진 타이어로 트랙을 돌고 돌고 돌았다. 하지만 레이싱은 돈을 퍼부어야 우승에 가까이

다가갈 수 있는 스포츠라는 걸 늦게 깨달았다. 운전 실력만 가지고 이룰 수 있는 세계가 아니었다. 게다가 기성은 기껏해야 카트를 몰아봤을 뿐이었다.

수인은 기성의 오래전 과거를 알고 있었다. 그녀는 그 과거를 어떻게 알게 되었는지 말하지 않았다. 용주조차도 모르는 일이었다.

"엔진 오일도 오래된 거 같네요. 자주 갈아주세요. 너무 오래 갈지 않으면 엔진 마모가 빨리 옵니다. 제 때 갈아주는 것만으로도 차를 10년은 더 탈 수 있습니다."

푸조 쿠페를 몰고 나타난 여자는 기성을 힐끔 쳐다본 후 5만 원짜리 지폐 두 장을 내밀었다. 행여 기성과 손이라도 닿을까 싶어 돈을 손가락 두 개로 팔랑거리듯 잡고 있었다.

"10년씩이나 이 차를 몰라고? 잔돈은 됐어."

여자는 침을 내뱉듯 반말을 한 후 운전석에 올라탔다. 여자는 실내등 전구 하나를 갈고 10만 원을 낸 후 사라졌다. 기성은 카센터 앞에 서서 부드러운 곡선을 그리고 사라지는 푸조를 바라보았다. 카트의 세계에서 멀어진 후 기성은 자동차 정비를 배웠다. 레이서가 될 수 없다면 컨스트럭터나 적어도 F1 경주에 참가하는 자동차업체의 정비공이라도 되고 싶었다. 그 역시 이룰 수 없는 꿈이었다. 10년 전이나 지금이나 세상은 바뀌지 않았기 때문이었다. 싸구려 정비 학원에서 배운 정비 실력으론 경주용 차 근처에도 가지 못했다. 신분을 뛰어넘을 방법으로 기성은 대학을 선택했다. 자동차학과 야간을 다녔지만 결국 돈이 없어 2학년을 다니다 그만두고 말았다. 꿈을 이루는 건 특혜 받은 소수일 뿐일지도 몰랐다. 대신 그동안 기성이 모은 건 책이었다. 부서진 사월, 리스본행 야간열차, 인공호흡, 한 알의 밀알, 양을 쫓는 모험, 적절한 균형, 주름, 빌라 아말리아……. 손이 간 책들은 우연인지 모르겠지만 소설이었고 자동차 공부하겠다는 인간이 읽은 책이 소설책들뿐이었다.

기성의 휴대폰이 울렸다. 용주였다.

"정말 미안한데……."

기성은 용주의 숨소리에서 다른 세상의 목소리를 들었다. 화가 나야 하는데 숨이 막혔다.

"상금은?"

"그럴 일이 좀 생겼다."

구구절절 변명을 늘어놓던 예전의 용주가 아니었다.

"건물 주인이 보증금 올려달라는데 못 주고 있어."

"좀 어떻게 안될까……"

"월세를 거의 따불로 내고 있어서."

용주는 미안하다는 말을 남기고 통화를 끝냈다. 기성은 조심스럽게 휴대폰을 닫았다. 용주는 서울에서 알고 지내는 고향 친구이자 고등학교 친구였다. 위로가 되었고 위로 받으며 지냈는데 용주는 늘 돈에 허덕였다. 그래도 기죽지 않고 손을 내밀었었는데. 문자가 들어왔다. 곧 잡지사 고료가 나오니 그때 갚을 수 있다며 돈을 빌려달라 부탁하는 용주의 문자였다. 기성은 더 이상 가게 문을 열어놓고 싶지 않았다. 그는 작업장 쪽의 셔터를 끌어내렸다. 사무실 쪽 셔터를 끌어내리려고 셔터 홈에 고리 막대를 끼웠을 때 그림자 하나가 다가와 발아래 섰다. 싸구려 향수 냄새가 풍겼다.

굴레

—

"오빠!"

기성은 흠칫 놀랐다. 1년에 한 번 볼까말까 하는 여동생이 눈앞에 서 있었다. 게다가 가게까지 찾아온 건 처음이었다.

"얼른 인사 해."

왼쪽 귀에 은색 귀고리를 두 개나 단 남자가 기성에게 다가왔다. 흰색 셔츠에 반짝이는 회색 면바지 차림이었다. 남자는 허리에 굵고 요란한 장식이 달린 허리띠를 매고 있었다. 얼굴과 손이 생전 빛 한번 보지 못한 죄수처럼 매우 희었다. 손가락은 징그러울 정도로 길었는데 여러 개의 반지가 장식처럼 박혀 있었다.

"형님, 황하성입니다. 잘 부탁드리겠습니다. 가게가 좋습니다."

남자는 머리를 꾸벅 숙이며 살갑게 말했다. 기성은 셔터를 내린 후 두 사람을 데리고 사무실로 들어갔다. 그는 불길한 마음을 억누르려고 활기차게 굴었다. 커피를 뽑아주고 시든 사과를 깎았다.

"어쩐 일이냐?"

여동생은 짧은 치마를 끌어내리며 히죽히죽 웃었다. 이제 스물 중반의 나이인데 눈가엔 벌써 주름이 보였다. 화장을 하지 않은 듯 했지만 향수 냄새는 세상을 다 살아버린 늙은이가 내뿜는 몸 냄새처럼 지독했다.

"장산 잘 되니?"

동생은 술장사를 했다. 대학교 앞에서 15평 남짓한 작은 술집이었다. 기성은 꼭 한번 동생의 술집을 가본 일이 있었다. 여종업원도 두 명씩이나 거느린 사장이었다. 술을 마시러 온 사람들은 대부분 남자였다. 여동생은 코맹맹한 소리를 내며 술도 팔고 웃음도 팔았다. 그래도 일찍 가출한 소녀치곤 제법 성공한 셈이라고 믿었다. 비빌 언덕 하나 없이 그 정도 자리를 잡았으면 됐지 싶었다.

"요즘 장사 잘 되는 집이 어딨어? 그냥 하루하루 살아가는 거지. 그런데 오빠!"

기성은 다시 가슴이 철렁 내려앉았다. 동생이 데려온 남자는 천정 모서리에 걸린 사진을 구경하는 데에 정신이 팔려 있었다.

"야, 잠깐 나가 있어."

동생이 남자를 사무실 밖으로 몰아냈다. 남자는 별 저항 없이 작업장으로 나갔다.

"저 친군 누구냐?"

"혼자 온다니까 꼭 따라와야 한다고 얼마나 난리를 피우던지. 그래서 어쩔 수 없이 같이 왔어. 의리 하난 끝내준다니까."

"누구냐고?"

"나랑 동거하는 애야."

기성은 침을 꿀꺽 삼켰다.

"좀 그렇다."

기성은 사무실 창 너머로 남자를 훔쳐봤다. 남자는 공구들을 신기한 듯 구경하고 있었다.

"재가 어때서? 내 주제에 딱 맞아. 나 같은 년 누가 쳐다보기나 하는 줄 알아?"

"네가 어때서?"

기성은 얼굴이 빨갛게 달아올랐다. 동생은 닳고 닳은 여자처럼 말도 거칠어졌고 대범하게 굴었다. 그런 동생의 얼굴을 보고 있는 게 불편했다.

"거두절미하고 오빠, 나 돈 좀 빌려줘."

"돈?"

"저놈이 겨우 정신 차리나 싶었는데 글쎄, 또 사고를 쳤지 뭐야. 아는 언니들한텐 더 이상 손 빌릴 데도 없고 보증금도 이미 다 빼내 써서 돈 나올 구멍도 없고."

여동생은 옆집에 사는 어떤 여자 흉을 보듯 대수롭지 않게 말했다.

"사고를 치다니? 보증금을 다 빼냈다는 말은 또 뭐고?"

동생의 남자는 노름하는 남자였다. 평소엔 착하다가 노름만 시작했다 하면 정신을 못 차리는 그런 남자였다. 가게 보증금을 담보로 돈을 얻어 노름판에서 다 날렸다고 했다. 당장은 아니지만 돈을 내놓지 않으면 가게를 뺏길 판이라는 게 여동생의 말이었다. 기성은 설탕을 타지 않은 커피를 단숨에 들이

켰다.

"엄마한테 말 한번 해볼까 했는데, 나랑 뭐 정이 있어야지. 아빠 다리 자른 후에 돈 얘긴 꺼내지도 못하게 하고 말이야."

"그러니까 나보고 노름빚을 갚아주라는 말이야?"

"서울 바닥에 내가 믿을 사람이 오빠 밖에 없잖아. 쟤 두 번 다시 노름 안 하기로 나랑 굳게 약속했거든. 정말 좋은 놈이야. 술도 안 먹지, 담배도 안 펴. 그리고 가게 일도 얼마나 열심히 하는데."

"직업도 없어?"

"왜 없어? 우리 집 웨이터야. 얼마나 센스가 좋은데. 손님이 오면 어떤 술을 원하는지 한 눈에 알아맞힌다니까. 그리고 저놈 때문에 여자들도 좀 꼬이고. 장사도 좀 되고 말이야. 오빠 이번 한 번만 좀 도와주라. 한 번만 더 노름하면 끝이라고 했거든. 쟤도 다시 노름하면 자기 손목을 자르겠대. 우리 새 출발하려고 각오 단단히 했으니까 오빠가 딱 한 번만 도와줘, 응?"

기성은 자신도 모르게 가슴이 꺼지게 한숨을 내쉬었다.

"어, 얼마나?"

"오빠가 도와줄 줄 알았어. 천만 원이면 돼."

기성은 의자에서 벌떡 일어났다. 가출해서 술집으로 굴러다닌 여동생에게 기성은 죄책감을 느꼈었다. 동생 하나 제대로 건사하지 못한 자신을 질책하곤 했다. 고리타분하고 주제넘은 짓인지 모르겠지만 여동생을 잘 보살피는 게 오빠의 도리이거나 가족의 의리 정도는 되어야 한다고 생각했다. 기성은 사무실 문을 와락 열고 작업장으로 나갔다. 남자는 람보르기니 사진 앞에서 넋을 잃은 채 서 있었다.

"형님, 이런 차는 얼마나 가나요? 한 1억쯤 합니까?"

여동생이 뒤따라 나왔다.

"규자야, 우리도 저런 차 타고 다닐까? 그냥 한 방이면 우리도 저런 차 몰 수 있는데 말이야."

날도둑에다 철도 덜 든 남자가 여동생을 등쳐 먹고 산다고 생각하자 부아가 치밀어 올랐다.

"당신 같은 사람이 몰고 다닐 수 있는 차가 아냐."

생각할 시간이 필요했다. 동생을 도와주려고 해도 당장은 도와줄 돈이 없었다.

"형님, 무슨 말을 그렇게 섭섭하게 하십니까. 이 황하성 아직 죽지 않았습니다. 하우스에서 로티플 한번 잡고 짱짱하게 레이스 당겨지면 한 방에 저런 차 살 수 있습니다. 인생 한 방 아닙니까? 일자춘몽 아니겠습니까?"

남자가 이빨을 훤히 드러내고 히죽 웃었다.

"노름 안 한다며!"

"말이 그렇다 그거지, 나 원. 여자들은 왜 그런지 모르겠어. 사나이의 꿈 같은 거 이해를 못 한다니까. 일자춘몽이다, 일자춘몽!"

기성은 폭발했다. 남자에게 달려들자마자 주먹으로 그의 턱을 후려쳤다. 남자는 맥없이 쓰러졌다.

"그 말은 지금 상황에 맞는 것도 아니지만, 일자춘몽이 아니고 일장춘몽이야 새끼야! 내 동생이 네 놈 노름빚이나 대주려고 장사하며 어렵게 사는 줄 알아! 거지 같은 새끼!"

기성은 마구잡이로 주먹을 휘둘렀다. 남자가 기성의 몸 아래 깔린 채 손을 내저으며 버둥거렸다. 기성의 팔을 잡은 그의 손엔 맺힌 힘 같은 것도 채워져 있지 않았다. 손목도 가늘고 목은 희고 길었다. 남자의 입이 터지고 피가 흘렀다. 동생이 달려들었다.

"오빠, 왜 이래? 오빠가 뭔데 이 사람을 때리는 거야. 돈 빌려주기 싫으면 말로 하면 되잖아."

기성은 화를 참을 수 없었다. 동생을 밀쳐냈다. 남자를 죽이기라도 할 듯 두들겨 팼다.

"어이고, 순 깡패네, 깡패!"

남자는 지지 않고 대꾸했다. 동생이 다시 달려들어 기성의 등을 올라탔다.

"왜 생전 안 하던 짓을 해. 오빠가 뭔데 이 사람을 때려!"

급기야 동생이 기성의 어깨를 물었다. 기성이 남자의 몸에서 떨어져나갔다.

"저놈하고 끝장을 낸다면 돈 천만 원 그냥 줄 수도 있어. 뭐? 노름을 다시 하면 손목을 잘라? 난 저런 놈 잘 알아. 결국 네 인생을 파멸로 이끌 그런 악마 같은 놈이야."

"오빠가 뭘 안다고 그래? 오빠가 언제 내 오빠 노릇 제대로 한 적 있었어? 그래도 얘는 나만 사랑해준단 말이야. 나만! 의리도 있고. 인정머리 없는 아빠 엄마나 오빠완 달라!"

동생은 남자의 얼굴에 흐른 피를 닦으며 울먹였다. 남자는 맥없이 늘어져 있었다. 기성은 주먹이 얼얼했다.

"니미럴, 오늘 운세에 재수 옴 붙는다고 하더니 그 말이 딱 맞네."

남자가 동생의 부축을 받으며 자리에서 일어났다. 동생은 남자를 끌고 거리로 나갔다.

"형님, 두고 보십시오. 내가 꼭 저 차 끌고 찾아올 테니까."

기성은 맥없이 웃었다.

"오빠를 믿고 찾아온 내가 미친년이지."

동생은 셔터를 발로 걷어찬 후 돌아갔다. 기성은 소파에 앉아 맥없이 거리를 내다보았다. 거리에 시간이 흘렀다. 도로를 메운 차들이 헤드라이트를 밝히고 건물 상점들이 네온 간판을 켰다. 인도엔 사람들로 넘쳐나기 시작했고 거리에 깔린 노을이 사람들의 발에 밟혔다. 물처럼 흘러가는 시간이 보였다. 왠지 거리 속에 삶의 비밀이 숨겨져 있을 것 같다는 생각이 들었다. 기성은 소파에서 일어나 컴퓨터 앞으로 자리를 옮겼다. 컴퓨터를 부팅하고 인터넷 뱅킹 창을 띄웠다. 인증서 확인을 하고 용주의 계좌에 30만 원을 송금했다. 인터넷 뱅킹을 로그아웃한 후 폰 메시지 창을 띄웠다.

'규자야, 오늘 미안하게 됐어. 천만 원이면 나한텐 큰돈이야. 한 달만 잘 넘겨봐. 내가 한번 마련해 볼 테니까.'

동생에게 문자를 보냈다. 답장은 없었다. 월세를 낼 때마다 보증금 올려달라고 눈을 흘겨 뜨는 건물 여주인보다 더 정이 없는 여동생이었다. 그래도 어려운 한 시절을 같이 살아낸 여동생이었다. 도와주는 데에 있어 그거면 족하다는 생각이 들었다. 기성의 휴대폰으로 문자가 들어왔다.

'고맙다……. 근데 공지 뜬 거 봤냐? 이번에도 우승 잡아봐야겠다.'

용주가 다시 낙천적인 성정으로 되돌아온 듯해 기성은 피식 웃었다. 언젠가 진지하게 그런 걸 물었다. 왜 그렇게 미친 놈처럼 스피드에 목을 매냐고.

'실은 잘 몰라. 그런데 분명한 건, 속도가 저속일 땐 오만 가지 잡생각들이 떠올라서 내가 현재에 있다는 사실을 실감나게 만들지만 속력이 붙기 시작하고 내 똥차가 낼 수 있는 이상의 속도가 나오면 그때부터 내 자신이 분해되어 버리는 거 같아. 생각은 물론 몸까지. 분해되어서 다른 세상에 가 있는 거야. 미래일지도 모르고 어쩌면 과거일 수도 있고. 그게 아니면 정말 다른 세상이겠지. 아마 그래서 차 속도가 붙으면 나도 모르게 흥분이 돼. 현재에 있는 내가 아닌 다른 세상의 나를 만나는 거야. 그게 왜 흥분이 되는지도 모르면서.'

11

인간

—

영미는 물병을 찾아 눈을 두리번거렸다. 소파 아래 먹다 만 컵라면과 반쯤 남은 즉석 만두, 김빠진 맥주 캔 하나와 다리만 조미해 만든 오징어가 널브러져 있었다. 다탁 위엔 이력서 뭉치와 구인 광고가 적힌 신문들이 뒤죽박죽으로 포개져 있었다. 스마트폰이 몸을 떨었다. 할인점의 팀장이었다. 그는 영미가 퇴직 당한 후 잊을 만하면 전화를 걸어왔다. 역시 전화를 받지 않았다. 왜 그 작자가 전화를 거는 건지, 할 말이 있다는 게 뭔지, 다른 꿍꿍이는 없는 건지, 취직자리를 알아봤다는 건지, 만약 그렇다면 뭘 바랄지…. 영미는 반대편으로 머리를 옮겨 누우며 머릿속에 떠오른 질문들에 진저리를 냈다.

휴대폰이 짧은 한숨을 내쉬듯 신호음을 뱉어냈다. 팀장의 문자였다.

'정말 이러기요. 나 무지 난처해졌소. 영미 씨 잘리고 회사에 이상한 소문이 나돌고 있소. 내가 댁을 희롱했소? 회사로 찾아와 해명 한 번만 해주시오. 영미 씨야 젊으니까 어디든 다시 갈 수 있겠지만 난 잘리면 갈 데가 없소. 우리도 구조조정

중인데 나 잘리면 캐나다에 나가있는 마누라랑 아이들 낙동강 오리알 되오. 제발 나 좀 구해주시오.'

영미는 화가 났다. 문자를 삭제했다. 팀장에게 전화를 걸어 악다구니를 퍼붓고 싶었지만 참았다. 목소리를 듣게 되면 결국 자신이 설득 당하게 될 터였다. 영미는 소파에서 벌떡 일어났다. 잡동사니를 치우고 청소기를 돌렸다. 걸레를 빨아 방을 닦았다. 평소엔 손대지 않던 소파 뒤나 텔레비전 뒤도 닦았다. 걸레는 금방 새까맣게 변했다. 이마와 가슴골에 땀이 맺혔다. 세수를 하고 로션을 바르고 다탁 앞에 앉았다. 지긋지긋하지만 이력서를 쓰지 않을 순 없었다. 아껴 쓴다고 해도 반년쯤 후엔 통장 잔고가 바닥난다.

영미는 취업박람회에서 얻어 온 자료를 훑어보기 시작했다. 텔레비전은 저 혼자 떠들었다. 몇 개 매력적인 일자리가 눈에 띄었다. 영미는 빨간 펜으로 밑줄을 긋고 메모를 했다. 컴퓨터 앞에 앉아 이력서를 작성하고 저장되어 있는 사진을 복사해 붙이면서 커피를 한 모금씩 마셨다. 그중 한 군데쯤은 연락이 올 것 같은 기분이 들었다.

일곱 장의 이력서를 모두 출력한 후 예전에 써두었던 자기소개서를 창에 띄웠다. 영미가 써 둔 소개서지만 사랑받으며 예쁘게 잘 자랐다는 말과 체계적인 일이 적성에 맞아 그런 분야에서 두각을 나타냈다는 문장들이 생소했다. 엄마는 쇼핑중독이고 아빠는 소심하며 두 사람은 이혼했다는, 그런 이야기는 없었다. 두 사람이 끝없이 돈을 달라고 손을 내민다는 이야기 역시 없었다. 한때 결혼했던 혼혈아 찰리에 대한 이야기도 적지 않았다. 그가 미국으로 떠났고 지금은 그의 소식을 모른다는 사실 역시. 회사가 원한다면 옷을 홀랑 벗을 수도 있다는 말은 적어 넣고 싶었다.

소개서 일곱 장을 출력한 후 프린터 전원을 껐을 때 다탁 위에 놓여있던 스마트폰이 다탁을 두드리며 요란하게 몸을 떨었다. 영미는 결심했다. 팀장이라면 두 번 다시 전화를 하지 못하도록 욕을 퍼붓겠어. 하지만 창에 뜬 전화번호는 낯선 번호였다.

"신미자 씨가 어머니 되시죠?"

전파를 타고 넘어온 목소리는 굵고 거친 남자의 것이었다.

"여기 영등포 경찰섭니다. 어머니께서 절도 용의자로 잡혀 계신데 나오셔야 할 거 같습니다."

영미는 스마트폰을 떨어트렸다.

벽(癖)

—

영미가 경찰서에 간 건 처음이었다. 영미의 예상과 달리 경찰서 안은 조용했다. 고함 소리나 윽박지르는 소리, 피의자나 피해자들이 목에 핏대를 세우며 싸우는 소리 따위는 없었다. 그건 드라마나 영화 속에서나 있는 풍경인 모양이었다. 엄마는 씨름 선수 같은 덩치의 형사 앞에 앉아 있었다. 형사와 엄마 사이엔 연한 카키빛의 옷감 같은 게 번들거리며 똥처럼 쌓여 있었다. 엄마 곁에 갈색 유니폼을 입은 한 남자가 더 있었다. 그는 엄마의 머리를 흘겨보았다.

"딴소리 하지 마시고. 그러니까 백화점에 들어가신 게 몇 십니까? 오후 1시쯤 됐습니까?"

"저도 잘 모르겠습니다. 제가 왜 그랬는지 모르겠다고요."

엄마는 머리를 푹 숙인 채 형사의 질문에 대답했다. 자판을 두드리는 소리와 질문 그리고 대답이 들렸다. 무질서하고 소란스러울 줄 알았던 경찰서 풍경이 아니라 영미는 더 주눅이 들었다. 상담을 나누는 사무실 같은 분위기였다.

"이 아주머니 자주 나타났습니다. 거의 같은 시간에 나타나서 한두 시간 돌다가 빈손으로 돌아가는 게 저희 보안 카메라에 기록되어 있더군요. 여죄가 더 있을 겁니다."

"가만히 좀 계세요. 아주머니 오후 1시쯤 백화점엘 들어가셨죠?"

"아마 그쯤…."

영미의 등장을 눈치채고 엄마는 입을 다물었다. 형사와 백화점 직원이 동시에 영미를 올려다보았다. 영미는 얼굴이 빨갛게 달아올랐다. 엄마가 도둑질이라니, 믿을 수 없었다.

"어머니께서 이걸 훔쳐 나오시다가 발각되셨습니다."

"그냥 발각된 게 아니죠. 이 아주머니 우리가 쫓는 걸 눈치채고 이것들을 화장실로 들고 들어가서 변기 속에 처넣은 겁니다. 그냥 넣으면 말도 안 하겠습니다. 왜 물건에 칼질을 하느냔 말입니다. 이게 도대체 얼마짜린 줄 아십니까?"

영미는 그의 이야기를 듣고 싶지 않았다. 쇼핑벽이 도벽으로 발전한 것일까? 엄마는 순한 양 같은 눈으로 영미를 올려다보았다. 형사의 컴퓨터 자판 옆에 칼날을 몸에 숨기고 있는 문구용 칼이 보였다. 금방이라도 칼날이 튀어나와 영미의 목을 벨 것만 같았다.

"조용히 하세요. 조사 중이니까."

형사가 못을 박자 백화점 직원이 입을 다물었다. 간단한 질문과 대답이면 끝날 조사가 한 시간이 넘도록 이어졌다. 왜 갔는지, 언제 갔는지, 처음부터 목표로 정한 물건이었는지, 공범은 없는지, 왜 화장실로 도망갔는지, 옷에 칼을 댄 이유는 뭔지…. 엄마는 횡설수설했고 형사는 다시 묻고 백화점 직원은 거들며 한 시간이 지나갔다. 이야기는 간단했다. 엄마가 옷을 훔쳤고 백화점 직원에게 들켜 경찰서까지 오게 된 것이었다. 이럴 때 자식은 어떻게 처신을 해야 하는지 영미는 알지 못했다. 백화점 직원에게 빌어야하는 건지, 형사에게 빌어야 하는 건지. 아니면 그냥 처분대로 내버려 두어야 하는 건지.

"잠깐 나가 계세요."

형사가 백화점 직원을 경찰서 밖으로 내보냈다.

"백화점 측에선 일이 커지는 걸 원하지 않는답니다. 그러려면 백화점 측과 합의를 보셔야합니다."

엄마는 고개를 떨어트린 채 무릎 위에 놓인 손만 만지작거렸다.

"합의라면?"

"물건값 배상하는 거죠. 직원이 여기까지 따라와서 백화점 업무에 지장을 줬으니까 그에 따른 일정 정도의 배상도 해야 할 겁니다. 아주머니가 초범이고 연세가 있으셔서 합의가 가능한 거니까. 합의 잘 보세요. … 뭐 하세요?"

형사가 백화점 직원이 나간 쪽을 가리켰다. 영미는 핸드백을 쥔 손에 힘을 주고 출입문 쪽으로 향했다. 현기증이 났다. 경찰서 내부 풍경이 볼록렌즈로 들여다보듯 둥글게 휘어졌다. 책상마다 앉아 있는 사람들의 머리가 기형으로 보였다. 물고기 머리, 사자 머리, 양 머리, 말 머리, 닭 머리, 개 머리….

창을 뚫고 들어온 햇빛에 그 머리들은 총천연색으로 빛났다. 영미는 조심조심 걸었다. 의자를 짚고 기둥에 의지하며 사무실을 나왔다. 그제야 하루 종일 컵라면 하나 먹은 게 전부라는 걸 깨달았다. 밥이라도 먹고 나올 걸.

백화점 직원은 복도 자판기 옆 의자에 앉아 커피를 마시고 있었다. 영미가 나오자 그가 의자에서 일어났다. 무슨 말을 꺼내야하는 거지? 영미는 할 말도 정리하지 못한 채 비틀거리며 그에게 다가갔다. 남자가 순간적으로 손을 뻗으려다가 접었다.

"어머님께서 연세도 있으시고 초범이시라니까 우리도 구속되고 그런 건 원하지 않습니다."

다행히 남자가 먼저 입을 열었다.

"하지만 물건값은 배상 하셔야 합니다. 저희 보안 카메라 판독 결과 사흘 전에도 어머니가 나타나신 시각에 블라우스 두 벌이 같은 매장에서 사라졌습니다. 그래서 댁의 어머니에 대해 면밀하게 살펴보고 있었던 것이기도 하고요. 그 블라우스값과 오늘 손상시킨 블라우스값을 모두 변상하시겠다면 우리 백화점 측에선 없던 일로 하겠습니다."

영미는 가늘고 길게 한숨을 내쉬었다. 뭐라고 엄마에 대해 변명을 해주고 싶은데 딱히 떠오르는 말이 없었다. 쇼핑을 하지 못하면 발이 간지러운 병을 앓고 있다고?

"얼마나 변상하면 되나요?"

"지난번 없어진 블라우스는 가격이 저렴한 겁니다. 그거 두 벌 가격이…."

남자는 속주머니에서 수첩을 꺼내 펼쳤다.

"두 벌이 96만 원이네요. 그리고 오늘 블라우스는 명품에다가 실큰데…. 244만 원입니다."

영미는 입을 다물지 못했다. 350만 원이면 영미의 1년치 용돈이었다.

"저희 백화점 영업시간 마감 전에 배상만 끝난다면 없던 일로 하겠습니다."

남자는 제 할 말을 끝낸 뒤 머뭇거리다 자판기 옆으로 돌아가 의자에 앉았다. 다리가 후들거렸다. 의자에 앉고 싶었지만 영미는 경찰서 건물을 나섰다. 근방의 은행에서 돈을 찾아왔다. 돈을 봉투에 담았다. 남자가 돈을 확인한 후 영미에게 말했다.

"실은 어머니가 입고 계신 옷도 3개월쯤 전에 저희 백화점에서 분실한 베르사첼니다. 그건 시간도 오래 됐고 해서 제가 말 안 한 겁니다. 어머니 도벽이 좀 심하신 편입니다. 잘 보살펴 드리세요."

영미는 남자가 변상 운운하며 말을 건넬 때 머뭇거린 이유를 깨달았다. 백화점 직원이 경찰서 사무실로 들어간 후 형사와 엄마가 나왔다. 영미는 엄마의 손을 힘없이 잡았다. 엄마는 영미의 손을 힘주어 잡았다. 영미는 서둘러 경찰서를 벗어나려고 종종걸음을 쳤다. 엄마가 뒤듯이 따라왔다.

"영미야, 미안해. 오늘 내가 재수가 없었어."

"재수가 없어서 도둑질하다 들켰다고?"

"그게 아니라 정말로 나도 모르게 손이 갔는데…."

"그게 도둑질이지 뭐야. 앞으로 여섯 달 동안 엄마한테 생활비 못 줘."

"영미아, 그럼, 난 뭐 먹고 사니. 1주일에 한 번은 할인점에 가야…. 하다못해 슈퍼라도…. 할부금 밀린 것도 잔뜩 있는데…. 휴대폰 요금은 어떡하니?"

영미가 홱 돌아서서 엄마를 노려보았다. 엄마의 얼굴엔 일말의 죄책감도 남아 있지 않았다. 영원히 이 순간이 사라져버렸으면 싶었다. 불가능하겠지. 그렇다면 자신만이라도 훌쩍 사라질 수 없을까. 아무도 찾을 수 없는 곳으로 떠나버리고 싶었다.

"엄마가 알아서 해."

영미가 돌아서려하자 엄마가 그녀의 손을 잡았다.

"영미아, 오늘 일은 정말 미안해. 하지만 너도 잘못이 있어. 우리가 쇼핑 가본 게 언제니? 그러게 가끔 나 찾아와서 쇼핑도 좀 다니고 재미나게 해 줬으면…."

삶이란 게 원래 지루하고 무료한 거 아닌가. 그래도 참고 살아야 하는 게 인생이지 않았던가. 환갑이 다 된 나이에 그런 간단한 진실을 몰랐단 말인가. 영미는 입만 벌린 채 소리 없이 절규했다. 엄마는 말뚝처럼 서서 영미를 지켜보았다.

"엄마, 앞으로 연락하지 마. 아빠가 엄말 버린 이유를 이제야 알 것 같아."

영미는 엄마를 홀로 남겨두고 바삐 주차장 쪽으로 걸어갔다. 엄마가 종종걸음을 치며 따라왔다. 영미는 차에 올라탄 후 출구 쪽으로 내뺐다. 엄마가 몸을 틀어 달려오다가 멈춰 섰다. 도로로 진입한 후 영미는 룸미러로 뒤를 살폈다. 엄마가 경찰서 입구에 서 있었다. 갑자기 찰리가 보고 싶었다.

한때 같이 살았고 헤어진 후 뉴욕으로 떠나고만 찰리. 그가 더 이상 서로를 비난하지 않았으면 좋겠다는 말을 했을 때 영미는 둔하게도 그저 고개만 끄덕거렸다. 그녀가 건성인 몸짓을 보이자 찰리는 자신이 한 말을 부연해서 설명했다. 서로의 생각이 너무 다르니, 인간이 인간을 이해한다는 게 불가능하다는 걸 알았으니 이제 그만 같이 사는 관계를 끝내자고 덧붙였다.

'나는 가까우면 가까울수록 함부로 상처를 주는 너의 삶의 방식을 이해할 수 없어. 너는 너대로 모든 여자에게 친절한 나를, 끼니로 라면만 주구장창 먹어대는 나를, 튀기 친구들만 만나는 나를 이해하지 못할 거야. 너의 독설이 너이듯 나의 생활도 나야.'

아이가 있었다면 헤어지지 않았을까? 잠깐 그런 생각을 한 적은 있었다.

영미는 습관적으로 스마트폰 창을 확인했다. 할인점 팀장에게서 문자가 와 있었고 낯선 전화번호가 여러 차례 부재중 전화를 남겼다. 누구하고도 통화하고 싶지 않은 기분이었다. 좌회전 신호를 받기 위해 1차선에 멈춰 섰을 때 부재중 전화번호를 남긴 낯선 번호가 스마트폰 창에 떴다. 혹, 경찰서가 아닐까 싶었다. 엄마에게 여죄가 남아 다시 불러들였다는 망상이 일었다.

"영미 씨, 이준환 형사입니다."

목소리는 낯설지 않지만 이름은 생소했다.

"방파제에서 경찰들 왔을 때 제가 나서서…. 맞습니다. 이 형삽니다."

영미는 머릿속이 복잡해졌다. 그가 전화를 건 이유가 감 잡히지 않았다.

"공지 아직 못 보셨습니까? 2인 1존데 파트너는 먼저 마음에 드는 파트너를 선정해도 된다고 합니다. 정하지 못하면 참가자 중에 제비를 뽑든가 한다네요. 그래서 이왕이면 레이싱 우승 경험이 있는 영미 씨에게 부탁하는 겁니다. 파트너가 되어 줄 수 없겠습니까?"

2인 1조? 영미는 아무 것도 생각할 수 없었다. 그녀는 공지를 본 후 생각해 보겠다며 전화를 끊었다. 끊자마자 엄마에게서 전화가 왔다. 받지 않았다. 문자가 왔다. 언제 문자 찍는 걸 배운 걸까?

'나쁜 년'

영미는 왈칵 눈물을 쏟았다.

12

1만 킬로

용주가 모는 차가 정읍 톨게이트를 벗어났다.

"300미터 전방에서 직진입니다."

내비게이션에서 흘러나오는 여자의 목소리가 달콤하게 들렸다. 용주는 내비게이션에 의지해 길 찾는 걸 싫어했다. 내비게이션에 의지하면 방향에 대한 감각이 상실됐다. 가야할 곳이 동쪽에 있는지 서쪽에 있는지 알지 못한 채 기계가 가르쳐 준 방향으로 흘러간다는 게 싫었다. 하지만 이번 레이싱에서는 달리 방법이 없었다. 찾아가야할 곳이 너무 광범위했다. 지도책을 뒤지며 시간을 허비할 순 없었다. 내비게이션을 달자는 건 영미의 제안이었다. 용주는 받아들였다.

"아무리 생각해봐도 수인 씨의 목적이 뭔지 모르겠어."

영미가 입을 가리고 하품을 하며 말했다.

"우리가 모르는 목적이 있겠지. 하지만 그게 뭐든 난 상관 안 해. 그냥 달리면 그만이잖아. 동아리 사람들이 레이싱을 하지만 사실 모두가 목적이 다르잖아."

두 사람은 투어를 시작한 지 이틀 만에 말을 놓았다. 용주는 불편한 걸 참지 못했다. 용주의 제안을 영미가 받아들였다. 파트너가 된 후에 알게 된 사실이지만 두 사람은 스물아홉, 동갑이었다.

"SR 즐기는 동호회들 많아. 하지만 우리 같은 SR은 없다고 하던데? 모여서 자유로를 달리거나 고속도로를 떼 지어 달리는 정도가 다지, 우리처럼 경주를 벌이진 않아. 게다가 배기량 2000cc 아래의 차만 모아서 말이지."

"그래서 잘못된 건 없잖아. 그럼 너는 왜 지금 여기에 앉아 있는데?"

용주가 영미에게 물었다.

"나? 잘렸으니까."

영미의 말이 끝나자 둘은 자동차가 들썩거릴 정도로 웃었다. 용주는 조수석 의자를 뒤로 잔뜩 빼낸 채 의자에 몸을 맡기고 있는 영미를 힐끔 쳐다봤다. 그녀는 평범한 옷차림이었다. 갈색 면바지에 흰색 셔츠를 입고 있었다.

영미는 수인이 공지한 이번 투어에 용주의 파트너였다. 그가 영미에게 전화를 걸었을 때 그녀는 망설이지 않고 용주의 제안을 받아들였다. 우승 전력이 있는 사람끼리 어울리면 아무래도 우승에 더 가까워지지 않을까 하는 막연한 계산 덕이었다. 그런데 이번에는 승자의 방식이 달랐다. 금액이 순차적으로 적어지지만 5등까지 상금을 받을 수 있었다.

"피곤하지 않아? 벌써 20시간째 운전하고 있는 건데."

영미가 손목시계를 들여다보았다. 번갈아가며 운전을 했지만 용주가 운전대를 잡은 시간이 배는 많았다. 삼 일 동안 내내 쉬지 않고 달려서 29개의 시청 앞에서 차와 파트너를 세워놓고 사진을 찍었다. 이런 속도라면 앞으로 일주일은 걸릴 듯했다. 겨우 삼 일이 지나고 있었지만 벌써부터 좀이 쑤셨다.

투어로 변한 SR동호회의 공지 내용은 간단했다. 파주 통일동산에서 출발해 전국을 돌고 출발점으로 돌아오기였다. 하지만 그 과정은 복잡했다.

'우리나라엔 특별시하고 광역시를 포함해 시가 모두 여든세 개가 있습니다. 제주도에 있는 두 개의 시를 제외하고 여든한 개의 시청을 배경으로 날짜 기록이 가능한 카메라로 사진을 남겨야 합니다. 휴대폰 사진도 무방합니다. 어디서부터 시작하든 상관없습니다. 출발점으로 가장 빨리 돌아오는 팀이 우승입니다. 어디부터 시작할지, 길을 어떻게 갈지 등의 계획을 잘 짜기 바랍니다. 물론 배기량 2000cc 아래의 차량만 가능합니다.'

무모한 투어라고 생각하는 사람은 아무도 없었다. 모두 30팀이 참가를 했고 상금만 6천만 원이었다. 1등에겐 그중 절반의 상금이 돌아갔다. 차량마다 수인이 디자인했다는 표식을 운전석 유리창 앞에 붙였다. 이번엔 박쥐였다. 박쥐는 붉은색이었고 가운데 흰색으로 참가번호가 적혀 있었다. 손바닥만 한 크기라 쉽게 찾을 수 있었다. 용주는 룸미러로 뒤를 살폈다. 출발은 똑같이 했는데 표식을 단 차는 단 한 대도 보이지 않았다. 출발 직후 다들 뿔뿔이 흩어졌다. 다른 차들은 어떤 계획을 세웠는지 알지 못했다.

"빵이라도 줄까?"

영미가 좌석을 떼어낸 후 여행 장비로 채운 뒷좌석 쪽을 가리켰다. 용주는 고개를 저었다. 삼 일 내내 시간을 아끼기 위해 빵과 김밥으로 끼니를 때웠다. 뭔가 국물이 있는 음식을 먹고 싶은데 식당에 들려 먹는 일로 시간을 낭비할 수는 없었다. 눈은 뻑뻑했고 엉덩이가 저렸다. 용주는 엉덩이를 이리저리 움직였다. 쉽게 생각했는데 전혀 쉬운 경주가 아니었다. 출발점에 도착할 때까지 많은 변수가 있을 터였다. 그저 번갈아 가며 운전하면서 달리기만 하면 될 거라고 생각했다.

"수인이 그 여잔 뭐하는 사람이야?"

영미는 쉼없이 말을 걸었다. 졸음을 몰아내긴 했지만 여간 귀찮은 게 아니었다.

"전엔 큐레이터를 했다고 하던데."

"그래. 그런 여자가 뭐하러 이런 동호회를 조직했을까?"

"동호회 조직하는데 무슨 이유가 있어. 그냥 하는 거지."

"전에 기성 씨 카센터에서 수인 씨 나갈 때 같이 나갔잖아. 두 사람이 뭐 애프터 같은 거 한 거 아니었어?"

용주가 힐끔 영미를 쳐다봤다.

"애프터? 무슨 애프터? 영미 씨도 알잖아. 수인 씨 차가운 여자라는 거. 난 그냥 묻어서 나간거야. 피곤하기도 하고 주머니에 든 돈 걱정도 되고 그래서 나간 것 뿐이야."

"그 여자가 곁을 안 줬겠지. 안 그래?"

"아니라니까, 난 그렇게 차가운 여잔 질색이야. 그리고 애초에 연애를 좋아하지 않아."

"연애 싫어하는 남자도 있어?"

"난 그래."

"섹스도?"

"섹스는 달라. 연애처럼 길지 않잖아."

"진짜 이기주의적이네."

"그런지도 모르지. 그런데 난 섹스할 기회도 거의 없어. 그 상황에 맞닥트리면 그렇게 될 거라는 거지."

용주는 생각했다. 영미의 얼굴을 본 건 이번 투어까지 포함해서 네 번쯤 되었다. 그런 여자와 거리낌 없이 말을 나누게 된 게 기이했다. 아니 어쩌면 자연스러운 일인지도 몰랐다. 한 평 남짓한 공간에서 72시간을 함께 보내게 되면 상대가 살인자라고 해도 동화될 터였다. 삼 일 동안 용주는 동생과 제수를 욕했고 영미는 제 아버지와 쇼핑 중독인 어머니를 비난했다. 갑자기 세상에서 가장 가까운 친구가 되어버렸다.

용주는 눈을 빠르게 깜빡거렸다. 수인의 할머니 댁에서 보았던 풍경들이 가물가물 떠올랐다. 졸음이 밀려오고 있었다. 그는 제 뺨을 손으로 가볍게 두드렸다.

"정읍 시청까지만 몰아. 다음부턴 내가 운전할게."

"우리 몇 개나 남았지?"

"뭐가?"

"시청."

"지금까지 스물아홉 군데 찍었으니까 쉰두 곳이 남았지. 그나마 가깝게 붙어있는 시청들이라 빨리 찍었지만 앞으론 시간이 더 많이 걸릴 것 같아."

차가 왼편으로 휘청거렸다. 용주가 화들짝 놀라 눈을 뜨며 브레이크를 밟았다. 자신도 모르게 아주 잠깐 눈을 감았던 것이다. 영미의 몸이 앞으로 쏠렸다가 제자리로 돌아왔다. 출발지점까지 눈 한번 붙이지 않고 돌아갈 수 있을 것만 같았던 패기는 진즉 사라졌다.

"장용주!"

영미가 소리를 질렀다. 그 소리마저 자장가처럼 들렸다.

"거의 다 왔잖아."

"20미터 전방에 목적지가 있습니다. 안내를 종료합니다."

용주는 시청 건너편 도로에 차를 정차했다. 차 문을 열자 들뜬 열기가 소리 없이 빠져나갔다. 용주는 비로소 안도의 한숨을 내쉬었다. 시동을 완전히 끄고 차에서 내렸다. 그렇게 차에게 짧은 휴식을 주었다. 디지털 카메라를 챙긴 영미도 서둘러 차에서 내렸다. 용주는 스마트폰으로 시간을 확인했다. 정오였다. 용주는 손으로 차양을 만들고 하늘을 올려다보았다. 아득한 현기증이 일었다. 한 점 구름조차 없는 맑은 하늘이었다. 햇살은 따가웠다. 시청 앞 가로수 잎이 햇살에 눈부시게 반짝거렸다. 시청에서 걸어 나오는 사람들이 햇살에 윤곽이 풀려 신기루처럼 보였다. 용주가 차에 몸을 기대자 영미가 시청을 배경에 넣은 후 여러 차례 셔터를 눌렀다. 두 사람은 다시 차에 올라탔다.

"다음은 남원이지."

조수석에 탄 용주는 계획표를 들여다보며 눈을 깜빡거렸다. 용주는 영미의 질문에 대꾸도 하지 못했다. 영미는 노파가 염소를 몰고 가듯 차를 얌전하게 몰았다. 용주는 답답했다.

안개 속의 레이싱에서 우승한 전력이 의심스러웠다. 신호등에 노란불이 들어오면 속력을 줄였다. 속력을 붙이면 충분히 통과할 수 있는데도 그녀는 브레이크를 밟았다. 달리다 신호에 걸려 정지를 할 땐 답답하게도 빈 차선으로 들어가 정지하는 게 아니라 앞차의 꽁무니에 달라붙어 있기 일쑤였다.

"영미 씨!"

용주가 소리를 질렀다. 영미는 신호가 바뀐 후에도 좌우를 살피느라 한참 후에 출발했다.

"초보야? 지난번 레이싱에서 우승했다는 게 거짓말 같아. 이래가지고 우리 1등으로 들어갈 수 있겠어? 투어지만 스피드 내서 몰고 가야 한단 말이야."

"행여 사고라도 나면 어쩔 거야?"

"새가슴이네."

"새가슴? 사고 나는 것보다 조심해서 가는 게 백밴 낫잖아. 조심하는 게 나빠?"

"원래 운전을 그렇게 해?"

"그래, 난 지킬 건 지키며 운전한다."

신호가 바뀌자 영미는 급하게 차를 출발시켰다. 용주의 몸이 뒤로 홱 젖혀졌다.

"어쩌면 기성이랑 그렇게 닮았냐? 혹시 가족 아냐?"

"우리 이야기에 기성 씨가 왜 끼어들어?"

"답답해서 그런다."

영미는 운전대 잡은 손에 힘을 주었다. 영미는 더 이상 대꾸하지 않았다. 용주는 잠을 이기지 못해 다시 고개를 떨어트렸다. 영미는 속력을 올렸다. 그러자 용주가 고개를 번쩍 들었다. 1차선에 차들이 행진을 하듯 달려가고 있었다.

"왜 자꾸 1차선으로 달려? 2차선은 텅텅 비었잖아. 추월할 수 있을 때 추월하란 말이야."

영미는 2차선으로 차선을 바꾼 후 갓길에 차를 세웠다.

"장용주! 나도 한 운전하니까 제발 잔소리 좀 그만해. 이건 투어지, 스피드 레이싱이 아니잖아. 안전하게 가는 게 최선이라고."

"안전도 좋아. 그런데 매번 소심하게 앞차 뒤만 졸졸 따라 가냔 말이야."

"소심해? 그래 나 새가슴에다 소심하다. 용주 씨 대범해서 몇 번이나 사고 날 뻔했잖아."

영미가 씩씩거렸다.

"어쨌든 사고 안 났잖아."

"시시콜콜 이래라저래라 하는데…. 내가 운전하는 게 마음에 안 들어?"

서로 불필요한 말싸움이라는 걸 잘 알고 있었다. 누적된 피로와 긴장이 용주의 어깨를 내리눌렀다.

"그런 게 아니라…."

"그런 게 아니면 가만히 있어. 나도 용주 씨만큼 운전하니까."

"그래 너도 나도 잘하지…."

용주는 그 소리를 마무리 짓지 못한 채 고개를 푹 떨어트렸다. 그리곤 그대로 곯아떨어졌다. 영미는 눈앞에 보이는 모든 차를 추월했다.

'사사건건 참견은….'

영미는 입까지 벌리고 잠이 든 용주를 쳐다봤다. 침까지 흘렸다. 영미는 남자와 파트너가 된 걸 약간 후회했다. 그러나 이런 무식한 투어에는 체력이 좋은 남자와 파트너가 되는 게 나을 터였다. 투어에 참가한 여자들은 약삭빠르게 남자 파트너를 구했다. 결국 기이하게도 투어는 커플의 행진이 되어버렸다. 남자들마다 속내는 다르겠지만 마다하지 않는 눈치였다.

차는 영미의 차로 정했다. 뒷좌석을 떼어냈고 그 공간에 열흘은 충분히 버틸 수 있는 간단한 먹을거리와 물을 준비했다. 둘은 몇 가지 원칙을 정했다. 밥은 가능한 빵과 김밥으로 때우지만 부득이한 경우 식당을 찾았을 땐 언제나 가장 빨리 나오는 걸로 주문해 먹는다는 것과 밥 먹을 때를 제외하곤 차를 항시 운행한다는 것, 실내가 더워도 에어컨을 켜지 않는다는 것 등이었다. 우승을 하겠다는 욕심이었다. 다른 참가자들도 그쯤은 이미 계획을 세웠을 터였다.

남원은 가까웠다. 용주는 한 시간도 눈을 붙이지 못한 채 잠에서 깼다. 용주가 남원 시청을 배경으로 사진을 찍었다.

사진 찍기를 끝내고 후닥닥 차에 오른 용주는 잠을 청했다. 하지만 잠이 오지 않았다. 피로가 바위처럼 눈꺼풀을 잡아당겼지만 눈이 감기지 않았다.

"눈을 붙여야 다음에 운전을 하실 거 아냐."

영미는 차에 속도를 붙였다. 내비게이션 속의 여자가 이끌어주는 대로 차를 몰고 갔다.

"나주로 가는 거니까, 13번 국도를 타야하는 거지? 첫 번째 휴게소에서 좀 멈춰줘. 볼일도 좀 봐야겠고…. 난 발이 시원해야 잠을 자는데 삼 일째 같은 양말에다가 신발을 신고 있어서 그런지 발도 찝찝하고 도통 잠이 오질 않네. 발 좀 씻어야겠어."

"우리 뒤처진 건 아니겠지?"

"치밀하게 계산한 순서대로 우린 가고 있어. 적어도 거리상으로 볼 때 목적지까지 돌아가는 길로는 우리가 짠 길이 가장 짧을 거야. 다른 참가가들이 정확하게 계산을 했다면 지금 우리가 달리고 있는 길 위에 다른 참가자도 있어야 하거든."

용주의 목소리는 확신에 차 있었다.

"변수만 안 생긴다면 그렇겠지."

"왜 그렇게 매사 걱정이고 부정적이야. 여유 좀 갖자."

용주는 단언적으로 말했다. 영미도 그러길 바랐다.

나주 이정표를 보고 13번 국도를 달렸다. 영미는 첫 번째로 나타난 휴게소로 차를 몰고 들어갔다. 영미도 하루 종일 대소변을 참아온 터라 뱃속이 불편했다. 두 사람은 차를 세우자마자 휴게소 화장실로 달려갔다. 용주는 똥을 눈 뒤 세면장에서 세수를 하고 양말까지 벗은 후 발을 씻었다. 다른 사람들이 눈치를 주건 말건 신경 쓰지 않았다.

화장실에서 나온 용주는 기지개를 켰다. 커피를 두 잔 뽑아 들고 영미를 기다렸다. 하지만 영미는 쉽게 나오지 않았다. 용주가 커피를 다 마신 후에도 영미의 모습은 보이지 않았다. 용주는 영미 몫의 커피를 들고 여자 화장실 앞에서 서성거렸다. 안을 들여다볼 수 없는 구조였다. 해까지 서편으로 달려가고 있었다. 빨간 노을이 휴게소에 주차하고 있는 차들의 지붕에 깔리기 시작했다. 해질 무렵이 되자 용주는 더 초조해졌다. 영미 몫의 커피가 다 식어버렸는 데도 그녀는 나올 기미가 보이지 않았다. 마음이 졸아드는 기분이었다. 용주는 여자 화장실 입구 가까이 다가갔다. 드나드는 여자들이 용주를 보고 눈을 흘겼다.

용주가 영미 몫의 커피까지 모두 마신 후에야 그녀가 화장실에서 나왔다.

"여유를 갖자고 해서 화장실에서 30분씩 낭비 하자는 얘긴 아냐."

용주는 짜증을 냈다.

"무슨 30분이야. 20분쯤 지났는데."

영미는 제 손목시계를 들여다보며 대꾸했다.

"20분이 적어? 20분이면 나주에 도착할 시간이야."

용주는 영미의 손에서 자동차 키를 낚아챘다.

"운전하겠다는 거야? 무리하게 운전하지 말자고 그랬잖아."

"이런 게 변수야. 화장실에서 30분씩 보내는 거, 이런 변수들이 모이면 우린 꼴찌를 할 수도 있어. 얼른 타기나 해. 할 말 있으면 차에 탄 후에 하고."

용주는 막무가내로 운전석에 올라탔다. 영미는 어쩌지 못하고 조수석에 앉았다.

"아직도 속이 불편해 죽겠단 말이야. 여유 갖고 가자면서."

"그렇다고 화장실에서 20분씩 있다가 나오면 어떡해?"

"변비가 심해서 그런데 그럼 나보고 어쩌란 거야."

영미는 볼멘소리로 답했다. 용주는 제한 속도 시속 80km인 도로에서 160km로 달렸다. 내비게이션이 속도위반 카메라 위치를 가르쳐 줄 때만 약간 속력을 줄였을 뿐 속도를 내내 시속 160km를 유지했다. 운전하는 동안 용주는 입을 열지 않았다. 한동안 조용히 앉아 있던 영미는 뒷좌석에서 파우치를 꺼냈다. 파우치 안에서 스킨과 로션을 꺼내 얼굴에 발랐다. 옅은 색깔의 루즈도 입술에 발랐다. 용주는 그런 영미를 못 본 척했다. 용주는 더 거칠게 운전했다. 도로 위에 어둠이 내려앉고 있었다. 용주는 어깨로 몰려온 극심한 피로에 시달렸다. 왼쪽 팔이 저리고 뒷목이 뻐근했다. 동생과 제수의 얼굴이 번갈아 떠올랐고 용미의 치마와 허벅지도 떠올라 그의 머릿속을 어지럽히기도 했다.

나주 시청 앞에 도착한 후 용주는 곧바로 운전석에서 나오지 못했다. 다리가 굽어 제대로 펴지지 않을뿐더러 저렸다.

"용주 씨 무리하고 있다는 거 알지?"

"영미 씨가 화장실에서 그렇게 지체하지만 않았어도 나 느긋하게 잤을 거야."

주고받는 말이 삐거덕거렸다. 영미는 디지털 카메라를 들고 차에서 내렸다.

"용주 씨, 계속 그렇게 속 좁게 굴래? 변비 때문에 그런 걸 난들 어쩌란 말이야."

"알았으니까 우리 신경전은 그만하자. 얼른 찍기나 해."

영미가 사진을 찍었다. 그녀가 용주에게서 키를 달라고 손을 내밀었다. 용주는 마지못해 키를 넘겼다.

다시 밤이 왔다. 영미는 화장실에서 잃어버린 시간을 만회하기라도 하듯 속력을 높여 질주를 했다. 목포시가 다음 목적지였다. 용주는 잠들지 못하고 뒤척였다. 용주는 조수석을 일으켜 세웠다.

"눈 좀 붙여야할 거 아냐."

"잡다한 생각들이 떠올라서 잠이 안 오는 걸 어떡해."

"또 동생하고 제수 생각해? 그만 잊어, 여자 입장에서 보면 용주 씨 제수를 이해 못할 것도 아냐. 새롭게 출발하는 건데 깨끗하게 출발하고 싶겠지."

"그래도 그렇지, 어떻게 나한테 동생이 빌려준 돈을 달라고 하냐 말이야. 못 살면 말도 안해. 동생 처가가 건설 회사도 하고 강남에 아파트가 몇 채라더군. 그런 집 딸내미가 나 좀 봐주면 안 되나?"

"동생한테 처음부터 빚지지 않았으면 그런 일 없었을 거 아냐."

영미는 까만 어둠 속에 시선을 두고 운전에 몰두한 채 용주의 말에 대꾸를 했다.

"사람이 어떻게 빚지지 않고 살 수 있겠어. 가진 재산도 없고 취직도 안 되고, 머리도 안 되고…. 어디 그거뿐인가, 막노동해서 번 돈으로 그놈 등록금 대주기도 했거든. 그놈 장학금 못 받았을 때. 아무튼 돈이란 게 받은 건 기억 안나고 받을 거만 기억나게 만드는 요물이야, 요물."

"그래도 용주 씬 나보단 나아. 엄마랑 아빠 생활비 드리는 거 밑 빠진 독에 물 붓기야. 그래도 매일 부족하다고 더 달라고 그러셔. 나 잘린 것도 몰라. 엄만 자기가 키워줬으니까 당연한 요구 아니냐고 그래. 게다가 며칠 전엔 경찰서까지 잡혀가셨어."

"경찰서?"

용주는 더 이상 잠이 오지 않을 것 같았다. 그는 창문을 열고 담배를 꺼내 물었다.

"담배 안 피기로 했잖아."

"그럼, 차 세우고 담밸 피울까?"

영미는 용주의 얼굴을 한번 쳐다본 후 눈길을 다시 전방으로 주었다.

"경찰서는 왜 가셨는데?"

"도둑질. 내가 쇼핑 안 시켜준다고 도둑질을 하셨대. 이게 말이나 돼? 도둑질 하셨으면 잡히지나 말지. 잡히셔가지고 물건값만 400만 원 가깝게 변상했어. 엄마가 그러면 안 되는 거 아냐?"

용주는 담배 연기를 열린 창 쪽으로 뿜어댔다. 몇 가닥이 차 안으로 밀려들어왔다. 영미가 운전석 쪽의 창문을 열었다.

"견딜 수 없는 건, 엄마가 앞으로도 계속해서 쇼핑을 할 거고, 쇼핑을 하지 못하면 도둑질이라도 할 태세라는 거야."

"그래도 나처럼 빚은 없잖아."

영미와 용주는 오랫동안 침묵했다. 용주는 눈을 감고 잠을 청했지만 역시 잠은 오지 않았다. 까만 하늘에 가로등처럼 떠 있는 달이 따라왔다. 목포 시청을 지나고 차는 광양으로 향했다. 그동안 김밥을 하나씩 먹었고 미적지근한 캔 커피를 마셨다. 용주는 어둠에 묻힌 채 운전에 몰두해 있는 영미를 쳐다봤다. 영미는 그런 용주의 눈길을 의식하지 못했다. 창 너머 어둠 묻은 밤이 은밀하게 밀려들었다. 선선했다. 어디론가 달려가고 있는데 그게 어디인지 한순간 잊고 말았다. 그냥 무작정 달려가고 있었다. 그게 인생인가? 나흘째 같은 차 안에서 머문 영미가 가족처럼 느껴졌다. 용주는 혼자 피식 웃고 말았다.

"안 자지? 나 실은 용주 씨한테 할 말 있어."

영미는 뜸을 들였다.

"지난번 사고 말이야. 비 오던 날 고속도로에서. 그때 그 선생이 바로 내 앞에서 달렸어. 내가 추월하는 순간 그 사람이 핸들을 중앙분리대 쪽으로 튼 거야. 나중에 내 차를 보니까 뒷 범퍼 쪽에 미세하게 충돌 흔적이 있는 것 같았어. 시속 200이 넘는 속도로 충돌하면 미세하다고 해도 크게 흔들리지? 그러니까 내 말은…."

영미의 말이 바람 소리와 섞여 우울하게 들렸다.

"그건 네 잘못 아냐. 그 사람 운명일 뿐이야. 네가 그런 거라고 자책하지 마."

"그때 내가 추월만 안 했다면 사고가 안 났을 지도 몰라."

"인생에 가정은 없어. 그냥 일어날 뿐이야. 우연처럼. 우연을 운명이라고 말할 수 있는 건지 잘 모르겠지만 만약 그게 운명이라면 넌 살 운명이었고 그 사람은 죽을 운명이었을 뿐이야. 우리가 이 자리에 앉아서 같은 방향으로 차를 몰고 나가는 것도 운명인 것처럼 말이야."

영미는 더 이상 대꾸하지 않았다.

"나한테 동생 말고 누나가 하나 있어."

"누나?"

"우리 중엔 기성이만 아는 누나야. 대학 다닐 때도 그렇고 사회 생활하면서 누나에 대해 말한 적이 없어. 누나가 무척 똑똑했는데……. 그리고 예뻤어. 대학 다닐 땐데 어느 날 세 달 정도 어딜 다녀왔는데 미쳐서 돌아온 거야. 어딜 갔다 왔는지도 몰라. 짐작은 가지만. 그때부터 누난 동네 미친년이 되었지. 돌아온 뒤 몇 년 집에서 살았는데 안개 잔뜩 낀 어느 날 사라져버렸어."

"언제?"

"15년도 더 된 일이야."

"못 찾았어?"

"안개만 끼면 옷을 훌렁훌렁 벗는 거야."

"누나가?"

"왜 그랬는지 모르겠어."

"그런 누나 있었다는 게 무슨 흠이라고."

"흠이라는 게 아니라, 요즘 들어 자주 누나가 보고 싶어졌다는 게 문제지. 파주에서 출발할 때도 누나가 떠올랐어. 없어진 그해 보다 요즘이 더 보고 싶다는 거야. 왜 그런지 모르겠지만."

"레이싱하고 나서부터? 속도 붙었을 때 그렇지? 나도 그러니까. 그렇게 일정 시간 달릴 수 있다면 아마 훌쩍 미래나 어디 다른 세상에 가 있을 거 같은 기분이 들지? 어쩌면 우린 앞으로 달려가는 거 같지만 실은 뒤로 도망가고 있는 건지도 몰라."

용주는 말을 잇지 않았다. 영미도 묻지 않았다. 차창을 뚫고 달빛이 차 실내로 가득 밀려들어왔다. 밤 길을 달리고 달려도 달이 끈질기게 따라왔다. 커브길을 돌며 달이 가깝게 다가왔을 때 용주의 얼굴이 보였다. 그의 볼에 눈물이 흐른 자국이 선명하게 보였다. 영미는 고개를 돌렸다. 밤은 아무래도 편했다. 웃기에도 울기에도 감추기에도….

국도

—

포항까지 100km 남았다는 이정표가 나타났다. 바다 쪽에서 아침놀이 퍼지고 있었다. 기성은 조수석을 눕히고 잠들어 있는 수인을 살짝 쳐다봤다. 그녀의 가슴에 내려앉은 아침놀이 고르게 올라갔다가 내려왔다. 기성은 오디오 밑에 박힌 전자시계를 들여다보았다. 6시 15분이었다.

'6시에 꼭 깨워서 교대해요.'

잠들기 전 수인이 그랬다. 하지만 기성은 그녀가 잘 수 있을 때까지 재우고 싶었다. 운전 하는 밤 내내 수인는 너무도 선명하게 잠꼬대를 중얼거렸다. 인상을 쓰며 혹은 고개를 돌리며 미안하다고 말했다. 토마스라는 이름도 들렸다. 그 이름을 부를 땐 그녀가 허공으로 손을 뻗었다. 기성은 그녀가 지금 심연의 어느 곳에서 길을 잃고 방황하고 있다는 생각이 들었다.

수인이 다시 한 차례 기성이 앉아 있는 쪽으로 몸을 틀었다. 화장하지 않은 그녀의 얼굴이 빨갛게 드러났다. 그녀의 얼굴은 반들거리는 대리석처럼 깨끗했다. 밤새 허공을 헤매던 그녀의 손은 이제 그녀의 배 위에 곱게 포개져 놓여 있었다.

기성은 룸미러로 뒤를 살폈다. 지난밤까지 따라 붙었던 7번 팀은 이제 더 이상 보이지 않았다. 태백시를 지날 때 갈라진 듯했다. 하나의 목적지를 향해 달리고 있는데 30팀이 계획하고 가는 길이 다 다르다는 게 신기했다.

기성은 살짝 창문을 열었다. 파도 소리와 함께 선선한 바람이 밀려들었다. 기분 좋은 피로가 조금씩 몸에 번지고 있었다.

파주에서 출발한 지 벌써 엿새가 지나고 있었다. 정신없이 차를 몰고 사진을 찍고 그 자리를 서둘러 떠나곤 했다. 모두 예순 개의 시청을 카메라에 담았다. 이제 얼마 남지 않았다는 안도감 때문인지 기성도 수인도 느긋해졌다. 그동안 배변 욕구를 참을 수 있을 때까지 참았다가 배설을 했고 가능한 모든 끼니는 차 안에서 때웠다. 그러다 지난밤 식당 앞에 멈춰 섰을 때 두 사람은 서둘지 않고 밥을 먹었다. 기성은 막연하게 이런 정도의 속도라면 적어도 5등 안에는 들겠다며 안심이 되었다. 다른 팀이 어디를 가고 있는지 알지 못하면서 막연하게 그런 생각이 들었다. 그건 수인도 마찬가지였다.

삼 일쯤 지났을 때 기성은 껍질이 단단한 표피 속에 들어 있는 기분 좋은 고립감을 느꼈다. 껍질이 깨지면 전혀 다른 모습으로 태어날 애벌레 같은 고립감. 제한 속도를 넘어 달리고 무리한 추월을 하면서도 전혀 두려움을 느끼지 못했던 건 바로 그 고립감 때문이라는 걸 깨달았다. 어쩌면 사람들이 수인이 조직한 동호회로 몰려드는 건 속도감에 희열을 느끼기 위해서가 아니라 완벽하게 독립된 고립감을 맛보기 위해서인지도 모른다는 생각이 들었다. 고립감만 느낄 것이라면 우승 따윈 상관없는 일이었다.

'이제 우리 쫓기듯 가지 말고 천천히 가요.'

처음부터 우승을 하겠다는 욕심이 없는 여자였다. 기성은 그래서 그녀가 파트너 되어주겠다는 걸 꺼렸다. 아니 처음부터 투어에 참가하는 걸 달갑지 않게 생각했다. 하지만 그런 기성의 생각은 간단하게 깨졌다. 수인은 파트너로 기성을 선택했다. 기성이 참가하지 않으면 투어 자체를 없던 일로 하겠다며 협박을 했다. 기성은 마지못해 그녀의 제안을 받아들였다.

투어를 앞두고 용주와 영미는 흥분해서 카센터로 찾아왔다. 두 사람이 파트너가 되었다는 건 그때 알았다. 영미의 차를 점검하기 위한 방문이었고 기성이나 수인도 이번 투어에 참가하는지를 알아보기 위한 염탐이기도 했다. 둘은 오래 산 부부처럼 손발이 척척 맞아 돌아갔다.

통일동산에서 가장 먼저 출발한 용주와 영미의 얼굴이 떠올랐다. 한눈에 보기에도 두 사람은 다른 참가자들과 달리 무척 서둘렀다. 자유로를 채 벗어나기도 전에 두 사람이 탄 차는 시야에서 사라졌다. 그날 수인이 말했다.

'영미 씨 쳐다보던 눈길이 예사롭지 않네요.'

기성은 수인의 말에 피식 웃고 말았다. 그냥 서두르는 폼이 안쓰러웠다. 투어를 즐기는 게 아니라 필사적으로 매달리는 듯한 그녀의 모습이 불쌍해 보였다.

'관심이 없으면 그런 건 보이지 않아요.'

수인은 마치 기성의 가슴 속을 훤히 들여다보고 있다는 듯 말했다. 기성은 그 말에도 대꾸하지 않았다.

시계가 일곱 시를 지나고 있었다. 기성은 그녀를 깨울까 하다가 말았다. 피곤했지만 휴게소가 나올 때까진 참을 수 있을 것 같았다. 수인은 얼굴을 잔뜩 찡그렸다. 닷새 동안 그녀는 비교적 조용히 잠을 잤다. 오늘은 유별난 편이었다.

수인이 어깨를 움츠렸다. 기성은 창을 넘어 들어오는 바람 때문이려니 싶어 창문을 닫았다. 그때 차체가 왼쪽으로 기울어진다 싶더니 바퀴 터지는 소리가 났다. 펑크였다. 차가 왼쪽으로 쏠리며 중앙선을 넘어 반대 차선으로 들어갔다. 기성은 핸들을 잡고 오른쪽으로 가까스로 틀며 빠르게 갓길로 들어갔다. 그 바람에 수인이 잠에서 깼다.

"무슨 일이죠?"

"펑크가 난 거 같습니다."

기성은 비상등을 켜고 서둘러 차에서 내렸다. 왼쪽 앞바퀴에 펑크가 났다. 기성은 잭과 뒷문에 달라붙어 있는 스페어타이어를 떼어냈다. 그는 안전 삼각대를 꺼내 후방에 설치했다. 어느새 수인이 차에서 나왔다.

"뭐하러 나와요."

수인은 기지개를 켰다. 화장하지 않은 그녀의 맨 얼굴이 아침 햇살에 빛났다. 그녀는 기성에게 다가와 어깨에 손을 짚었다. 엿새라는 시간은 낯선 사람도 갑자기 친근하게 만들기에 충분한 시간이었다.

"왜 안 깨웠어요?"

"곤히 자길래."

"제가 타고 있는 차 타이어가 펑크 난 건 처음이에요."

기성은 바퀴의 나사를 느슨하게 푼 후 잭을 바퀴 뒤편 지짐대 아래 놓고 차를 들어올렸다. 몇 대의 차가 속도를 줄이며 기성의 곁을 지나갔다.

"우리가 1등하긴 힘들겠네요."

"1등하고 싶으세요?"

기성은 바퀴를 굴려가며 펑크 난 지점을 찾았다. 엄지손가락 길이만한 못이 박혀 있었다. 그는 스페어타이어를 갈아 끼운 후 나사를 조였다. 차를 내리고 잭을 빼냈다. 10분 남짓 걸렸다.

"1등하면 좋지 않은가요?"

"좋죠. 3천만 원이면 큰돈이니까. 하지만 수인 씨는 1등 할 의지가 없잖아요."

기성은 손을 털며 수인을 쳐다봤다.

"내가 느긋하게 구는 거 같아요? 잘 아시겠지만 투어는 여러 변수들이 있어요. 정말로 처음부터 쉬지 않고 달린다면 모를까? 그렇게 달릴 수도 없잖아요. 투어는 변수의 종합이에요. 펑크도 나고 자잘한 사고가 일어날 수도 있고 갑자기 몸이 아플 수도 있고 차는 차대로 쉬어줘야 할 테고 어느 순간 부질없단 생각을 하게 될 수도 있고…. 결국엔 다들 비슷한 시간에 도착하게 될 거라고 생각해요."

전혀 차가운 분위기의 말투가 아니었다. 차갑다기보다 낙천적인 말투였다. 그녀는 마치 투어를 여러 차례 경험한 여자처럼 굴었다.

"혹시나 해서 묻는 건데, 투어 경험이 있습니까?"

"투어는 아니고 짧은 랠리 경험이 있어요."

수인이 기성의 팔짱을 끼고 바다 쪽을 쳐다봤다. 여자가 팔짱 끼는 일은 오랜만이었다. 그녀에게 그런 애교가 있다는 게 믿어지지 않았다. 바다 위에 빨갛게 익은 해가 둥실 떠 있었다. 수면을 적신 아침놀이 넘실거리며 두 사람에게로 달려왔다.

"토마스하고 말이죠."

기성은 무심결에 말했다. 토마스라는 이름이 나오자 수인은 기성의 팔에서 제 손을 떼어냈다.

"그 이름을 어떻게 아셨죠?"

처음 알던 그때처럼 수인은 다시 차가운 말투로 돌아와 있었다.

"밤새 잠꼬대를 했어요. 그 잠꼬대 속에 토마스라는 이름이 있었죠. 자 가시죠. 1등하면 좋은 거니까."

기성이 수인을 재촉했다. 수인이 운전대를 잡았다.

"다른 말은 안했나요?"

"미안하다고, 밤새 미안하다고 그랬습니다."

수인이 속도를 서서히 높였다. 이번 투어에 참가한 차는 기성의 코란도였다. 일반 승용차보다 무거워 속도 붙는 데 시간이 걸렸지만 언덕길에서 승용차가 따라오지 못할 정도로 힘은 좋았다.

"할머니가 그 사람 좋아했어요. 외국 사람은 아니에요. 교포였죠. 한땐 동거도 했고…. 주무세요."

기성은 등받이를 뒤로 젖히고 몸을 뉘였다. 수인은 더 이상 입을 열지 않고 운전에 몰두했다. 그녀의 손이 오디오를 틀었다. 비발디의 음악이 흘러나왔다. 기성은 그녀를 위로하고 싶은데 눈을 감자마자 잠이 폭포처럼 몰려왔다.

'오빠, 그 사람이 고소하겠대. 진단서까지 끊어왔어. 내가 어떡하든 말려볼 텐데…. 그 사람 나쁜 사람 아니야. 일단 내가 말린 후에 전화 다시 할게. 화 좀 가라앉힌 후에 말이야. 오빠 도대체 무슨 생각으로 그런 거야. 아무튼….'

투어를 떠난 이틀째 여동생이 기성에게 전화를 걸어왔다. 수인은 그 이야기를 고스란히 들었지만 묻지 않았다. 꿈속에 여동생의 남자가 나타났다. 람보르기니를 몰고 나타나 카센터 앞에 서서 기성을 불렀다. 차 안에 여동생이 앉아 있었다. 그런데 여동생의 몸에 커다란 쇠사슬이 감겨 있었다. 기성이 차로 다가가려했지만 투명한 막으로 경계가 나누어져 있는 듯 밖으로 나갈 수 없었다. 뒤로 물러났다가 앞으로 달려들었지만 몸은 튕겨져 다시 카센터 안으로 굴러 떨어지고 말았다. 그 광경을 보며 남자가 실실 웃었다. 여동생은 눈물을 흘리고 있었다. 여동생의 눈물은 검었다. 막을 뚫고 겨우 손을 뻗었지만 여동생한테까지 닿지 못했다. 남자는 깔깔거리고 웃었다. 그는 침을 찍 뱉은 후 운전석에 올라탔다. 도로엔 차가 한 대도 없었다. 차가 출발했다. 여동생이 기성을 애절한 눈으로 쳐다 봤다. 검은 눈물이 볼에 말라붙어 광대처럼 보였다. 여동생이 손을 뻗으려고 몸부림쳤지만 쇠사슬이 그녀의 몸을 더욱 조여 들었다. 남자가 담배꽁초를 창밖으로 내던졌다. 담배꽁초가 카센터 앞으로 날아와 불길이 일었다. 기성은 뒤로 물러났다. 불길은 점점 카센터를 먹으며 맹렬하게 안으로 들어왔다.

차의 흔들림이 없었다. 엔진 소리도 들리지 않았다. 기성은 눈을 떴다. 등이 땀으로 축축했다. 차는 멈춰 있었고 수인은 보이지 않았다. 기성은 의자를 바로 세운 후 밖을 살폈다. 국도변의 작은 휴게소였다. 수인이 멀리 보였다. 그녀는 누군가와 통화를 하고 있었다. 기성이 차에서 내렸다. 통화를 끝낸 수인이 기성에게 다가왔다.

"아침 먹어요. 밥 주문해 놨어요. 무슨 땀을 그렇게 흘려요."

수인이 손수건을 건넸다. 기성은 마다하고 화장실로 향했다. 세수를 하고 물 양치를 하고 거울을 들여다보았다. 마땅한 출구가 보이지 않았다. 이번 투어에서 1등을 한다면 위기를 모면할 수 있을 것도 같았다. 하지만 그럴 가능성은 없어 보였다. 수인은 느긋했으며 기성은 필사적이지 않았다.

식당은 한적했다. 구석 쪽에 화물차 운전자 한 사람이 밥을 먹고 있었고 앞치마를 두른 중년 여자가 파리채를 들고 파리를 쫓고 있었다. 활짝 열린 방문으로 방이 보였다. 방에는 머리가 벗겨진 남자가 나물을 다듬으며 텔레비전을 보고 있었다.

"몇 시죠?"

"10시가 넘었어요."

"그럼 포항에 도착하고도 남을 시간인데…."

"벌써 지났어요. 지금 우리는 경주로 가고 있어요."

"사진은?"

"제가 혼자 찍었어요. 이제 열두 군데만 남았어요."

기성은 밥뚜껑을 조용히 열었다.

"우리가 1등할 수 없겠죠?"

"아까부터 1등을 할 수 있겠냐고 묻는데 꼭 1등을 해야 하나요?"

"그런 건 아니지만."

"기성 씨는 속내를 잘 안 드러내는군요."

"드러낼 속내도 별로 없어요."

"듣고 싶어서 들은 건 아니지만 여동생하고 통화하던 내용은 뭐죠? 진단서니 고발이니 하던데."

"별일 아니에요."

기성은 숟가락으로 밥을 떠먹었다. 입안이 깔깔했다. 콩나물국을 떠 넣고 밥을 억지로 넘겼다. 그래도 밥은 쉽게 넘어가지 않았다. 기성은 밥을 국에 말았다. 물 마시듯 훌훌훌 밥을 먹었다. 수인은 절반쯤 밥을 비운 후 숟가락을 놓았다.

"제가 왜 기성 씨를 파트너로 정했는지 아세요?"

수인이 뜬금없이 물었다. 기성이 고개를 저었다.

"제게 꼭 필요하기 때문이에요. 오해하진 마세요. 남자가 필요한 게 아니라 당신이 필요한 거니까."

수인의 말뜻이 얼른 이해되지 않았다.

"내가 필요하다면, 차를 정비해 줄 사람이 필요하다는 건가요?"

"그것만은 아니에요. 할머니가 전화를 했어요. 어디를 가든 그 사람을 데리고 가라고."

"그 사람이 납니까?"

"맞아요."

"그건 할머니 생각입니까, 수인 씨 생각입니까?"

"둘 다."

수인이 자리에서 일어났다. 동호회 사람들 중 그녀가 SR 동호회를 조직한 목적에 대해 의문을 갖는 사람들이 있었다. 그건 용주나 영미도 마찬가지였다. 그 목적에 기성이 말려든 기분이었다. 하지만 그 목적을 알지 못하는 한 화를 낼 수도 없었다.

수인은 다시 운전대를 잡았다. 차는 7번 국도를 달렸다.

"진지하게 물어봐도 됩니까?"

기성은 잠을 잘 수 없어 눈을 떴다.

"수인 씨가 SR을 조직한 목적이 뭐죠?"

"진지하게 대답하죠. 처음에 목적은 없었어요. 그냥 달리고 싶은 사람들을 만나고 싶었을 뿐이에요. 답답한 사람들, 지루한 사람들, 출구를 찾지 못하는 사람들 만나서 위로 해주고 나도 위로 받고 싶었어요. 게다가 스피드에 몸을 맡기면 그 순간만큼은 위로가 되니까. 뭐 비슷한 취미를 가진 동물들끼리 술도 마실 수 있잖아요. 어느 순간부터 공통된 화제를 가진 사람들 만나기가 점점 힘들어지더군요. 그래서 조직을 하게 된 거예요. 그리고 그렇게 많은 사람들이 회원 가입을 할 줄 몰랐어요."

"지금은 목적이 생겼다는 말입니까?"

"아니요. 처음부터 목적이 있었어요. 그런데 몰랐던 거죠."

"그 목적이 뭐죠?"

"사람을 찾는 거예요. 랠리를 떠날 수 있는 최소한의 사람."

기성은 수인에게서 시선을 떼지 못했다. 그녀의 얼굴은 무표정했다. 기성은 더 이상 묻지 않았다. 물어도 대답할 여자가 아니라고 생각했다. 한편으론 무모한 여자라는 생각이 들었다. 오합지졸들로 랠리를 떠날 생각을 한다는 게 우스웠다. 수인이 모는 차는 어느새 경주로 들어서고 있었다.

"중국 가보셨어요? 중국은 자전거와 자동차가 한 무리로 섞여서 한 도로를 달려요. 재미난 건 도심에서 조금만 외곽으로 벗어나면 신호등도 횡단보도도 없다는 겁니다. 자전거를 탄 사람들이 도로 이편에서 저편으로 건너가려면 무리를 지어야만 가능해요. 차들이 질주를 하고 있으니까요. 무리가 되면 그제야 비로소 자전거를 탄 사람들이 용감하게 건너가죠. 도로를 건너갈 수 있는 최소한의 무리. 난 그 무리를 찾고 있었어요."

차가 경주 시청 앞에 도착했을 때 수인이 말했다. 기성은 그녀가 여전히 무모해 보였다. 개인 참가자로는 허가 자체가 날리 만무했다. 기성은 부정적인 말들을 가슴에 숨긴 채 꺼내지 않았다. 나머지 도시들의 시청 배경 사진을 찍고 통일동산으로 돌아올 때까지 그 이야기는 꺼내지 않았다. 기성도 수인도. 다만 기성은 수인과 느닷없이 가까워진 것만큼은 부정하지 않았다.

크리티컬 매스(Critical Mass)

—

예상은 빗나갔다. 제일 먼저 통일동산을 벗어났던 용주는 5위로 들어왔다. 참가비와 경비만 겨우 건진 꼴이었다. 기성과 수인의 팀은 8위였다. 모든 기록을 확인했지만 등수는 변하지 않았다. 30팀 중에 7팀은 중간에 투어를 포기했다. 차가 고장 나거나 우승에 의미를 두지 않은 팀이었다. 통일동산으로 돌아온 팀은 결국 23팀뿐이었다. 그들은 총 3시간 간격을 두고 한 대 두 대 돌아왔다.

예상한 일이지만 차에서 내린 사람들은 떠날 때와 사뭇 분위기가 달랐다. 오랜 세월을 함께 살아서 서로에게 익숙해진 부부처럼 말을 걸거나 서로에게 취하는 제스처가 스스럼없고 부드러웠으며 살가웠다. 작은 공간과 갇힌 시간의 힘은 대단했다. 서로를 조금은 경계하고 낯선 웃음을 보이던 그들이 과거를 잊은 듯 서로에게 서글서글했다.

그 중엔 유부남도 있었고 싱글맘도 있었으며 기러기 아빠도 아가씨도 있었다. 총각도 있었고 유부녀도 있었다. 열흘 가까운 시간은 낯선 관계를 급속도로 친근하게 발전시키고 말았다. 사람들은 애인이 되었거나 적어도 친구가 되어 돌아왔다. 등외의 사람들이 서로에게 악수를 한 후 헤어졌다. 등수에 든 사람들만 남아 수인에게서 상금을 기다렸다. 수인은 등외의 사람들이 사라진 후 등수대로 상금을 나누어주었다. 수인의 제안으로 남은 사람들은 자유로 변의 한 한식집으로 달려갔다.

고기가 나오고 술이 나왔다. 사람들이 열흘이나 걸린 투어의 경험담을 늘어놓느라 식당 안은 금방 떠들썩해졌다. 1등을 하리라고 예상했던 용주와 영미 역시 술에 젖어 지난 열흘의 피로를 잊어가고 있었다.

'다음 기회에 만회하면 된다. 다음 기회에….'

용주는 술잔을 비우는 동안 내내 그 생각만 했다. 영미 역시 용주와 비슷한 생각에 사로잡혀 헤어나지 못했다.

한 차례 폭풍처럼 술잔이 돈 후 수인이 자리에서 일어났다.

"수고들 하셨어요. 제가 여러분에게 드릴 말이 있습니다."

"이 참에 우리 투어를 정기적인 레이싱으로 만들죠."

"이 투어에 참가하지 못해 배 아픈 사람들 많았습니다. 다음 번엔 휴가 시즌에 맞춰서 한번 잡아주세요."

수인은 사람들의 목소리가 잦아들 때까지 뒷짐을 쥐고 서서 그들의 말을 들었다.

"다음 번은 제가 없을 지도 모릅니다."

수인의 선언에 사람들이 적잖이 술렁거렸다.

"제가 없어도 우리 동호회는 잘 굴러갈 겁니다. 하지만 제가 드리고자 하는 말은 그게 아닙니다. 저는 지금 제게 필요한 사람을 찾고 있습니다. 두 명은 준비가 됐으니 두 명이 더 필요합니다."

기성이 눈을 동그랗게 뜨고 수인을 올려다보았다. 수인은 기성에게 눈길을 주지 않았다.

"어떤 사람을 찾는 거죠?"

"크리티컬 매스!"

수인의 목적은 분명했다.

네 달 후 사하라 랠리가 아프리카에서 벌어진다. 그녀는 그 사하라 랠리에 참가할 수 있는 사람을 찾았다. 한 팀이 네 명이었다. 리더와 정비사, 항법사, 기록자가 필요했다. 리더와 정비사는 정해졌다고 말했다. 수인과 기성. 기성은 맥주 컵에 소주를 잔뜩 부은 후 입에 털어 넣었다. 허락한 적이 없기 때문이었다.

"저는 사실만 말씀 드릴게요. 사하라 랠리는 이번 투어와 같은 경주는 아닙니다. 사하라 랠리는 목숨을 담보로 하는 경주입니다. 지금까지 열린 랠리에서 모두 40명이 죽었습니다. 사막을 달리는 일에 사람이 죽을까 싶겠지만 죽습니다. 길을 잃고 혹은 계곡에 빠져 혹은 탈수로 혹은 배고픔으로 혹은 질병으로…. 그리고 후원은 없습니다. 저는 참가 자격만 얻었습니다. 그러니까 지원을 한다면 비용 또한 어마어마하게 든다는 걸 말씀드려야겠군요. 우승을 할 수 있다는 보장도 없습니다. 게다가 랠리 진행에만 한 달 이상은 걸릴 겁니다. 준비 기간까지 합하면 두 달은 잡아야 합니다."

침을 삼키는 소리가 여기저기에서 들렸다.

"어쩌면 한국에 있는 모든 걸 포기해야할 지도 모릅니다. 이런 조건의 랠리입니다. 지금 제겐 두 명이 더 필요합니다. 이번 주까지 결정이 되어야 통보를 할 수 있습니다. 저와 함께 사하라로 가실 분은 연락 주십시오."

수인은 아무도 호응해 주지 않을 제안을 진지하게 늘어놓았다. 사람들은 그녀가 처음부터 그런 야심을 숨기고 동호회를 조직했다고 믿을 터였다. 기성이 자리에서 벌떡 일어나 식당을 빠져나왔다. 그는 대리운전을 부탁했다. 기성이 담배 한 대를 다 피웠을 무렵 대리운전 기사가 도착했다.

"기성아, 수인 씨가 무슨 말을 하는 거야?"

어느새 용주가 다가와 있었다.

"말 그대로야. 난 참가 안 해. 그러니까 수인 씨 보고 정비사는 다른 사람 구하라고 해."

"그건 또 무슨 말이고? 네 명 중 두 명은 수인 씨랑 너였단 말이야?"

"나랑은 상관없는 일이야. 수인 씨가 일방적으로 정한 거니까. 난 간다. 참, 5등 축하한다."

기성은 조수석에 올라탔다. 기성의 차는 빠르게 주차장을 빠져나갔다.

수인은 창가에 서서 기성의 차가 사라지는 걸 지켜보았다. 식당에 남은 사람들은 소리 죽인 채 수군거렸다.

"수인 씨, 목적이 그거였군요. 랠리!"

영미가 수인 앞으로 다가왔다.

"아니. 처음부터 그런 목적이 있었던 건 아냐. 시간이 흐르면서 그렇게 된 거지."

수인은 기성에게 했던 말과 달리 말했다.

"우리 같은 비전문가가 랠리에 참가할 수 있기나 한가요? 더군다나 죽을 수도 있다는데."

"그래서 참가할 의사가 있는 사람만 말하라고 했잖아."

"당신은 참 무책임하군요. 옛날부터 알고 있었지만 결과는 생각하지도 않고 일만 저지르는 스타일이군요."

"안 가면 그만 아닌가? 인원이 채워지지 않으면 랠리 참가 포기하면 돼."

수인의 목소리가 식당 안을 맴돌았다. 죽을지도 모르는 경주에 후원도 없이 참가하라는 말에 동의할 사람이 몇이나 될까. 용주는 그런 생각을 했다.

"두 번 다시 오지 않을 경험이긴 하지만 우린 아무래도 무리겠어요."

형사였다. 그는 휴가까지 내고 이번 투어에 참가를 했다. 그런 열정 덕인지 그가 이번 투어에서 1등을 했다. 이 형사는 새로 알게 된 여자와 식당을 빠져나갔다. 그걸 신호로 하나둘 빠져나가기 시작했다. 죽을 수도 있다는, 후원은 없다는, 비용을 본인이 대야한다는 사실이 그들을 내몰았다. 모두 빠져나간 자리엔 먹다 남은 음식과 그릇들이 패잔병처럼 쌓여 있었다. 마지막까지 남은 사람은 수인, 용주와 영미였다.

"수인 씨, 진짜 속내가 뭐예요. 이제 사람들도 없잖아요. 한번 말해 보세요. 수인 씨 진짜 마음을 알고 나면 전 참가할 수도 있어요."

영미의 말은 의외였다. 영미는 섶을 지고 불속이라도 뛰어들어가려는 듯 눈이 반짝거렸다.

"영미 씨 처음 봤을 때부터 필사적이었어. 난 그게 마음에 들어."

"딴소리 하지 말고 진짜 속내를 말해 봐요."

용주는 연신 잔을 비웠다.

"진짜 속내? 한번쯤 끝까지 가보고 싶지 않아? 모든 걸 버리고 새롭게 시작할 수 있는 그 끝까지 말이야. 내가 제안하는 건 그런 거야."

"수인 씨 그래도 난 못 알아듣겠어요."

이번엔 용주가 입을 열었다.

"그냥… 가야할 사람들하고 가고 싶을 뿐이에요."

"가야할 사람들?"

"취미로 혹은 일이어서 가는 그런 사람들 말고 꼭 가야할 사람들, 가지 않을 수 없는 사람들과 가고 싶을 뿐이에요."

수인이 자리에서 일어났다.

"가지 않을 수 없는 사람들이라……."

용주는 말끝을 맺지 않았다. 영미가 자리에서 일어나려고 했다. 용주가 그녀의 팔을 잡았다.

"우리 같은 아마추어가 랠리에 참가를 할 순 있나요?"

"이틀 전에 통보를 받았어요. 내가 과거를 지우는 대가로 받은 통보였어요."

수인이 식당을 빠져나갔다. 용주와 영미가 뒤따라 나왔다. 기성이 먼저 떠나는 바람에 수인은 차가 없어 택시를 불렀다.

주변엔 식당이 없었다. 식당의 간판이 어둠 속에 섬처럼 떠서 하얗게 빛났다.

용주는 담배를 물고 서서 택시가 오기를 기다렸다. 기분 좋은 무게감과 피로가 어깨를 누르고 있었다. 1등을 염원했지만 그 염원은 투어 일주일쯤 지나면서 사라지고 없었다. 그때쯤 시간은 면벽을 하고 앉은 중처럼 잡다한 상념들을 지워버렸다. 레이싱에 꼭 참석할 수 있도록 조치해달라던 여기자의 협박, 나머지 돈은 어떻게 하겠냐는 제수의 압박, 쌓인 빚들, 기억의 중앙을 강렬하게 차지하고 있는 누이. 그런 현실을 잊은 것만으로도 좋았다. 그런데 지금 수인은 어쩌면 현실로부터 영원히 도피할 수도 있는, 북쪽으로만 향해가던 운명의 목을 비틀어 남쪽으로 되돌릴 수도 있는 그런 제안을 말하고 있었다. 용주는 복잡하던 머릿속이 말끔하게 비워진 후 모래로 채워지는 걸 느꼈다.

"랠리에 참가하겠다는 건 아니고 궁금해서 묻는 건데. 비용은 어느 정도나 듭니까?"

영미가 용주의 옆구리를 찔렀다. 하지만 그녀도 그게 몹시 궁금했다.

"참가비도 내야하고 차는 우리가 준비해야 합니다. 그리고 준비한 차를 알제리까지 화물로 보내고 우리도 거기까지 가야 하고 그 다음에 사막 가이드도 구해야 하고 먹는 거, 차량 정비 용품에서 경유 등등. 수억 원은 들 테죠."

"당신은 돈이 많은 모양이군요."

영미가 빈정거리듯 말했다. 용주에게서 할머니와 넓은 농원 그리고 온조당에 대해 들었던 것이다. 수인도 그쯤은 짐작한 듯했다.

"나도 랠리에 참가하려면 내가 가진 모든 걸 버려야 해. 심지어 내 애마까지. 용주 씨에게 할머니 얘기를 들었는지 모르겠지만 할머니 유산은 이미 나도 모르는 사람들에게 다 상속이 됐어. 남은 건 농원 하난데 난 거기 돌아가지 않을 거야. 그러니까 나도 떠나려면 모든 걸 버리고 떠나야 한다는 말이야."

그때 택시가 왔다. 용주가 식당으로 들어오는 입구에 별처럼 멀리 떠있는 가로등을 넋 놓고 바라보고 있는 사이 수인이 택시에 올라탔다. 그녀가 차창을 열었다.

"나는 서로 가려고 할 줄 알았어. 내가 무모했나 봐."

창문이 닫혔다. 택시가 출발했다. 용주가 택시를 향해 손을 뻗었고 영미는 몇 발짝 앞으로 걸어 나갔다. 등 뒤에서 식당 간판이 깜빡거리다 꺼졌다. 사방이 삽시간에 어두워졌고 식당 입구에서만 빛이 흘러나오고 있었다. 그 입구가 어둠을 뚫고 나갈 유일한 출구처럼 보였다.

13

영원한 현재

—

결국 이렇게 오고야 말다니.

기성은 침대에서 일어나 창가로 걸어갔다. 호텔 커튼을 걷었다. 광대한 황색의 모래사막이 눈앞에 펼쳐졌다. 모래사막은 어디에도 끝이 보이지 않았다. 저 사막 너머에 바다가 있을지 아니면 숲이 있을지 그 무엇도 가늠이 되질 않았다. 바람이 일고 있는지 멀리 모래 기둥이 물결치듯 느리게 동쪽에서 서쪽으로 이동하는 게 보였다. 하늘엔 구름 한 점 걸리지 않았다. 끝없이 이어진 모래사막 때문에 그런지 하늘이 바다처럼 보였다. 기성은 물병에서 물을 따라 들고 다시 창가에 섰다. 용주는 아직 잠에 빠져 있었다.

한국에서 프랑스로 다시 프랑스에서 알제리로 알제리에서 사막의 도시인 티미문까지 오는 긴 여행이었다. 알제리의 수도 알제에서 랠리의 출발지인 티미문까지는 한국에서부터 공수한 지프차를 직접 끌고 왔다. 하루 하고도 반나절이 더 걸렸다. 사막의 도로는 끝없이 광대했다. 사방의 끝이 없는 광대함은 두려움 그 자체였다. 네 사람은 티미문으로 오는 동안 그

광대함에 이미 기가 질리고 말았다.

기성은 물을 모두 마신 후 설탕을 잔뜩 넣어 턱밑이 아린 홍차 잔을 들고 테라스로 나갔다. 광대한 모래사막이 거대한 한 마리의 짐승처럼 보였다. 바람을 물결 삼아 비늘을 떨고 호흡을 했다. 끝이 없을지도 모를 사막을 가로질러 가야 하는 경주. 달려야 하는 폭만 10km가 넘는 길의 경주가 기다리고 있었다. 랠리에 참가한 참가자들이 사막에서 길을 잃는 건 넓은 폭 때문이었다. 위성항법장치인 GPS도 한동안 맥을 못 추게 하는 그런 곳이었다. 바람을 타고 모래 산이 통째로 이동하면 자신이 있는 위치를 잃어버리고 마는 광활한 사막. 바람에 묻은 모래 한 줌이 기성의 얼굴을 때렸다.

몹쓸 땅, 정해진 길이 없고 때에 따라선 하루를 달려가도 집 한 채 나오지 않을 정도로 척박한 땅, 사하라. 길을 잃어버리면 다시는 삶의 도시로 귀환할 수 없을지도 모를 땅이었으며 에이즈와 콜레라가 넘쳐흐르고 테러의 위험이 남아 있고 곳곳에 숨은 모래 함정이 도사린 땅에 왔다.

기성은 홍차를 천천히 들이키며 눈을 호텔 마당 쪽으로 보냈다. 익숙한 점퍼 차림의 여자를 본 때문이었다. 수인이었다. 그녀는 아무도 없는 호텔 마당에 서서 사막 쪽으로 눈길을 주고 있었다. 기성도 사막 쪽으로 눈길을 돌렸다.

수인은 한동안 해질 무렵이면 기성의 정비소를 찾아왔다. 소파에 앉아 커피 한 잔 마시고 갈 때도 있었고, 기성이 자동차 정비하는 걸 구경하기도 했다. 그녀는 사하라 랠리에 대해선 일절 어떤 말도 꺼내지 않았다. 용주나 영미의 소식도 전하지 않았다. 난, 가기로 했어. 여기 남아 있다간 영혼이 없어져 버리거나 미치거나 둘 중 하나일 거야. 용주는 푹 꺼진 눈으로 거리를 가득 메운 자동차들을 초점 잃은 눈으로 보며 말했다. 투어를 끝내고 돌아온 후 나흘 동안 한숨도 잠들지 못했다고 했다. 그의 말에 기성은 별다른 대꾸를 하지 않았다. 용주도 기성을 부추기지 않았다.

'오빠, 나 말이야. 모든 걸 처음부터 다시 시작했으면 좋겠다는 생각이 들곤 해. 내 말 듣고 있는 거야? 술 먹고 전화한다고 또 무시하는 거야? 뭐 무시할 거면 해. 그래도 진짜 하고 싶었던 말 하고 말 거야. 나 처음부터 다시 시작했으면 좋겠다고! 태어나는 것부터!'

여동생은 잔뜩 술에 취해 전화를 걸어오곤 했다. 전화 내용은 대개 비슷했다. 유년의 이야기, 가출하던 때의 설렘과 두려움, 밤에 만난 남자들에게서 느낀 신비, 세상을 다 가졌던 가게 이야기, 놀음하는 사내에 대한 이야기……. 결국 동생은 다시 시작하고 싶다는 푸념을 늘어놓은 뒤에나 전화를 끊었다. 동생의 그 세계는 더 이상 망가질 데가 없을 만큼 망가진 세상이었다. 기성으로도 어찌해 줄 수 없는 오류들. 기성은 현재에 충실하고 싶었다. '만약'이라는 가정을 증오했고, 되돌리고 싶은 과거 같은 건 없었다. 되돌아간다 해도 달라질 게 없었다. 아니 뿌리를 옮길 여유가 없었다.

수인이 열흘째 찾아온 날, 기성은 군소리 붙이지 않고 다른 사람 찾아달라고 말했다. 수인은 그럴 줄 알았다며 대꾸했다. 그런 줄 알았는데, 결국 기름 냄새 풍기며 끝날 미래가 보였다. 꿈이나 희망 같은 거 모두 잊은 채 살아가게 될 미래. 그렇다면 차라리 처음으로 돌아가고 싶었다. 처음 아무 것도 없이 세상 앞에 섰듯이.

홍차를 다 비우고 마당 쪽을 내려다보았지만 수인은 여전히 그 자리 그곳에 서 있었다. 멀리서 달려가고 있는 사막을 보면서. 길을 제대로 달린다고 해도 바퀴가 모래 속에 빠져 헤어 나오지 못하면 목적지까지 수십 일을 걸어서 가야할지도 몰랐다. 하지만 용주는 그럴 일이 없을 거라고 태평스럽게 말했고 수인은 긍정적으로 생각하자며 기성의 말을 무시했다.

영미만이 불안하게 눈을 굴렸다. 그야말로 주머니 속에 감추어져 있던 10원짜리 동전 하나까지 모두 탈탈 털어서 날아온 곳이었다. 기성이 끌고 온 황토색의 지프차가 호텔 정문 앞 주차장에 침묵을 한 채 서 있었다. 타이어의 공기압을 많이 빼낸 터라 지프차는 낮게 엎드려 있었다. 그 곁에 이번 랠리에 참가한 다른 나라 참가자들의 차들이 일정한 간격을 두고 서 있었다. 하나같이 유명한 자동차 회사의 로고를 달고 있었다. 개인 참가자도 몇 명 있다고 들었지만 오합지졸 같은 일행들은 볼 수 없었다. 호텔 정문 앞에 랠리 참가를 환영한다는 플래카드가 부드러운 바람에 떨고 있었다. 다시 그 뒤로 참가한 나라의 국기가 펄럭거렸다. 모두 서른다섯 개의 국기였다. 국기들 한가운데 이번 랠리를 주최한 이태리 국기와 람보르기니사의 사기가 펄럭거리고 있었다.

오늘 드디어 사하라 랠리를 떠나게 된다.

사하라 사막의 관문인 티미문에서 사막을 가로질러 리비아와 이집트를 거쳐 북회귀선을 지나고 남부 사하라인 수단까지 가는 길고 긴 여정이었다. 출발까지 다섯 시간이 남았다. 기성은 아직도 자신의 결정이 잘한 것인지 믿을 수 없었다.

투어가 끝나고 보름쯤 지났을 때 수인이 기성을 찾아왔다. 기성은 그날 저녁의 일을 잊을 수 없었다. 여동생의 남자가 찾아와 한바탕 난리를 피우고 돌아간 저녁이기도 했다. 점심도 먹지 않은 속에 홧김에 술을 마셨고 술 마신 속이 뒤집혀 사무실 소파에 누워 끙끙 앓고 있었다. 창자가 끊어지는 듯한 통증 때문에 눈을 감지도 못한 채 천정 벽면을 채운 차량 사진들을 보며 눈물을 흘리고 있었다. 언제 들어왔는지 알 수 없지만 수인이 곁에 서 있었다. 밤이 깊었고 창밖으로 만월이 창문을 가득 채운 날 밤이었다.

'미련 맞게 이게 뭐예요. 병원이라도 가야지.'

기성은 온몸이 땀에 젖어 질퍽거렸다. 고통은 여전했다. 그게 술 때문이 아니라는 걸 기성은 잘 알고 있었다. 수인이 소파 곁에 앉았다. 기성의 셔츠를 걷고 그의 배에 손을 얹었다. 수십 년 전 그녀의 할머니가 그랬던 것처럼. 그러자 전신에 퍼져있던 통증이 한 곳으로 몰리는 기이한 경험을 했다. 통증은 그녀의 손이 닿은 배 쪽으로 몰려들더니 어느 순간 바람 가득한 풍선에서 바람 빠져나가듯 통증이 빠져나갔다. 창자가 끊어질 듯한 통증도 사라졌고 전신을 뒤덮었던 한기도 슬그머니 물러났다.

'고맙지만, 그런다고 내가 같이 사막에 갈 거라고 생각하지 말아요.'

'안 가도 돼요. 그냥 친구로만 남아 있어줘요. 대신 조건이 있어요. 나를 우리 할머니처럼 생각하진 말아줘요. 달의 여자 같은 걸로 생각하지 말아줘요. 그냥 평범한 여자로 생각해 줘요.'

기성은 수인이 돌아가고 맞이한 새벽, 하늘을 가득 채운 달을 보며 카센터를 정리하겠다고 마음먹었다. 어쩌면 사막으로 가는 일이 태어나던 그 태초로 돌아가는 일일지도 모른다는 생각에 사로잡혔다. 아무것도 없는 곳으로 떠나는 것, 그건 근원으로 가는 일이라는 생각이 어느 때보다 명징하게 떠올랐다. 수인의 손이 부린 기이한 재주 때문에 그런 생각이 든 건지도 몰랐다. 이젠 누군가에게 무엇엔가 끌려 다니지 않고 처음 생겨난 그대로 자신의 의지로만 살아가야 하는 순간으로 가야할 것 같았다. 카센터를 정리한 후 천만 원을 여동생에게 보냈다. 남자와 헤어지는 조건이었지만 여동생이 남자와 헤어지지 않을 것이라는 사실을 알고 있었다.

기성은 용주를 깨웠다. 용주의 얼굴은 거칠어 보였다.

"출발까지 다섯 시간 남았다."

다른 나라의 참가자들은 적어도 삼 일 전에 호텔에 도착해 적응 훈련을 했다. 적응 훈련이라는 게 '사막의 광대함에 기질리지 않기' 정도의 훈련일 터였다. 어느 순간 삶 자체를 무료하게 만들어버리는 그 지루함과 광대함을 이기는 것. 그게 넘어야할 가장 큰 고통인지도 몰랐다. 하지만 네 사람에겐 그런 시간이 없었다. 랠리에 참가하기 위한 비용을 마련하는 데에 시간이 많이 걸렸다. 네 사람은 세 든 방의 보증금을 빼고 몰고 다니던 차를 팔고 적금을 깼다. 기성은 가게를 팔고 장비는 물론 잡다한 살림살이들까지 모두 팔아 치운 후에야 겨우 경비가 마련되었다.

용주는 얼마 동안 씻지 못할지 모른다면서 부리나케 샤워를 했다. 누군가 초인종을 눌렀다. 수인과 영미였다. 두 여자는 이미 준비가 끝난 상태였다. 화장을 하지 않은 얼굴이었다. 아니 알제 공항에서 티미문까지 오면서 두 여자의 얼굴은 사막의 여자들처럼 검게 그을렸다.

네 사람은 최후의 만찬 같은 아침 식사를 맞이했다. 용주와 영미는 흥분한 듯 과장된 손놀림으로 양고기 구이를 먹었다. 영미는 양고기 구이 위에 고추장을 발라 먹었다. 하지만 그들의 시선은 모래사막에 박혀 있었다. 고기 한 점 들고 사막 바라보고 다시 한 점 들고 사막을 바라보는 식이었다.

네 사람이 기성과 용주가 묵는 방에 모였다. 세 사람은 수인이 준비한 디지털 카메라 앞에 섰다.

"이왕이면 테라스에서 찍죠. 빛도 좋은데."

용주가 말했다.

"인물은 그늘에서 찍어야 인물의 특징을 잘 살릴 수 있어요. 그래서 인물을 전문으로 찍는 작가들은 사람들에게 그늘로 들어가 달라고 부탁하거나 인공적으로 그늘을 만들기도 하죠. 당신들과 함께 사막도 담을 수 있으니까 그냥 창가에 서요."

용주가 입을 삐죽거렸다. 수인은 세 사람 뒤의 창틀이 사라지도록 틀을 좁게 잡았다. 활짝 열린 창문 너머 세 사람 뒤로 사막이 펼쳐졌다. 수인은 자신의 자리를 비워두고 카메라의 자동 셔터를 눌렀다. 수인은 기성과 용주 사이에 섰다. 수인이 두 남자의 어깨에 손을 얹었다. 그녀는 용주 곁에 서있는 영미의 팔을 끌어올려 그녀의 손도 잡아주었다.

"미지로 떠나는 오늘을 위해!"

수인의 말이 끝나자마자 셔터가 여러 차례 자동으로 눌러졌다.

뷰파인더 속의 기성은 여동생의 얼굴을 떠올렸다. 부디 여동생이 노름에 미친 남자와 헤어지기를 바랐다. 아버지를 보지 않고 티미문까지 날아온 게 조금은 후회되었다. 인천 공항에서 비행기를 기다리고 있을 때 어머니로부터 전화가 왔다. 아버지가 간경화 합병증으로 중환자실에 입원을 했다는 말을 들었다. 배에 복수가 차서 배가 남산만 해졌다고 전했다. 기성은 조만간에 찾아가겠다고 대답을 했다. 무사하게 랠리가 끝나고 한국으로 돌아가려면 최소 한 달의 시간이 필요했다. 그때까지….

용주는 공항으로 나오기 전 어머니가 장사를 하는 시장엘 들렀다. 그저 멀리 서서 죽은 생선을 들고 호객하는 어머니를 구경하다가 돌아왔다. 사막 랠리에 참가를 한다고 말한다면 또 뜬구름이나 쫓아다니는 미친놈이라는 소리나 해댈 어머니였다. 동생에겐 연락하지 않았다. 차라리 속이 편했다. 누나 잘 다녀올게. 용주는 인천 공항에서 비행기를 타기 전 양처럼 무리지어 흘러가는 구름들을 보고 그렇게 속으로 중얼거렸다.

영미는 끈질기게 문자를 보내 구애를 하듯 호소와 사과를 하는 팀장에게 문자를 날렸다. 두 번 다시 문자를 보내면 스토커로 고발하겠다고. 그리고 엄마를 만났다. 엄마에게 경비를 제하고 남은 돈을 한꺼번에 주었다. 이 돈, 한 달 만에 쓰든 죽을 때까지 쓰든 그건 엄마 마음이야. 대신 이제 엄마한테 용돈 주는 거 끝이야. 나 회사도 잘려서 더 줄 돈도 없어. 집도 처분했고 남은 돈도 없어. 이제 알아서 살아. 그리고 제발 쇼핑 좀 그만 다녀. 이젠 아무도 엄말 보살펴주지 않아, 알았지? 돈을 챙기며 엄마는 도둑질 사건에 대해 구구절절 변명을 했다. 쇼핑을 하지 않겠다는 다짐 같은 건 하진 않았다. 위기를 느끼면 언젠가 변하리라고 생각했다. 영미도 엄마나 아빠 누구에게도 사하라로 가는 사실을 알리지 않았다.

수인은 출국 전 불길한 예감에 사로잡혀 할머니에게 전화를 걸었다. 할머니는 전화를 받지 못했다. 위독하셔. 그래도 전화하지 말라고 하시는 거야. 아무래도 와봐야 할 거 같아. 집사가 할머니의 소식을 전해 주었다. 아저씨, 저 짧으면 한 달이고 길면 두 달 정도 한국에 없어요. 할머니 보고 그때까지 버티시라고 하세요. 연세가 있으셔서…. 할머닌 충분히 버티실 거예요. 아셨죠? 수인은 그렇게 믿었다. 어쩌면 출발을 앞둔 지금 할머니는 이승의 줄을 놓고 달에 가 있을지도 몰랐다. 그런 생각을 했다. 그곳에서 죽은 아빠와 엄마를 만났을지도 모른다고 생각했다.

한 장의 사진 속에 담긴 그들은 그렇게 각자의 세상을 버리고 티미문으로 날아왔다.

네 사람은 뜨거운 홍차를 마시며 시간이 다가오기를 기다렸다.

"우승을 해야 할 텐데…. 이젠 한국으로 돌아가도 잠잘 곳 조차 없어."

"영미 씨만 그런 거 아니잖아. 우리 모두 마찬가지야. 죽기 아니면 까무러치기지 뭐."

영미와 용주의 대화는 묘하게 박자가 맞아 떨어지는 느낌이었다.

"사하라 랠리에선 완주하는 것만도 다행일 정도로 코스가 험난해. 참가자의 30% 정도만 완주를 할 정도야. 그러니까 10개 팀 정도만 목적지에 도착할 수 있다는 말이야."

"너는 언제까지 그렇게 부정적으로만 생각할래? 그 10개 팀 중에 우리가 낀다고 생각하면 좋잖아."

"그러면 좋지만 난 막연한 희망 같은 건 싫어. 그냥 잘 되겠지라고 믿는 것도 싫고. 그런 헛된 희망들은 사람을 지치게 만드니까."

기성은 소파에 앉으며 맞은 편 테이블 위에 홍차 잔을 내려놓았다. 기성은 어느새 사막 사람들이 즐겨 마시는 뜨거운 홍차에 익숙해져 있었다. 기성이 소파에 앉자 용주가 일어났다. 용주는 창문을 열고 나가 테라스에 섰다. 담배를 꺼내 물었다. 티미문의 공기는 건조하면서도 청량했다. 세상 공기 속의 모든 노폐물이 촘촘한 망에 의해 걸러진 후 티미문에 부려진 듯했다. 멀리 모래바람이 달리는 광경이 보였다. 삶과 죽음을 갈라놓은 길인 양 흰 도로가 시작도 끝도 없이 펼쳐져 있었다.

사하라

—

용주는 미니 노트북을 펼치고 인천 공항에서부터 티미문에 이르기까지의 여정을 기록한 내용을 살폈다.

'좋아요. 랠리의 기록을 주세요. 그러면 표절은 없던 걸로 하겠어요. 보통 인간들의 이유 있는 도전! 헤드 카피 좋죠? 좋은 글을 표절할 줄 아는 사람이니까 좋은 글 나오겠죠? 글만 좋으면 표절 문제를 없던 걸로 해주는 건 물론 고료도 따로 드리죠. 지금 협상할 처지가 아니라는 거 알죠?'

용주는 신문사 기자에게 이유 같은 것 없다고 말하려다 말았다. 표절 문제를 덮어준다는데 마다할 상황이 아니었다. 용주는 원고 첫 머리에 랠리에 참가한 이유 같은 건 없었다고 적었다. 비행기 안에서 용주는 표절 문제는 빼고 랠리의 기록을 모 신문사에서 원한다고만 말했다. 랠리가 끝나기 전 진실을 말하게 될 것이라고 믿었다.

호텔 앞 광장에 랠리 참가자들이 속속 모여들었다. 광장 맨 앞쪽에 행사 진행 요원이 참가한 팀의 소속 팻말을 들고 서성거렸다. 그들은 소란스럽지 않고 익숙해보였다. 용주는 뒤

돌아서서 기성과 영미 그리고 수인을 바라보았다. 세 사람이 소파에서 일어났다.

기성은 정비사로 영미는 항법사로 용주는 기록자로 그리고 수인은 리더이자 드라이버였다. 그러나 그런 구분은 별 의미가 없었다. 결국 네 사람이 돌아가면서 운전도 하고 길도 읽고 어디로 가야할지 결정을 해야 할 터였다. 광장엔 차에 실린 짐을 확인하는 참가자들로 소란스러웠다. 기성도 꼼꼼하게 짐을 확인했다. 타이어 두 개, 여분의 기름 통 다섯 개. 기름은 모두 가득 채워져 있었다. 에어 잭, 위성항법장치, 휴대용 공기압 체크기, 공구들, 길에서 이탈될 경우를 대비한 1주일치의 비상식량, 위성전화기…. 기성은 한 차례 더 점검한 후에야 안심을 했다.

랠리 대회 조직위원이라는 사람이 서류를 들고 그들에게 다가갔다. 그는 네 사람들과 서류를 대조해가며 확인했다. 리비아와 이집트를 거치면서 빚어지는 비자 문제를 확인하는 과정이었다. 뒤이어 차량 상태를 확인하는 점검자가 왔다. 그는 간단하게 자기를 소개했다. 불어였고 수인만이 불어를 알아들었다.

그의 이름은 하룬 알 라시드였다. 아라비안나이트에 등장하는 왕의 이름이라고 했다. 얼굴엔 청색 기운이 감돌았고 눈은 사막의 오아시스처럼 빛났다.

그는 항목마다 꼼꼼하게 체크하며 기록해 나갔다. 차량은 전체적으로 개조한 차였다. 전체적으로 개조한 차만 참가하는 랠리였다. 사하라 랠리는 세 종류였다. 생산된 원형 그대로의 차로 참가하는 경우와 부분만 개조할 수 있는 경우 그리고 마지막으로 지금처럼 완전히 개조한 차로 랠리에 참가할 수 있는 경우였다. 완전 개조의 경우 여러 안전장치를 달 수도 있었다. 화물칸을 늘리거나 차체를 지면에서 높이 띄울 수도 있었다. 기성은 개조할 수 있는 모든 걸 개조했다. 폭 넓은 타이어를 탈착할 수 있게 구동축과 차 바디의 거리를 늘였고 화물칸도 넉넉하게 만들었다. 랠리에 참가한 다른 차들 역시 대부분 차체를 높여 참가를 했다. 남자는 위성항법장치가 제대로 작동하는지도 확인했고 위성전화기 상태를 보기 위해 어디론가 직접 전화를 걸었다. 다른 장비들도 체크한 후 수인에게 사인을 하도록 했다. 그가 수인에게 한 마디를 남기고 다른 차로 이동했다.

"뭐라고 그런 겁니까?"

"완주하기를 바라겠답니다."

"완주라니? 우승을 해야지."

잠시 후 조직위 사람이 목적지가 기록된 지도를 가져왔다. 식량과 기름을 공수할 수 있는 포인트와 최종 목적지만 찍힌 지도였다. 정해진 길이 없다는 말이었다. 폭이 자그마치 10km가 넘는 사막의 길을 달려가야 하는 랠리였다. 어디로 달리든 그건 참가자의 몫이었다.

점검이 끝난 후부터 네 사람은 입을 열지 않았다. 대기하고 서 있던 차들이 하나둘 시동을 걸었다. 차들의 엔진 소리가 모래 바람에 쉽게 흩어지고 말았다. 사막의 고요함을 확인시켜 주는 소음일 뿐이었다. 귀가 아릿한 침묵의 소리였다. 차들이 출발 대기선에 섰다. 차 속에 앉은 참가자들이 서로서로를 쳐다보며 미소를 짓거나 엄지손가락을 들어보였다. 네 사람도 다른 나라의 참가자들을 보며 미소를 지었다. 수인이 선글라스를 썼다. 나머지 세 사람도 검정색의 선글라스를 썼다.

출발의 총성이 울려 퍼졌다. 화약 냄새가 풍겼다. 차들이 일제히 출발했다.

출발하자마자 차들은 뿔뿔이 흩어졌다. 수인도 엑셀을 깊이 밟았다. 차는 무거운 모래를 밟으며 앞으로 나갔다. 채 10분도 지나지 않아 다른 차들은 모래 바람 속으로 사라졌고 혹은 모래 언덕을 넘어갔다. 그들이 지나간 흔적도 간단하게 사라졌다. 잠시 후 랠리에 참가한 차들은 한 대도 보이지 않았다. 엔진 소리도 들리지 않았고 다른 차들이 일으키는 먼지바람도 더 이상 보이지 않았다. 그들의 시야엔 오로지 사막만 보였다.

네 사람은 철저하게 모래사막에 고립되었다. 너머에 무엇이 있을지 가늠되지 않는 사막의 지평선이 네 사람을 기다리고 있었다. 꿈과 희망은 물론 절망마저도 집어 삼켜버린 뜨겁고 빨간 사막 위로 아지랑이 기둥이 커튼처럼 드리워지고 있었다. 태양이 차를 쪼아댔고 지프차가 달리면서 일으키는 먼지만 그들을 뒤따라왔다. 용주가 차 창문을 열었다. 사방이 지평선이었다. 멀리 아주 멀리, 파란색 치마를 입은 누이가 보였다. 안개 속이 아닌 빛과 모래만 가득한 사막 위에 누이가 서 있다니. 그것도 용주를 향해 손을 흔들고 있었다. 얼굴도 밝았고 머리는 단정하게 빗어 올린 모습이었다. 누이는 지프차 뒤

꽁무니가 만들어내는 먼지 사이로 서서히 사라졌다. 누나가 살아 있는 게 분명해. 용주의 머릿속이 점점 뜨거워졌다. 용주는 차 안의 세 사람을 둘러본 후 제 이름을 소리쳐 불렀다.

"나는 장용주다! 장용주!"

나머지 세 사람도 눈길을 마주친 후 창 밖을 내다보며 자신의 이름을 힘껏 외쳤다. 장용주, 이기성, 한영미, 홍수인! 그들의 이름은 모래 바람 속으로 힘없이 흩어졌지만 그래도 서른 해 가까운 세월 동안 다져놓았던 삶의 기반을 모두 버린 홀가분함의 절규였으며 다시 돌아갈 곳이 없어도 더 이상 두려움에 떨지 않겠다는 환호이기도 했다.

소리는 모래알에 부서지고 태양에 흐느적거리며 녹아버렸다. 그래도 그들은 목이 터져라 소리를 질렀다. 그들이 탄 차는 모래 폭풍이 일고 있는 길을 따라 달렸다. 지평선을 향해 달렸다. 지평선 너머에 무엇이 있을지 알지 못하면서 그곳을 향해 달렸다. 그들의 언제 끝날지 모르는 여정이 막 시작되었다. (*)

작가의 말

하루의 시작은 어렵지 않다. 책상에 앉기만 하면 되니까. 아내와 아들이 학교에 가고 나면 아들이 돌아오는 2시 전후로 해서 완벽하게 다섯 시간쯤 내게 주어진다. 내 가슴 속에서 들끓고 있는 이야기들 한둘쯤 충분히 꺼낼 수 있을 거라 믿는다.

그렇게 쉽게 책상 앞에 앉지만 매번 두렵다. 나 자신조차 어디로 가야 할지 모르고, 내 이야기 속에서 새로 태어난 그를 혹은 그녀를 어디로 데려가야 할지 모르기 때문이다. 아니 그들을 어느 곳으로든 데려갈 수 있는 권한 같은 게 내게 있기나 한 걸까.

나는 한동안 오해했다. 글을 쓰는 사람들이 글 속의 사람들을 제멋대로 할 수 있을 거라고. 처음엔 배짱 좋게 밀고 나갔다. 소설 속 인물이 반항해도 멱살 잡고 저 편까지 강압적으로 끌고 갔다. 그러던 어느 순간, 글 속의 인물들이 말을 걸어왔다. 어쩌면 진즉부터 말을 걸어왔던 것인지도 모른다. 다만 내가 둔했던 탓에 그들의 말을 듣지 못했을 뿐.

나를 거리에 세우지 마, 주목받는 거 원하지 않아, 난 콘서트도 가고 싶고 영화도 보고 싶다고, 밥 같은 거 지겨워, 나도 사막으로 데려다줘…….

그때 알았다. 선배 작가들이 해주던 말들. 캐릭터가 살아서 스스로 움직인다는 말. 이야기는 머리로 쓰는 게 아니라 손가락으로 쓴다는 말. 아이처럼 내버려두면 스스로 자란다는 말. 그리고 그때 알았다. 내가 낳고 내 안에서 자란 인물들이라 믿었지만 그들은 실은 이미 오래전부터 나의 '안과 밖'에 존재했던 인물들이었다는 걸. 이제 와서야 그 혹은 그녀에게 고맙고 미안하다는 생각이 들었다. 이야기 속의 용주, 기성, 영미, 수인은 현재로부터 먼 과거 저편에서 내가 만났거나 알고 있었거나 한때는 친했던 사람들이었다는 것도 알았다. 막상 마침표를 찍고 앞으로 돌아가서 읽고 읽다 보니 그중 나도 섞여 있었다는 사실도 깨달았다.

난 그들에게 욕을 먹어도 싸다. 망각에 묻혀 있길 바랐던 그들을 망각에서 꺼내 그들의 의사와는 상관없이 내 멋대로 역할을 부여했으니 말이다. 꽁꽁 숨어 살기를 바랐던 이들을 험한 길로 이끌고 갔으니. 그들의 의사 따윈 무시하고 억지로 인연을 맺어주었으니.

욕먹어도 이젠 어찌할 수가 없다. 대신 고맙다는 말로 미안함을 전할 뿐이다. 용주, 기성, 영미, 수인 그리고 손현욱 그리고 결정적 오류를 잡아준 라혜정 씨. 내게 언제나 진심만 가득한 충고를 아끼지 않는 아내와 광화문에 나가 우리를 즐길 줄 알게 된 열한 살 아들 예준에게도 고맙고, 이 땅을 살아내고 있는 청춘들에게도 고맙다. 시절이 바뀌었으니 모두에게 단비가 좀 내렸으면 좋겠다.

2017년 구름의 마을에서

알 수도 있는 사람

1판 1쇄 2017년 09월 01일

지은이 전민식
펴낸이 손정욱
마케팅 라혜정 황문경 박연진 김명기
관 리 김윤미
디자인 서승연
펴낸곳 도서출판 답
출판등록 2015년 2월 25일 제 312-2015-000063호
주 소 서울시 마포구 포은로 56. 2층
전 화 02 324 8220
팩 스 02 3141 4934

이 도서는 도서출판 답이 저작권자와의 계약에 따라 발행한 것이므로 도서의 내용을 이용하시려면 반드시 저자와 본사의 서면 동의를 받아야 합니다.

이 도서의 국립중앙도서관 출판예정도서목록(CIP)은 서지정보유통지원시스템 홈페이지(http://seoji.nl.go.kr)와 국가자료종합목록시스템(http://www.nl.go.kr/kolisnet)에서 이용하실 수 있습니다.

본 도서는 한국 출판문화산업진흥원의 출판 콘텐츠 창작 자금을 지원받아 제작되었습니다.

ISBN 979-11-87229-10-0

값 13,800원